西村集

《西村集》古籍整理委员会　整理

[明]　史鑑　著

上海社会科学院出版社

《西村集》古籍整理委员会

主　任　陈志明
副主任　吴智文　陈群华　沈建松
委　员　王志康　沈月英　谢　宇　吴秀英　陈菲菲
　　　　　杨忠杰　范继忠

《西村集》古籍整理委员会办公室

执行整理　卿朝晖　沈昌华
整理人员　浦德琪　陈惠峰　陈雪英　沈峥嵘
　　　　　　沈志英　平宗加　吴培良
特邀点校　史少华

史鑑像（出自《吴中史氏宗谱》）

明處士史公鑑

草廬之中
左圖右書
上下三古
是為通儒

史鑑像（石刻）

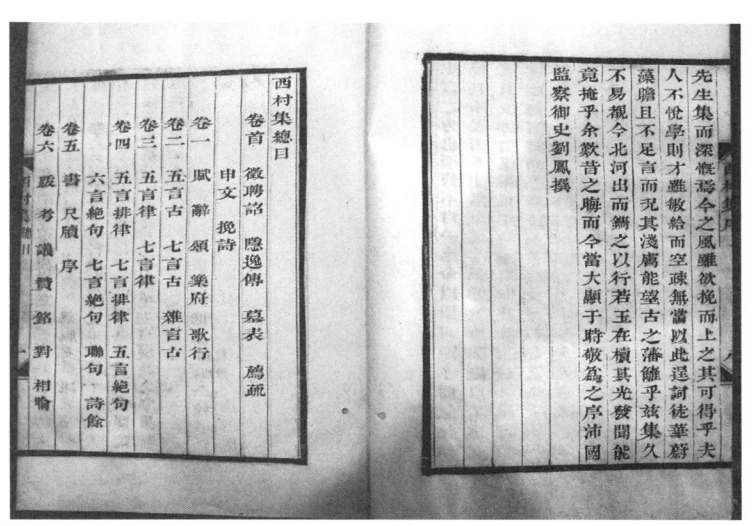

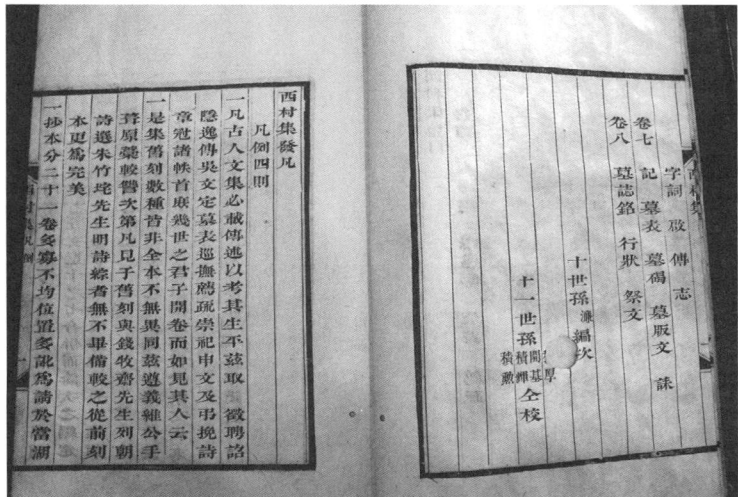

现藏于苏州市图书馆的乾隆十一年《西村集》史开基刻本中，总目、发凡、卷首等书影

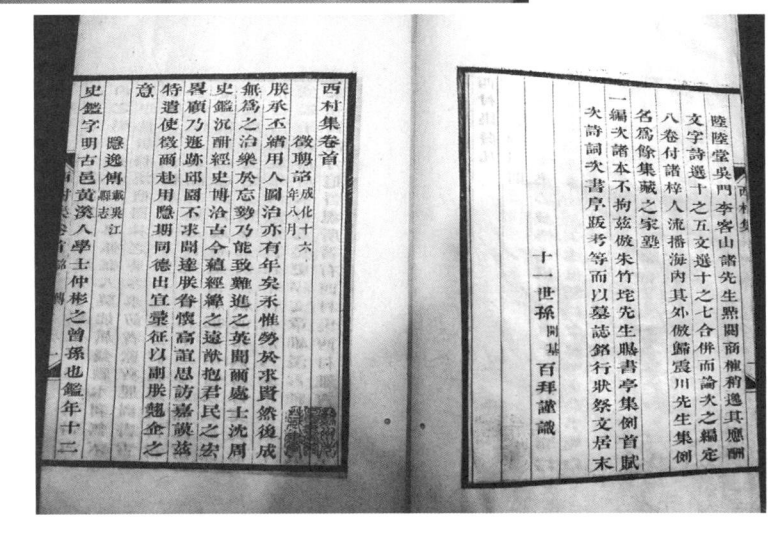

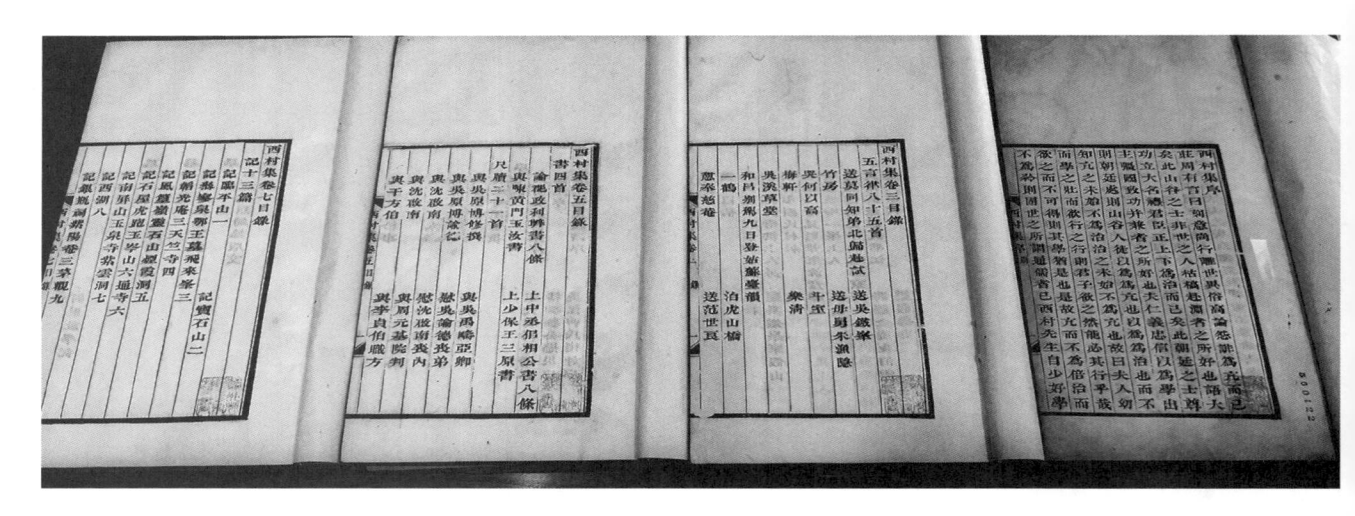

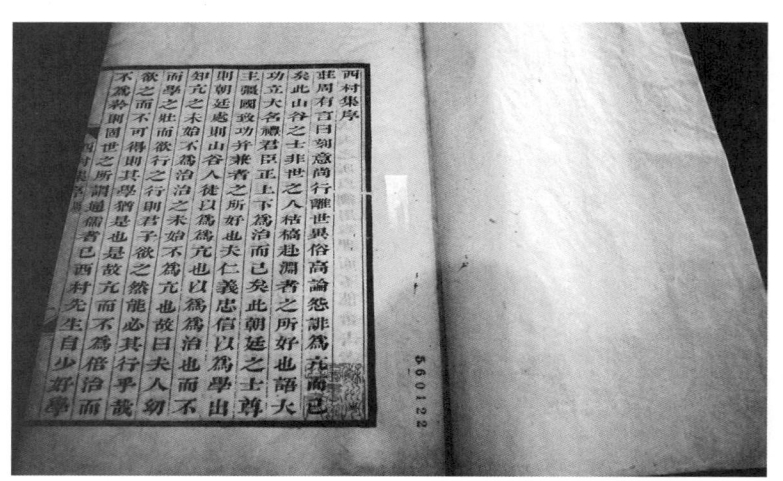

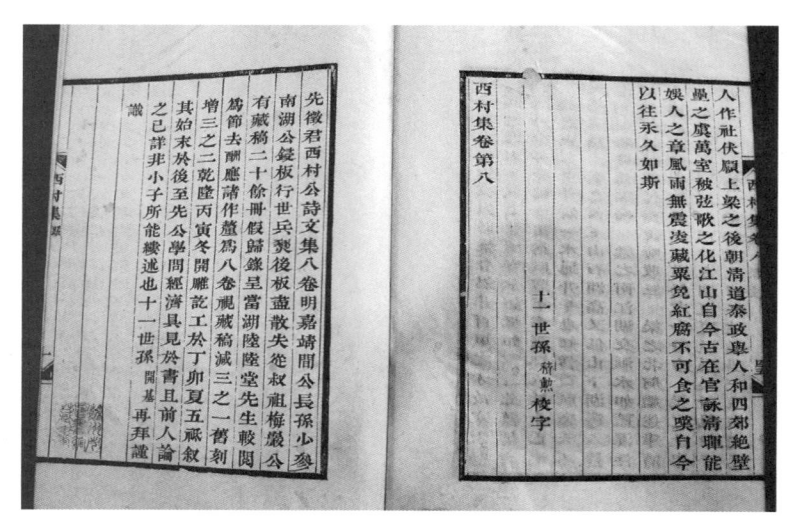

现藏于苏州市图书馆的乾隆十一年《西村集》史开基刻本书影

整理说明

史鑑（1434—1496），字明古，苏州府吴江县黄家溪人，祖籍为浙江嘉兴秀州史家村。因其生前在黄家溪村西筑"小雅堂"居住，自号西村，学者称西村先生，明朝处士。溧阳侯吴中史氏四十四世裔孙，史仲彬曾孙。史鑑自幼天资聪颖，可谓少年英才。他年轻时搜罗群籍，人称无书不读。其文章雄深古雅，诗词歌赋杂记等著作颇丰。史称"草庐之中，左图右书，上下千古，是为通儒"。史鑑一生勤恳读书写作，尤其深入研究水利，不喜欢做官，是当时吴中著名隐士。其著作有《西村集》《西村杂言》《小雅堂日抄》《礼疑》《礼纂》等若干卷。

纵观史鑑的一生，绝非是那种简单退隐园林、隐匿江湖的普通文人隐士，而是独立于当时社会具体角色的吹哨人。在他的著作中，熔铸了热爱家乡、体察民情和忠君爱民的思想。史鑑遍游江浙山水，曾经到过杭州西湖景区的岳王庙，凭吊远古的忠烈英雄。他也数次登临姑苏天平山，拜谒范仲淹陵墓。史鑑的诗词歌赋作品，记录自然景色，观绿水青山之胜，诠释的不仅仅是文人间的唱和与自娱自乐，其所见所思所感所言，无不透射出他"位卑未敢忘忧国"的家国情怀和士大夫精神。

史鑑的社交圈里，不仅有布衣，有文人墨客，更有不少达官贵人和社会精英，他们懂得"既要脚踏实地，也要仰望星空"。史鑑更是其中的通儒之士。他尊重科学，面对当时吴江鬼神之俗，直言建议废除巫术。他深入探访民间疾苦，敢为百姓鼓与呼，提出"江南之税与役为天下最，吾苏之税与役又为江南最"，秉笔直书江南巡抚轻徭薄赋。他研究水利，著书立说，造诣高深。他寻访运河，树碑立传，观点独到。吟诗作对，随歌唱和；谈天说地，引经据典；针砭时政，入木三分。这些成就也充分表现出，史鑑作为一个文人、一名学者的优秀智慧、历史担当和社会责任。他曾在一篇上书中说过，"居庙堂而忧其民，吾子之责也"。这与范仲淹的"先天下之忧而忧，后天下之乐而乐"的思想，又是何等的异曲同工之妙。如此说来，我们还会评判史鑑只是一名"两耳不闻窗外事，一心只读圣贤书"的"隐士"么？这也正是史鑑作品的现实意义和生命力。

《西村集》共八卷，附录一卷，最早见于史鑑后人史璧明嘉靖八年（1529年）刻本。至清乾隆十一年（1746年），史鑑十一世孙史开基经过多年搜集整理，由史氏家族牵头联络江南文人学者和社会贤达，共同参订完成了乾隆刻本《西村集》。该刻本一函四册，现收藏于苏州图书馆和复旦大学图书馆。《西村集》八卷，曾在清乾隆时期被收录进《四库全书》。

本次整理出版《西村集》，依据乾隆十一年史开基刻本，由沈昌华先生主持整理，史氏后人史少华复校。同时感谢苏州吴江区档案局的指导，感谢苏州图书馆古籍部给予资料检阅方面的鼎力相助。特别感谢苏州图书馆卿朝晖、薛培武老师，在通稿审阅和文字考证工作上的全力支持。

本次整理遵循以下几项原则：

一、《西村集》整理本主要依据清朝乾隆十一年（1746年）史鑑十一世孙史开基刻本，并参考收录于《四库全书》的明嘉靖八年（1529年）史璧刻本，以及《吴中派史氏家乘表传》和《溧阳史氏大同谱吴中卷》等资料，进行整理。

二、本次整理以史开基刻本为底本，若他本与底本相异，且底本无误者，以底本为准，一般不出校。

三、此次出版的《西村集》，除对原文进行分段、标点外，为方便阅读，将繁体字改为简体字。对原书中存在的大量异体字、通假字，除特定人名、地名，均按规范改为简体字。

鉴于水平有限，本次整理难免有错漏之处，在此我们希望专家学者和贤达之士，对《西村集》整理出版给予批评指正，使之更加完美。

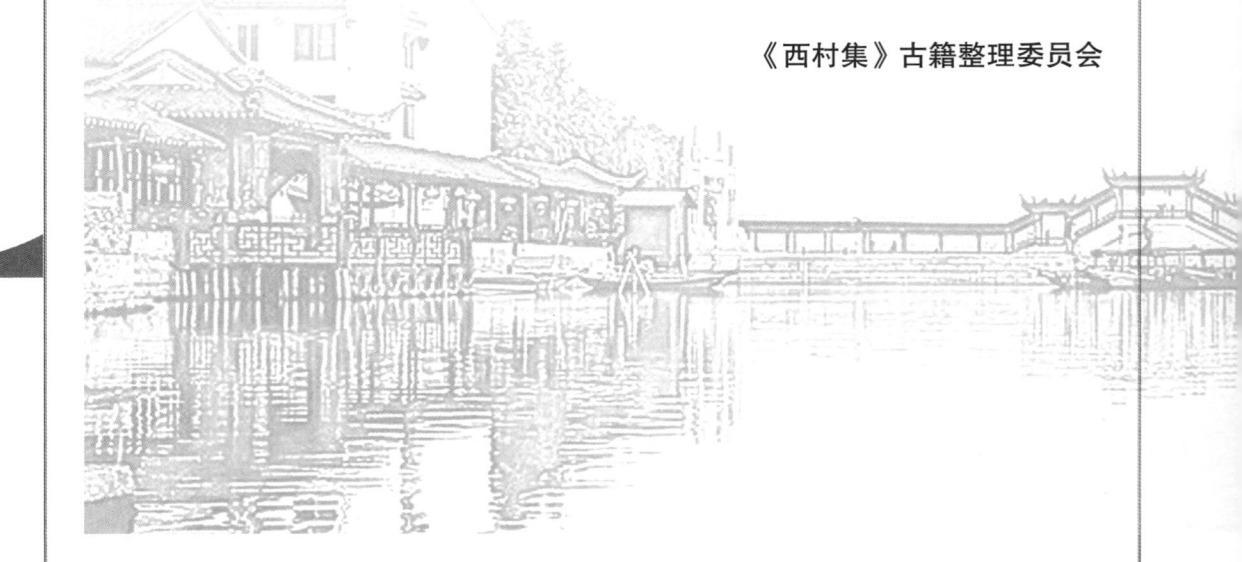

《西村集》古籍整理委员会

目　　录

001　整理说明

001　序一
003　序二
004　序三
006　序四
007　总目
008　西村集发凡（凡例四则）

001　卷首
002　　征聘诏
002　　隐逸传
002　　墓表
004　　荐疏
004　　乡贤申文
005　　挽诗
　　　　登小雅堂哭故友西村史先生（005）　哭史西村先生（005）
　　　　登小雅堂哭西村史姻家先生（005）
　　　　哭西村回雪中过莺脰湖有感再悼一章（006）
　　　　登小雅堂哭西村夫子（006）　登墓哭故友西村史先生（006）
007　　附：西村集参订姓氏

009　**卷一　赋　辞　颂　乐府　歌行**
010　　赋
　　　　望泮楼赋（010）　结微赋（012）　惜愍赋（012）　甘泉赋（013）
013　　辞
　　　　桂岩辞（013）　云松辞（014）

014　　　颂
　　　　慈竹颂（014）
014　　　乐府
　　　　褚公庙乐章（014）　乌啼曲（014）　敬宗操（015）
　　　　图茔致思四首（015）　冠礼图（016）
016　　　歌行
　　　　灵芝歌（016）　丰城篇（017）　去妇怨（017）　孀妾词（017）
　　　　静女篇（017）　鹳鸟篇（018）　仙人篇（018）　旧巢燕（018）
　　　　狐绥绥（019）　山中采菖蒲寿安晚老仙（019）　广州督（020）
　　　　北风歌（020）　烈风七章（020）　桃庄行（021）　画马歌（021）
　　　　秦淮歌（022）　澉浦杨将军歌（022）　观潮歌（023）　纪游歌（023）
　　　　金台行（024）　贞女行（024）　杀虎行（024）　凤求凰（024）
　　　　鹓鶵吟（025）　双凤吟（025）　行台燕别歌（025）

027　　**卷二**　五言古　七言古　杂言古
028　　　五言古
　　　　芙蓉（028）　夜宿吴原博修竹书馆时，与玉汝别（028）
　　　　怀古贻朱尧民（028）　读杨君谦古乐府（029）
　　　　谟无猷邀饮于南虚室，读壁间冯明府诗有感（029）　韬光庵（029）
　　　　临清轩为吴士延赋（029）　赠沈启南（029）　赠汝其通（030）
　　　　寄许克大（030）　丙午初度题像（030）　送梅刑部彦常（030）
　　　　过梅花道人墓（031）　游宝石山有怀（031）　南山道中（031）
　　　　送节推华公谪官（032）
　　　　顷以多故，绝不作诗。春暮霖潦为灾，谷未入土，恐有过时之忧，聊命纸笔，以谂同志云（032）
　　　　贺其荣病、京师吴原博异归第中而卒，为之殓殡。其荣父作感义诗谢之。要予同赋（032）　钟希哲画像（032）　游飞来峰（033）
　　　　夜宿虎跑兰若（033）　落景村（033）　一木（034）
　　　　题刘大参所藏兰图（034）
　　　　余自病目，闲居寡欢，丁未岁初度，试展余真命酒相对，嗟岁月之不留悼面目之非旧，因戏为问答，以自释焉（034）
　　　　送刘德美之京（034）　神乐观送沈启南（035）
　　　　十八日登含虚阁（035）　游金粟寺（035）　赠支硎山人（035）

送周元基之京（036） 谢吴铁峰法酒糟鱼（036）
经玉遮山（036） 登凤冈（036） 听鹤（036） 送郭训导（037）
送鲁举人廷瞻廷对（037）
访沈启南中道相遇，既示斐章且形绘事赋答（037）
蓬壶道人（037） 遗橘吴铁峰（038） 云岩书屋（038）
挽吴安晚（038） 慈节吟（038） 读钓台集（038）
秋日杂兴和程学士克勤韵（039） 答沈彦祥贺生孙作（039）
赠王文冕（039） 再叠图莹致思四首（039）
谢医生味芝陈先生（040） 舒啸亭为东林山陈氏赋（040）
三天竺（041） 一愚为沈廷望赋（041）
折杨柳送张子静归吴兴（041） 赠李中翰贞伯（041）
赠陈玉汝（041） 有怀沈启南、吴廷晖二姻家（042）
赋泰伯祠送李舍人（042）

042　七言古
题沈启南画《月下杏花》（042） 紫阳庵（043） 梅月（043）
秋江客思（043） 送樊司理考满（043）
澄上人房紫牡丹开觞予以酒，因诗以记（044）
送浦汝方访姚侍御（044） 送康驿丞之京（045）
渡奔牛闸（045） 过吕城坝（045） 题可庵老人写竹（045）

046　杂言古
秋林会友图（046） 许子厚约游石湖，余以事阻，诗以谢之（046）
题沈启南西林唱和（047） 万竹亭赋赠吴汝琦（047）
暮春访沈启南道中作（048） 重阳庵（048）

049　卷三　五言律　七言律
050　五言律
送莫同知弟北归赴试（050） 送吴铁峰（050） 竹房（050）
送母舅朱渔隐（050） 哭何以高（050） 斗室为澄道岩赋（051）
梅轩为李天瑞赋（051） 乐清（051） 吴溪草堂（051）
和吕别驾九日登姑苏台韵（051） 一鹤为南京唐道士赋（052）
泊虎山桥（052） 憩奉慈庵（052） 送范世良（052） 菊庄（052）
送王静深还合州（052） 挽萧以信（053） 送康驿丞还庐陵（053）
吴兴道中有怀汝其通曹颙若（053） 夜宿奉先寺洪上人房（053）

题吴铁峰家假山（053）　饮乌步顾氏村居（054）

喜张子静见过，诗以送之，兼柬沈彦祥（054）

寄慈感寺一峰上人（054）　孤山（054）

送灵隐书记净无瑕游京师（054）　与汝其通观钱塘江（054）

将游金陵夜泊震泽（055）　游天申宫（055）　游报忠寺（055）

经下菰城（055）　溧阳道中（055）　经瀨水（056）

鲁廷瞻、叶廷缙、徐宪之送至龙江而别夜坐有怀（056）

华容十咏为毛同府赋（056）　荻溪道中（058）　游三茅观（058）

夜投殊胜寺真上人房（058）　元日（058）　立春日（058）

谒张子静墓（058）　碧岩（059）　瀑布泉（059）　鸭绿漾（059）

大雷小雷（059）　与沈启南从徐亚卿、何中丞相度水道（059）

和石田自寿诗韵（060）　登吴山绝顶（060）

哭林侍御五首（060）　题旌功庙（061）　过横塘（062）

久客无碍方丈赠觉源讲师（062）　中秋闻诸弟宴集湖上有怀（062）

蕉窗（062）　冬夜逢临川聂云章话旧（063）　登多景楼（063）

游甘露寺（063）　与沈继南登虎丘天开图画阁，奉柬其兄启南（063）

送赵孟昂归吴兴（063）　登江淮胜概楼（064）　瓜步阻雨（064）

至通州（064）　天目山（064）

和徐天泉、刘完庵同过沈石田友竹居韵（064）　过沈继南墓（065）

谒徐武功墓（065）

065　七言律

分题得太湖送邹用明还鄞（065）　赠金本清中翰（065）

寄震泽道士沈长春（065）　玩月和教谕陈启东韵（066）

吴廷晖令子领举，予往贺以诗见赠，次韵答之（066）

和吴益之留题接待寺之作（066）　送吴泽民归梅堰（066）

留别胡有本（066）　西园八咏（067）

和秦太守廷韶游虎丘韵（068）　登吴兴慈感寺阁（068）

曹颙若载酒过访，以诗赠别（068）　与姚视卿游鸳鸯湖（068）

夜宿嘉兴漏泽寺宁庆山房（069）　春阴（069）　访吴廷晖偶成（069）

游胜果寺，赴沈文伯之招（069）　游南峰寺（069）

送智天然住嘉兴东塔（070）　金陵送沈启南（070）

吴元玉招赏牡丹，以无都扶图呼为韵（070）　游灵谷寺（070）

登狮子山游卢龙观（070）　登甘露寺多景楼（071）

沙溪夜泊柬沈启南（071）

沈启南访汝其通不遇，写画赋诗寄之，率尔次韵（071）

梦草哀海盐王辂（071）　哭武功伯徐公（071）　聚远楼（072）

于府尹景瞻、张太守靖之、刘邦彦、沈明德宝峰宴集（072）

谢沈彦祥茶鱼之贶二首（072）　问刘邦彦疾（072）

游黄山坞（072）　留别吴兴诸君子（073）

戊子岁秋夜泊松陵，与沈启南庆云僧饮别（073）

送吴禹畴之广东宪副任（073）　送邹师孔游维扬（073）

喜舍弟铎病起得子（073）　送汪世望还吴兴（074）

送韩綮丞河内（074）　鹤舟（074）

次进士马中锡吴淑游京师西山韵八首（074）

送曲主簿运粮之京（075）　挽黄梦熊（076）　送张世鸿还杭州（076）

送计正言（076）　和沈启南登凤凰台韵（076）

送徐宪之选贡入京（076）　次沈履德集古诗韵（077）

赠张太守靖之（077）　游天界寺（077）

春夜同汝其通、曹颙若、吴永年宴鲁廷贵别馆（077）

哭沈继南（077）　哭完庵刘佥宪（078）

送俞大尹钦取御史之京（078）

许克大分教桐城，道过余家留诗，见柬赋以谢之（078）

秦淮夜泊（078）　与金仲和饮别和沈启南韵（078）　西郭（079）

闻汝行敏之京，不及往饯，赋此以送（079）　寄刘有隆（079）

送凌汉章赴秦王之招（079）　题扇寄阎尚温（079）

登长安龙祠道院阁（080）

凌天羽要游临平湖之读书堆，呈在席诸君子（080）

又和徐肃夫原韵（080）　送稽挥使还长安（080）

送杨宗周归维扬（080）　都玄敬见访夜话（081）

步出阊门书事（081）　哭崔渊甫（081）

赠颐浩寺辨如海上人（081）

从徐侍郎相度水道过吴兴，寄沈彦祥、吴汝琦（081）

还家有作（082）　游报恩寺（082）　送诸立夫还杭（082）

送表史凌太常省亲还京（082）　寄陕西于布政（082）

送沈上舍省墓复还靖州（083）　送中竺佑禅师还杭州（083）

送傅上人住杭州保俶（083）　吊内阁陈某（083）

之通州与吴永年饮别于垂虹亭（083） 晚次吴门（084）

泊枫桥（084） 锡山道中闻子规（084） 至京口（084）

游鹤林寺（084） 渡江（084） 郭璞墓（085）

广陵怀古（085） 狼山（086） 剑山（086） 军山（086）

龟田（087） 海（087）

089　卷四　五言排律　七言排律　五言绝句　六言绝句　七言绝句
　　　　联句　诗余

090　五言排律

送秋官吴禹畴（090） 松崖草堂为戴侍御赋（090） 游金山寺（090）

和姚公绶宴浦氏写山楼韵（091） 题徐德夫池亭（092）

挽吴都督四十韵（092） 挽礼部倪尚书谦三十韵（095）

寿司马三原王公七十（096） 挽林世宁（096）

097　七言排律

题刘侍御奉思卷（097） 和张子静送游金陵韵（097）

宿灵隐禅房次刘邦彦韵（097） 宝峰留别（098）

送汝舍人行敏秩满还乡，复往京师（098）

098　五言绝句

题沈启南小画（098） 甘露泉（099） 四皓图（099）

白头公（099） 听鹤山居十咏分题五首（099）

来阳楼八咏分题四首（099） 墓田八咏（100）

和沈启南题扇韵（101） 湖上曲（101） 前溪曲（101）

懊侬曲（101） 题竹（101） 题梅（101）

题小景送人归宜兴（102） 与宗弟正夫西湖秋泛（102）

题扇（102） 题萱（102） 冷泉亭口号与刘邦彦别（103）

泊瓜步口号（103） 晚次丁堰（103） 题杂画（103）

溪月吟答吴一斋（104）

104　六言绝句

即景（104） 题曹颙若扇寄顾东明（104） 晤傅上人（104）

舟中偶成（104）

105　七言绝句

登紫虚阁（105） 寄吴铁峰姻家（105） 题沈启南画（105）

题梅（105） 三顾图（105） 桃花（105） 送人游巴蜀（105）

题扇（106） 寄友（106） 题范世良扇（106） 醉题西垛壁（106）

十二月古中静以扇索诗（106） 题和靖观梅（106）

题许子厚扇（106） 清夜游过陈湖，题翁时用扇（106）

题沈启南松陵别意（107） 初春题败荷鸿雁图（107） 偶成（107）

木兰花（107） 题澄上人所藏竹（107） 吴廷晖水榭（107）

题扇讽陆廷美（107） 题马抑之画江阁捕鱼图（107）

和答吴廷晖（108） 寄西杭钮进之（108） 秋日郊行（108）

和汝舍人行敏韵（108） 寄吴禹畴（108）

送顾仪宾赴石城王府花烛（108） 题沈启南画（109）

题陈希夷睡图（109） 吴鸣翰湖上（109） 和题梅花（109）

题梅花道人钩勒竹（109） 泛下港（109） 观海云院百丈泉（110）

寄陆三瑜（110） 和张东海韵（110） 寿萱（110）

题沈启南赠尹孟容画（110） 题陶文式御史写竹寄衍公（110）

可闲（110） 寄保叔修首座（111） 和庆云祥公韵（111）

苏堤对酒，次沈启南韵（111） 断桥分手，次刘邦彦韵（111）

游武塘瓶山道院（111） 子昂兰（111） 悼轩公（111）

刻丝牡丹（112） 塞下曲（112） 游冶城山（112）

题僧善权画（112） 和三原王司马韵二首（112）

海盐张方洲太守慰予室毁，临行赋赠（112） 湖上暮归（113）

葵花（113） 鹿葱（113） 宫词（113）

何克廉宅观妓（114） 寄家书（114） 见落花（114）

分题得震泽竹枝词，送中书李舍人（114）

115 联句

云泉庵观大石联句（115） 续金陵联句（117）

与刘金宪珏、沈启南周、沈继南召紫阳庵联句（118）

与李太仆、吴太史、小鸿村联句赠张子静（119）

与刘廷美、沈启南、沈继南雨中泛湖联句（119）

与张子静曹颙若夜集鸿村草堂联句（119）

120 诗余

长相思·无题（120） 点绛唇·闻歌（120）

浣溪沙·夏夕赏莲（120） 菩萨蛮·赠妓（120）

忆秦娥·登保叔寺湖光宝阁（120） 谒金门·赠歌者（120）

醉桃源·寄刘邦彦（120） 少年游·题小景（121）

浪淘沙·观天魔舞（121）　　玉楼春·赏克振弟牡丹（121）

望江南·阎尚温招饮湖中（121）　　杏花天·寿杨经历七十一（121）

虞美人·赠陆廷美（121）　　摊破浣溪沙·赠舞妓（121）

喜迁莺·观舞料峭（121）　　醉落魄·赏宗弟正夫家紫蛱蝶（122）

踏莎行·观观音舞（122）　　临江仙·赠余浩（122）

蝶恋花·赠歌妓沈春魁（122）　　青玉案·武夷（122）

风入松·会稽（122）　　满江红·赠歌者（123）

孤鸾·赏牡丹（123）　　金菊对芙蓉·雁荡（123）

玉蝴蝶·赠歌妓解愁儿（123）

百字令·刘邦彦招饮竹东馆赏桂花（123）　　赠妓（124）

木兰花慢·渔隐（124）　　水龙吟·钱塘（124）

解连环·送别（124）　　贺新郎·天台（124）

兰陵王·与张子静、李贞伯、朱岐凤、汝其通赏芍药（125）

瑞龙吟·水月观赏牡丹（125）

哨遍·端午日饮都玄敬于豫章堂（125）

127　　卷五　书　尺牍　序

128　　书

论郡政利弊书（128）　　上中丞侣相公书（132）

与陈黄门玉汝书（135）　　上少保王三原书（136）

辞县令请乡饮书（137）　　与叶黄门廷缙书（137）　　与祝冬官书（138）

138　　尺牍

与吴原博修撰（138）　　与吴禹畴亚卿（139）　　与吴原博谕德（139）

慰吴谕德丧弟（139）　　与沈启南（139）　　慰沈启南丧内（139）

与沈启南（140）　　与周元基院判（140）　　与干方伯（140）

与李贞伯职方（140）　　与陈玉汝给事（140）　　与张子静（141）

答张靖之（141）　　上王三原司马（141）　　上王三原太保（141）

与鲁廷瞻（142）　　与陶文式（142）　　与文徵仲（142）

与都玄敬（142）　　答吴汝琦（143）　　与王守溪修撰（143）

143　　序

大明文约访采序（143）　　王大司马年谱序（144）　　诔巫序（145）

待御刘公愍灾序（145）　　吴江张氏族谱序（147）

吴江曹氏复姓序（148）　　送李员外诗序（149）　　挽歌序（149）

赠吴顺理序（150） 寿吴廷晖序（151）

153　卷六　跋　考　议　赞　铭　对　相喻　字词　启　传　志

154　跋
　　题陆允晖所藏沈启南诗画（154）　题司马御史与祝秀才书后（154）
　　题《钱塘记》后寄吴原博（155）
　　跋米元章书《秦太虚龙井记》石刻后（155）
　　跋沈启南画赠吴汝器（156）　书赠卜子华词后（156）
　　书解光奏赵昭仪章后（156）

156　考
　　僧巨然画赵秉文跋考（156）

157　议
　　吴江水利议（157）

159　赞
　　宣宗章皇帝御书赞（159）　清平卫经历杨文远赞（160）
　　赞言寿沈启南（160）　自赞（161）

161　铭
　　也可斋铭（161）　扇铭（161）　谷铭（161）　菜铭（161）

162　对
　　革奸对（162）

163　相喻
　　相喻（163）

163　字词
　　张鼎字词（163）

164　启
　　聘陶氏婚启（164）　汝其通子聘顾宗岳女婚启（164）

164　传
　　桂彦良传（164）　姚善传（165）　吕震传（166）
　　尹昌隆传（166）　平思忠传（167）

168　志
　　龙坟志（168）　运河志上（169）　运河志中（170）
　　运河志下（171）

173　**卷七**　记　墓表　墓碣　墓版文　诔

174　　　记

　　　　记临平山一（174）　记宝石山二（174）
　　　　记参寥泉鄂王墓飞来峰三（175）
　　　　记韬光庵三天竺寺四（176）　记凤篁岭灵石山烟霞洞五（177）
　　　　记石屋虎跑玉岑山六通寺六（178）
　　　　记南屏山玉泉寺紫云洞七（179）
　　　　记西湖八（180）　记银瓶祠紫阳庵三茅观九（181）
　　　　记凤凰山胜果寺浙江潮十（181）　菊花记（182）
　　　　同里社学记（184）　荣寿堂记（184）

185　　　墓表
　　　　故永宁县主簿诸君墓表（185）

186　　　墓碣
　　　　桐村茧室盖石文（186）

189　　　墓版文
　　　　亡姑张烈妇墓版文（189）

189　　　诔
　　　　渊孝先生诔（189）

191　**卷八**　墓志铭　行状　祭文

192　　　墓志铭
　　　　张子静墓志铭（192）　沈希明墓志铭（192）　李梦阳墓志铭（193）
　　　　亡妻李孺人墓志铭（194）　亡妾叔萧氏墓志铭（195）
　　　　石桥居士史君墓志铭（195）　二殇孙墓志铭（196）
　　　　处士朱君墓志铭（196）　鸿村居士张氏墓志铭（197）
　　　　何以高墓志铭（197）　吴廷贵妻董氏墓志铭（198）
　　　　殇孙曾懋铭（199）

199　　　行状
　　　　曾祖考清远府君行状（199）　先考友桂府君行状（200）
　　　　继母朱孺人行状（203）
　　　　故中宪大夫江西南安府知府汝君行状（204）
　　　　故奉训大夫工部营缮清吏司员外郎吴君行状（205）

208　　　祭文

祭董仲舒文（208） 祭武功伯徐公文（208） 祭梁都事文（209）
祭白茅塘文（209） 祭家庙文（209） 祭外舅南庄李公文（210）
祭外姑计孺人文（210） 祭唐医官文（210）
祭陈味芝先生文（211） 祭张氏姑文（211） 祭张子静文（211）
祭疑舫周夫子文（212） 祭业师菊轩夏夫子文（212）
祭李梦阳文（213） 吴江县三里仓上梁文（213）

214　跋

215　附：《四库全书·西村集》内容提要

序 一

庄周有言曰：刻意尚行，离世异俗，高论怨诽，为亢而已矣，此山谷之士，非世之人枯槁赴渊者之所好也。语大功，立大名，礼君臣，正上下，为治而已矣，此朝廷之士，尊主强国致功并兼者之所好也。夫仁义忠信以为学，出则朝廷，处则山谷，人徒以为为亢也，以为为治也。而不知亢之未始不为治，治之未始不为亢也。故曰：夫人幼而学之，壮而欲行之。行则君子欲之，然能必其行乎哉？欲之而不可得，则其学犹是也。是故亢而不为倍，治而不为矜。则固世之所谓通儒者已。

西村先生，自少好学，于书无所不读，卓然举大义，不掇拾以为文辞，而尤攻于史学。于古今治乱之端，官府政事，名物数纪，纵横上下，指掌论说，莫不有肯綮归宿。以为学者宜如是，而不屑以求一试，声名隐然起东南。成化中，三原王公巡抚江南，以百姓之利病，坐先生而问焉。则历历语所以，退复疏其事，以道诸所宜更置。公叹曰：子之才，可以当一面。乃今得先生所著述，自诗歌文辞之外，其与旬宣大臣、台部诸使、郡县长吏往复论白，及于政事者居其三之一焉。莫不适常变，尽利害，里闾韦布之所推逊，而无有选择，缙绅大夫之所以向用致理，而不能舍去者皆是也。则所谓通儒者非先生欤？

吾吴中经生学士，讲求时务水利莫先焉。决塞变迁，大要委诸海而已，殆难按迹而求复其旧也。职方、禹贡以来，互为援据。夫人而能之，举而加诸水则悖矣。不然，则又吏于兹土者，大发在官之蓄藏，而以畚锸从事，坏庐舍，弊腓胫，掘地数十里，引旁流内其中，而曰水去矣。明年不幸而恒雨，曾不能损水之分寸。其如浮而不实，费而无功，何哉？至读先生论水利书，首以谨堤防，其大法有司者使田者因地势预为防以拟水。于是立之表以程其功，课之艺以益其厚，贷之粟以傅其力。夫民水也，大为之坊民犹逾之，况不为之坊乎。裕民成赋之道，未有能行之者，其有用之学可以画一而论也。

余生也晚，不获操几杖以从读其书，而每有感焉。先生既殁，其家孙进士臣，裒其稿为集。余曰：是集也，约而达，勤而节，谋而有征，不独论水利若是矣，可以传也。余所尝欲见先生所著《礼纂》若干者卷，尚不在集中。

先生史氏，讳鑑，字明古，吴江人，学者称西村先生。吴文定公表其墓，家世行实具可考也。

赐进士第　太子太保　吏部尚书

邑人　周用白川氏　撰

序 二

　　余少有志古文词，家无藏书。闻之吾乡长老云：吴兴有张渊先生，长洲有沈周先生，吾吴有杜璚先生，吴江有史鑑先生，其所论著皆可法也。乃日夜求诸先生之作，获一篇辄口诵而手抄之，然皆未睹齐全。而史先生者，不苟出，积日月，莫能多得。既而复求诸先生为人，皆渊潜泥蟠，冥搜玄览，而又守礼谨度，纯王之民也。于时名公卿之在朝野与有事其地者，若前武功伯天全徐公，礼部尚书文定吴公，吏部尚书端毅王公，皆为布衣交。上下其论，商榷古今，区画利害。而沈、史两先生，名在公卿间，尤赫然者。诸先生既殁，三四十年间，遂不复闻隐君子之作。夫岂声迹俱晦，抑偶无其人耶？而诸先生之作，犹播在人口。

　　嘉靖癸未春，史先生之孙臣与余同举进士。进士之子璧，通家往来。因请史先生之作，凡昔所未观者，悉检以授。有若夜光明月，贾人知其至宝，求之弗得。而一旦尽得之，盖有不胜其喜者。乃日夜读，读其赋，其辞弘演而不至于谣，体斯备矣。读其古诗，其词赡而不厌，其隽永者乎？读诸近体，其词峻而整，约而达，出乎声比之外者也。读其序，敷引旁达，秩秩如也，章章如也。读其记，词核而事举，谓之善志。读其铭墓之词，实录而不近于谀，其生者以慰而死者无遗憾乎？读其杂著，其体殊，其词班班乎可观，商彝汉鼎，其款识要自有别也。及读其水利、议郡政书，诛巫之文，革奸之对，则叹曰：繄非词人之词也。慷慨愤世，惧俗敝而上弗恤，政缺而民日以病，不得已而言也。呜呼！有本哉。世尝谓文章家有二：台阁经世之文，山林遁世之文。史先生居震泽之濆，耕而读焉，钓而游焉，爵禄不入于心，非所谓山林之士乎？然采其论著，有足以经世者，其于台阁固已具之，而诸名公卿固已识之矣。璧将请于父，以先生遗稿寿诸梓，使余书其言为序。

　　先生字明古，别号西村，故曰《西村集》云，诸体总若干卷。

时嘉靖八年己丑三月上巳
赐进士第　兵部职方司郎中　郡人　卢襄师陈甫　撰

序 三

徐子读太史公言：岩穴之士，趋舍有时，类湮没而不称，未尝不笑之也。古之遁世者，若焦先赢，孙登嘿、仲长子光喑，甚矣哉。皆无家属，绝人事，并不费身前后名。夫讵有厚实而声湮没者哉？又读所谓砥行立名者，非附青云之士恶，能施于后世，又未尝不笑之也。夫砥行立名者，青云之士也。其附青云之士者，非青云之士也，又何砥行立名之有？

盖明兴、文献之盛，松陵有史明古先生，布衣抱当世之具，籍甚成弘间，或曰隐君子也，或曰非隐者也。徐子曰：先生青云之士也，其隐耶？其不隐耶？其在隐不隐之间耶？皆不足论。品法书名画者，论佳恶，不当论真赝；品贤人君子者，论真赝不当论隐显。隐显者，其遭遇或其趋尚殊哉。虽然谓先生非隐君子不可，宋进士单锷著《吴中水利书》，苏长公录进于朝，方新法炽，格不行，锷遂隐居不仕。先生经济才，所著《吴江水利议》《运河志》，其水学视单公不啻过之。其上邦伯郡政利弊书，上中丞时务书，语语硕画，亦略施行矣。

夫以先生之才，当宪宗皇帝全盛之时，三原王公得君以大司马之重，拥节钺，镇江南，与先生具宾主礼时，先生年未五十，岂不能登诸朝大用之，而竟以布衣老，则先生不愿仕也。彼碌碌者，游大人以成名，名必不成。诡命曰隐。按先生所往还名卿士大夫踪迹，皆不得已而后应，叩之而鸣，语不及私，乃大人游先生，而非先生游大人也。故曰隐君子也。

先生同时有赵与哲，亦受知于三原公，所著《仙华集》，或疑其言涉时事，非处士所宜。陆太常子余论之曰：刘胜虽清高，未必贤于杜密。彼隐情惜己，自同寒蝉者，直拘士一隅之见，岂所论夫弘达君子哉？余于先生亦云：若必埋名灭迹，世无一人知者，而后曰隐，是名在隐逸传者皆非隐逸，名在《高士传》者皆非高士。隐之名义当何从立，且郭林宗《布衣操》教导，权重于卿相，将不得名高士哉？不佞非隐者也，而以多病潜迹。先生之从孙曰辰伯者，见访深山中，哀先生已梓未梓集，属采择而序之。旧有序，余读之，则先生有孙臣，登进士，官少参。而余自幼知先生，不知少参也。先生既弗试，而少参公未究其用。辰伯孝友，甚好古，隽才宏藻，将于是焉在。虽然圭璋特达，谓先生将以辰伯益重，则非先生也。谓辰伯席先生重，则非辰伯也。虽余不妄言，谓能言必不妄言者，一言之弁重，则非史明古先生集也。

时万历三十一年癸卯春日
吴邑　徐应雷　声远甫　撰

序 四

　　夫士之修行立节于时，而湮没无闻者，何可胜纪也。又其名赫一时，与当世钜公游而久乃湮灭者，又何可胜纪也。予少侧闻史明古名，谓当时运方隆，吴文定公以重德名海内，而苏之士若明古及沈启南、杜用嘉、张子静，皆相与善，而张之名尤晦，至踪迹之不得。明古之孙曰璧者，予尝数见之，然未及请。今其从孙兆斗，余字之北河者，每言及先世，则知明古之后有人哉。

　　夫明古先生于当时，名可得闻，不可得见。郡邑数致礼，辄避之。三原王公抚吴，固名德重臣，造其庐请见，犹不许。至再三，乃见，布衣抗以宾主礼。询以当时急务，言皆中肯綮，不阿意以徇，王公竦然敬异。观其上书论郡政利弊者八，其首曰吴赋之害，长税与输税者，交弊于力不胜之困，旧额已定，虽欲稍宽之不可，而转漕者亦不能无少丰饫之食，况卒有水旱之虞，而国计所系，其若之何。其曰除盗长，抑兼并，皆指长民者不加意于民瘼。余皆恳恳款款，曲为之计，而务厘安靖之方，无一言不著明者。故旧籍于公稍损十之一二，而下之供输，亦不敢负以匮国家之用，上下兼利，其言必可施行。王公尤仁德忠爱，采而上之，以定邦之衡准。至于今迄赖之者，皆明古先生言之力也。而终不肯一应命以出。固宪、孝间气化纯厚，其所养育人才，无有佻浮轻靡，诡时谲诞，以崇虚名者。且文亦皆温丽雅正，检严典则，其体裁若一，识度弘远，鉴览淹该，问学渊源，互相师友。非若今之士，乃流于学伪而博，行非而辨，以欺世盗名者无算也。且伪则伪矣，而博不能，非则非矣，而辨且不逮，惟以千牍遍请，势诸名乡，虽结客而匮其家不惜，其所为皆鲁朱家所羞称，乃窃盗居民间者。犹洋洋自衒，为人居间日，若某事可以某当道解也。而复昌处士名，谓我能不干时争进，隐遁不污，是何其爽实哉。风之沦濡若此，故予观明古先生集而深慨焉。今之风虽欲挽而上之，其可得乎？夫人不悦学，则才虽敏给，而空疏无当。以此逞词，徒华蔚藻赡，且不足言，而况其浅肤，能望古之藩篱乎？

　　兹集久不易睹，今北河出而镌之以行，若玉在椟，其光发闻，能竟掩乎？余叹昔之晦，而今当大显于时，敬为之序。

沛国监察御史　刘　凤　撰

总　目

卷首　征聘诏　隐逸传　墓表　荐疏　乡贤申文　挽诗
卷一　赋　辞　颂　乐府　歌行
卷二　五言古　七言古　杂言古
卷三　五言律　七言律
卷四　五言排律　七言排律　五言绝句　六言绝句　七言绝句
　　　联句　诗余
卷五　书　尺牍　序
卷六　跋　考　议　赞　铭　对　相喻　字词　启　传　志
卷七　记　墓表　墓碣　墓版文　诔
卷八　墓志铭　行状　祭文　跋

　　　　　　　　　　　　　　　　十世孙　　濂　　编次
　　　　　　　　　　　　　　　　　　　　积厚
　　　　　　　　　　　　　　　　　　　　开基
　　　　　　　　　　　　　　　十一世孙　　　　　全校
　　　　　　　　　　　　　　　　　　　　积辉
　　　　　　　　　　　　　　　　　　　　积勋

《西村集》发凡（凡例四则）

　　一、凡古人文集必载传述，以考其生平。兹取《征聘诏》《隐逸传》，吴文定公墓表，巡抚荐疏，崇祀申文，及吊挽词章冠诸帙首，庶几世之君子，开卷而如见其人云。

　　一、是集旧刻数种，皆非全本，不无异同。兹遵义维公手葺原稿较雠次第，凡见于旧刻，与钱牧斋先生《列朝诗选》，朱竹垞先生《明诗综》者，无不毕备，较之从前刻本更为完美。

　　一、抄本分二十一卷，多寡不均，位置多讹，为请于当湖陆陆堂、吴门李客山诸先生点阅商榷，稍逸其应酬文字、诗选十之五，文选十之七，合并而论次之，编定八卷，付诸梓人，流播海内。其外仿《归震川先生集》例，名为余集，藏之家塾。

　　一、编次诸本不拘，兹仿朱竹垞先生《曝书亭集》例，首赋，次诗词，次书序、跋、考等，而以墓志铭、行状、祭文居末。

十一世孙　开基　百拜谨识

卷 首

征聘诏（成化十六年八月）

朕承丕绪，用人图治，亦有年矣。永惟劳于求贤，然后成无为之治，乐于忘势，乃能致难进之英。闻尔处士沈周、史鑑沉酣经史，博洽古今，蕴经纬之远猷，抱君民之宏略，顾乃遁迹邱园，不求闻达。朕眷怀高谊，思访嘉谟，兹特遣使征尔赴用，隐期同德，出宜汇征，以副朕翘企之意。

隐逸传（载《吴江县志》）

史鑑，字明古，邑黄溪人，学士仲彬之曾孙也。鑑年十二、三，天才敏妙，语即惊人。守祖训，不愿仕进，隐居著书。吉凶之礼，动遵古法，论事慷慨，人莫能屈，钱谷水利，无不周知。世居穆溪，擅园林之胜。客来访者，陈彝鼎图书，古色照耀，不减顾瑛玉山草堂。喜交游，持信义，游其门者不绝。性尤直谅，有过必面规之。成化中，王恕巡抚江南，闻其名，延礼之，咨以政务，鑑接席抗论，未尝及私。恕深器重焉。吴文定公宽、李太仆应祯、沈布衣周皆交契，倡和甚富。晚岁，举修《宪庙实录》不行。弘治丙辰卒，年六十三。鑑于书无所不通，尤长史学文章，雄深古雅卓然成家。五言诗力追晋魏。所著有《西村集》《西村杂言》《小雅堂日抄》《礼疑》《礼纂》凡若干卷。时，黎里尹宽、平望曹孚、练塘凌震，并敦学行，与鑑为诗酒交。民间号"四大布衣"。

墓表

会状元东阁大学士兼礼部尚书谥文定　　长洲　吴宽　撰

吴江穆溪之上有隐士，曰史明古，其为人足迹不出百里之外，然江浙间人知其名，至于郡县大夫亦皆礼下之；而予取以为友，盖四十年于此矣。其志正而直，其言确而厉，其所为无弗依于礼者。当其壮时，患闾里之人以巫觋惑众，上书县中，欲尽除之。曰：此皆不容于先王之世者，不除则风俗不正，礼教何由而行耶？与人论事，辩说超踔，坐客莫能屈至，有所感奋，词气益峻。虽达官贵人冲突不顾，见依违徇情者，心辄鄙之。其治家辨内外，定上下，严若官府然。凡吉凶之事，悉违世俗，而行必仿于古，知礼者取之。

其学于书无所不读，而尤熟于史论，千载事历历如见，而剖断必公，盖有宋刘道原之精。至于时事人言，得于闻见，往往笔之成编，则有洪容斋之博焉。若其才，如钱谷水利之类，皆知其故，使得郡县而治之，恢恢乎无难者。为文章，纪事有法，醇雅如汉人语。诗则不屑为近体，兴至吟声咿咿，冥搜苦索，欲追魏晋而及之。家居甚胜，水竹幽茂，亭馆相通，如入顾辟疆之园。客至，陈三代秦汉器物及唐宋以来书画名品，相与鉴赏。好着古衣冠，曳履挥麈，望之者以为列仙之儒也。

间与亲友吴铁峰数人，扁舟往来，月为雅集，以觞咏相娱乐。又尝与刘金宪、沈石田诸公游武林，经月忘返。所至为文记之，曰此未惬吾志也。会当绝大江，北游中原，览岱华，涉河济，循王屋、庐阜而归，其思致之高如此。晚岁，益务清旷，室无姬侍，筑小雅之堂。方床曲几，宴坐其中，或累月不至城郭，至则止宿僧舍而已。

前二年，予家居，一日忽冒暑见过，饮冰数碗而去。又二旬而疾作，家人进药，俾持去。曰："吾治棺待尽久矣，且吾年六十三又夭耶？"竟卒。弘治丙辰六月庚子也。

明古状貌奇伟，须髯奋张。平生喜交游，惟其持信义。四方之士过其门者不绝。于所厚者有过，尤好面折故人，尤以直谅称之。少谒武功徐公，公与谈史，即许其有识。遂数从议论，而识益进。今致仕三原王公巡抚江南时，闻其名延见之，询以政务，尤许其才。然未尝言及私事，公益重之，且恨其老而不用于世也。

其讳鑑，初字未定，后始字明古，自号西村，人称西村先生。曾祖彬，祖晟，父珩，母凌氏，继母朱氏。娶李氏，子男二人，曰永锡，太学生；曰永龄，县学生。女一人，适乡贡进士吴鋈。孙男四人，曰曾同、曾继、曾遇、曾遂。曾同，县学生。孙女二人。曾孙男一人，曰梦祯。

当明古卒之明年，予与文温州宗儒往哭之，其二子哭拜，即以墓文。请予念失此良友，方切悲伤，而何文之能为耶？顾有终不得而已者。乃卒之四年己未三月庚申，葬于吴县西山之博士坞。为表之曰：呜呼！世有信古执礼如斯人者乎？世有博洽好学如斯人者乎？有才之达论之正如斯人者乎？亦有刚直好义高旷绝俗如斯人者乎？有如斯人，当观其终达生顺命能保其躬。呜呼！明古庶无愧乎其中。

荐疏

钦差巡抚南直地方、总理粮储兵部尚书、兼都察院右都御史臣王恕谨奏：为荐举贤良，以裨圣化，以光盛治事。臣闻唐虞咨询，务存采纳，周文好士，恒若渴饥，用能成雍和之化。故臣子效忠，不惟勤劳其身，尤必多所引荐，以底绩勋。史鱼不忘蘧瑗，鲍叔请召夷吾，自昔公笃之虑类然也。

臣待罪南都，咨访遗逸，窃见苏州府吴江县儒生史鑑，天资超纵、艺才标植，文采英畅，议论条贯，恳有端绪，耳听目览，瞥见不遗。坟典邱索，竹素以来，无不淹诵。遇所著述，下笔不休，义理由其手出，精深博敏沉雄。藻绘词赋，可相如比肩，书奏则严安徐乐不能过也。且烈亮有闻，富强之计，诚文武克允，贞干负荷之器也。

伏愿拔擢陛下，临轩亲试。其可畀以方面之重，必能究尽事情，行且大济武功，益隆文治。三年之任，而不能大有益于时政，臣当受罔上之诛，无所辞避。

伏惟陛下，圣神亮察，幸甚幸甚，不胜恐惧云云。

乡贤申文

苏州府吴江县（尹詹文光）为崇祀乡贤，阐幽德，以激后进事。据儒学廪增附生员李炫、梅禹锡、钱干、沈瀚等呈称，没世不忘君子盛德之效，奉尝有纪古人尚贤之方，故经重法施于民之文，令著岁列于祀之典。此古今通例，风化攸关者。本邑已故征君先生史鑑，字明古，号西村。自诗书衍族，本忠孝传家，事继母以孝闻，待诸昆以友著，超然出尘世之表，卓乎具古人之风，博学无穷，笃行不倦。年几杖国，非公事不至公门。身有席珍，擅儒名而广儒业。志非鸿渐，羽足为仪，行不同人，分甘于野。治家有训，别内外而辨上下，处世不流，立纲纪而布经纶。冠婚防祭四端，辑四礼以行古道，衣冠宫室等制，遵会典以合时宜。广祭田以备春秋，礼严宗族，设义塾以淑子弟，教普亲疏。两朝以贤良征，上书而固辞也；一邑以巫觋惑，建言而尽除之。内阁吴文定公宽，笃以朋情取谟猷，而建调元之绩；巡抚王端毅公恕，待以宾礼借经画，以成治水之功。宪庙纂修核而不鄙；西村文集古而益深。《左传编礼》《经疑》《礼经纂》《明文约》《博古考》，功懋先儒。《运河志》《水利议》《小雅日抄》《武林纪事》《司马年谱》，文开后学。辑远祖废冢，清隔府浮粮。实三吴之高士，诚一代之伟人。乡党称扬，口碑尚在，缙绅传述，心法犹存。借使不能著行于前，曷克流芳于后。当时仰瞻山斗，今日想见羹墙。旧业遗文，动如存之感，流风余韵，关没后之思。验此行实之详，允协褒崇之典。礼应申请送入乡贤祠，一体同祀，庶使德化熏蒸，风声感召，足以彰显阐幽之意，且造移风易俗之端。事关公典，理合备由。

挽诗

登小雅堂哭故友西村史先生
吴　宽

路绕黄家溪水长，春风洒泪复登堂，
草荒求仲常来径，尘满元龙旧卧床。
分手死生嗟契阔，伤心聚散觉凄凉，
高邱数尺栖神地，碧树争凋不待霜。

哭史西村先生
文　林

百里乘舟泪不干，堂登小雅倍辛酸，
高台月上人何在，旷世风流骨未寒。
好古有心真自许，贻谋无地不为安，
伟哉尚觉闻雄辩，漫展遗文一再看。

登小雅堂哭西村史姻家先生
沈　周

筑台高住似神仙，恰好堂成及已年，
歌哭于斯人忽耳，死生无度事茫然。
青山底处寻藏史，白雪从今付绝弦，
此夜独登惟见月，清光依旧石阑前。

哭西村回雪中过莺脰湖有感再悼一章

不复见此叟，归哉空雪湖，
低云接清泪，远浪激长吁。
肮脏老博士，峥嵘伟丈夫，
明廷虚购玉，沧海实遗珠。
雄辩长翻口，衰痕未满须，
斯人竟微疾，我辈强孱躯。
一邑人皆愕，三年梦已殊，
妙篇留脍炙，还与不亡俱。

登小雅堂哭西村夫子
文　璧

六十三年盖代豪，掀髯想见气横涛，
乡间总识衣冠古，流俗空惊论议高。
前辈似公何可少，英雄终老亦云遭，
凄凉小雅新堂上，曾把文章勖我曹。

登墓哭故友西村史先生
都　穆

纸灰飞雪满坟台，知是家人拜扫回，
交谊忘年吾敢望，东风吹泪湿青苔。

附：西村集参订姓氏

陆堂陆奎勋聚緱　　平湖　　恬渊周祖恂实夫　　吴江
意庭周振业右序　　吴江　　宾门周　穆次岳　　震泽
在亭李　果客山　　长洲　　莲丰周元熙缉堂　　吴江
宝研沈　岩颖谷　　吴县　　裕堂许坦容昭夏　　嘉兴
澹宁周日藻旭之　　震泽　　澹虑汪　栋峻堂　　休宁
果堂沈　彤冠云　　吴江　　宜轩胡　燮汝调　　秀水
立堂杨煜曾吾三　　阳湖　　适庭朱　昂德基　　休宁
娱村朱稻孙稼翁　　秀水

不磷陆载霍亚瀗　　平湖
教南陆载纪抱青　　平湖
渔乡陆　纶怀雅　　平湖
苎村张　庚浦三　　秀水
兰村郑　焘荀若　　嘉兴
竹堂王德普长民　　秀水
虹舟沈祖惠屺望　　嘉兴
白榆张　星九野　　秀水
署香金掌　紫封　　宝山
篱村周轶群骥良　　吴江

卷 一

赋

望泮楼赋 为何中丞作

会稽名邦，新昌望邑，沃州前陈，天姥左翼，奕奕学宫，多士斯集。猗欤先生，世家其侧，其侧伊何，夏屋渠渠，于寝之西，爰楼以居，匠石抡材，史皇画图。因揆地之不足，乃借天之有余。重檐防注，八窗洞虚。外靡饰乎丹雘，中惟藏乎简书。至若风和日美，冬温夏凉，天宇朗豁，云容敛藏。先生乃羖爵弁，冒葱衡，被纯衣，揄繡裳。或登左城，或由右平，唯意所适，徘徊翱翔。既徙倚以流睇，复招摇而永望。伟宫墙之岌嶪，囿泮水之汪洋。左涵右濋，前疏后阏，如月之弦，如环之玦，泓渟渊澄，汩隐荡潏。白虹之来流衍，青鸟之征源发。忽掀风而触石，举洒雨而跳沫叶。其旁则有兰杏棠植，枞桂楠樗，璀璨荟荣，掩冉交柯。其中则有萍荇蘩莼，芹藻菡蓀，应风靡靡，捲水田田。若夫礼殿东建，讲堂西抗。垒石崇基，疏峰列障。宪星宿而经营，法阴阳而背向。其为形也，璟谲丰隆，其为势也，暎罘宏壮。飞梁搏负而蜿蟺，刻桷参差而矫伉。丹青炜煌，光彩晔睢。蛟龙腾而夭矫，禽鸟飞而翙颃，灵异奇怪，莫可名状。又若廊庑对列，黉舍类区。直如矢棘，张如羽舒。循循如接武，累累如贯珠。莫不俎豆兹设，诗书是储。或先贤之所从祀，或弟子之所攸居。乃有緌儒敷教，髦士穷经，爰游爰息，允脩允藏，或处于室，或造于堂。校艺肄业，问疑启蒙，分刌节度，剖析毫芒。当春服之既成，时夜漏之未央。咏归兮其行济济，弦诵兮其声洋洋。是故月课其成，岁献其良，巍科甲第，后先相望。器之为瑚琏，才之为栋梁。任方隅者为岳牧，赞政化者为公卿。罔不由此宫而出，岂不为贤才之大方也哉。若其行告报节，春秋筮从。日戒群寮，命涤为酒，宿宾为期。至日东方未明，辰次于子，大夫朝服，其袂有祛。至于庙门，肃肃庪止，博士相之，肄此群士。视杀既毕，摡器斯已。乃馨黍稷，亦燅羊豕山物具登，泽鲜备有。血腥上同乎古初，焊孰聿兼乎人鬼。遂乃爃火举牲体，升簠簋馔笾豆。陈工祝致告，佐食骏奔。于是大夫即位，庶士缀行；爵觯具献，燔炙毕从；馨香苾芬，光景辉煌。尔乃麾旛举，升龙翔，柷具击，轩悬鸣。钟鼓锽锽，金石铿锵；丝竹繁而不乱，匏土列而不伤。迨升歌之一出，众音比而低昂。是皆宣中和而感神人，窈幽渺而调阴阳。又若华冠纷，羽籥人，行八风，舞六佾，或俯或仰，或徐或疾，奋袠翩翩，顿趾秩秩，泛而不浮，沉而不窒，张而不纵，翕而不抑，气洽形和，神畅志得。于是神具醉止，祝告利成。祭之明日，寻绎于祊，维道原之不已，求神在之无方。是知圣朝之所以尊师重道，岂徼一时之福，报一世之功也。至若宾兴之期，蜡通之祀，因民聚之时，行乡饮之礼，或序宾维贤、或正位以齿。欲使民尚德而敬长，观化而兴起。于是主人谋宾介，誓有司，戒且肃，敬甚卑，拜辱于馆，拜至于阶。宾席南向，牖南是基。两阶之上，主阼介西，有降必从，有洗必辞。主人献宾，荐脯设俎。哜肺兴加，啐酒告会，乃酢乃酬，百拜成礼，献介如之，遂及众宾。众宾之长，升者三人，坐祭立饮，肆席其西。若夫位于堂下，亦辩荐而必均。猗一人之举觯，助主人。而乐贤有遵，维公大夫，实从公席。三重位于宾东，大夫再席主北，西容维升降，与献酬縶，介宾之是同。乃有乐正先升，群工次入，歌之三终。比以二瑟依，特磬以为声，吹笙和而应律。遂乃间歌雅什，合乐风诗慨大音之。犹在美王化之始基，然后正歌备工，告悉主人，降司正陟，奠觯饮旅。酬毕彻俎，脱屦揖让，就席爵行，无算乐奏。维欲乐湛无荒，醉止不失及夫。礼既成，宾辞出。陔夏奏牍声作，应偕鸣雅合节。主人拜送，以明有卒逮。夫孟春之月，合射学宫，只用观德，亦以和容饮礼。倡其始燕礼，衍其终，其为职也。则有宾而无介其为乐也，则释雅而歌风采。侯既彰照质攸，设特磬徙东其簨。捷业司射，适堂袒而遂决。有司请射，三耦维列。弹弓既彀，羽簇斯棘，景如星流，声如帛裂。有旌负侯，树羽幢幢，诺声振乏，唱获奏功。释者报算，委于鹿中。用祈尔爵，取饮于丰。献获于侯，乃用折俎。获者负侯，北面拜受。初适右介，终中亚左，遂当侯以三祭立既爵。而竣后，维大夫之与公士，亦拾发而为耦揖，皆进以当物，取乘矢而顺羽尔乃乐。以驺虞应，以悬鼓采苹间之其终。咸五越三射之既，周辩受酬而旅语。恍若子路执弓，序防扬觯，而相与习于夒相之圄。乃知先王之教，所以习容仪知贤否。可以文，可以武，非以之逸时而尚膂也，旷千古而难兼。乃一楼而毕睹，匪慈母之三迁，由择居之得所。于是朝之缙绅，乡之黄耇，咸喟然而称，若出一口，曰夫楼观者，所以广心目宣郁滞，畅精神览风气。史不胜书，文不胜记。然求如我望，泮之饫道，醉德渐仁，浃义慕圣，思贤育才。游艺是殆，犹霄壤之殊，固不可甲乙而第。然而，先生怃然若惊，瞿然若悸，思其所未能，不自以为至也。客去乃援琴而歌之。歌曰：日月光华兮，不远伊迩，其来无终兮，其被亡已。再歌曰：明明在天兮，人皆见之，运行有常兮，匪独我私，乐此终我生兮，又将何求？

结微赋　送吴修撰原博起复

繄青春之献岁兮，和气周浃而流行。白日昭晰于上天兮，微风动物而发生。惟美人离此故居兮，将腾驾夫远道。榜艅艎之长舟兮，济江湖之淼淼。纷宾从以驰骛兮，咸出祖乎河之梁。蒸蕙兰以为殽兮，精琼瑶以为浆。羌升歌而比竽瑟兮，音博衍以疏越。献羽觞而旅酬兮，行徘徊而未发。眷回视夫旧乡兮，情郁悒而内伤。念王事之靡盬兮，惩怀与安之败名。忽交手以前行兮，曾不能须臾处也。望云旗之委蛇兮，顺埃风而轻举也。经中原之千里兮，睹邑野之萧条。喟忧心其忉忉兮，哀民病之曷瘳。凌吕梁之洪涛兮，指天津以径度日。皇皇而不暇息兮，恐年岁之迟暮。曼流目以遥睇兮，伟皇都之赫戏。腾王气于中天兮，俨神明之所居。旦将入觐于六仪兮，宿澡被而致齐。闻鸾声之将将兮，起视夜之何其。戴切云之高冠兮，带长剑之陆离。被夜光与明月兮，槛椒兰以充帏。当阙门之未启兮，聊假寐以潜婧。魂营营而靡适兮，岂斯须之忘乎敬。忽鸡人之唱晓兮，命天阍其启关。烂煌煌之庭燎兮，纷炫燿乎崇班。风泠然而转炉香兮，芳菲菲其满殿。奏中和之韶乐兮，凤翔鸣于霄汉。望重瞳而舞蹈兮，折璚枝以为献。亮君用之不乏斯兮，冀少伸其慕恋。惟玉署之清华兮，在人间而天上。备顾问而献纳兮，掌丝纶之密命。盖将储将相于禁林兮，岂辞藻之为优。溯紫霄而容与兮，凌玉清以逍遥。启北扉而乡浴室兮，纷召对以无时。总史笔之婉微兮，发金匮以抽思。诞帝心之简在兮，秉化权其有日也。沛德音之浃行兮，周四海而靡息也。勒金石而播声诗兮，又何古人之不可及也。嗟予生之贱且远兮，固幽独而伤怀也。苟愿言之不孤兮，虽槁死山泽其何悲也。乱曰黄鹄一举翔千里兮，其羽可仪。洵且美兮，罻罗高张。莫我以兮，下视鹑鹦。栖棘枳兮，其鸣咬咬。其飞靡靡兮，顾瞻徘徊。不知所止兮，高下异势。固其所兮，匪不尔慕。不可易处兮，翩翩独征。无畴与兮，庶几永日。以安所受兮。

惜愍赋　送莫景周赴新昌训导

秋风萧条夕起兮，白云变而为霜。原野寂寥无色兮，草木为之不芳。嗟夫！君去国而远逝兮，将往遵夫行路。謇徘徊而不进兮，步十举其九顾。望皇居而不见兮，涕浪浪以霑衣。情侘傺而莫释兮，何须臾能忘之。繄愿忠而慕义兮，冀少伸其防志。胡壅遏而不通兮，曾不能以一试。彼蕙纕与兰佩兮，宜日切乎君身。忽弃捐于山谷兮，岂将惠夫南之人。睹江湖之浩浩兮，纷日夜而东流。驻驷马于山皋兮，乘舲船而下浮。去故乡之日远兮，路险艰而多悟。济钱塘而上稽山兮，跽陈辞于神禹。慨圣功之无间兮，民日用而至今。仰昭回于上天兮，俨光华之照临。入浦江以南徂兮，眷新昌之所治。俗俭啬以忧勤兮，乃风气之所防。山嵸巃以多云兮，昼冥冥其若雨。林幽深以行迷兮，疑非人之所处。虎豹穴处而咆哮兮，猿狖跳梁而啸啼。溪谷崭岩而险阻兮，草莽委被而萋迷。苟众芳之不乏君用兮，虽僻远其何悔也。羌好修以为常兮，矢初心之靡改也。昔贾谊以才见嫉兮，卒远窜于长沙。终焉宣室之召对兮，语前席而忘罢。苟其言之见用兮，身不必在乎君侧。繄贵宠之与贱疏兮，谅由命之所出。惟定心而广志兮，宁时俗之能从。挢兹媚以润身兮，岂将愁苦而终穷乱。曰凤凰集于高岗兮，世已见其文章。固非时俗之所好兮，然共以为嘉祥。托灵风而上浮兮，俾翱翔于帝乡。

甘泉赋　为吴汝琇作

维皇天之流泽兮，降灵津于厚地。随洪纤以成形兮，滋万物以攸利。陁于川而不为隘兮，放于海而不为泰。浮元气之淋漓兮，长如斯而靡竭。猗高源之汨汨兮，实异名而同类。孕湛露之余润兮，毓圆魄之凝精。发脉于至密兮，而演派于无垠。挹之斯不亏兮，贮之斯不盈。超浊世之埃滓兮，沁沆瀣之华英。彼美人之嘉遁兮，心澹泊而无所乐。独于斯之钟情兮，将夙夜以从吾好。朝酌之以自甘兮，暮饮之而属厌。彼刍豢之羶腥兮，固无与乎享烬。羌疏食之与太羹兮，纷胥是以为具。庶几日周旋兮，以永夫终誉餐。至和而咽真液兮，濯脏腑而澡精神。除粗秽而沃内热兮，思飘飘之上渟乎。浮云眇六合之密迩兮，举集于吾之目前。托余音于商歌兮，俨金石之相宣。歌曰：泉之浇穹，然可以栖吾之宇兮。泉之流悠，然可以溉吾之釜兮。泉之味泊，然可以洁吾之茹兮。终吾生而靡他保兮，愿见君子而誉处。

辞

桂岩辞

桂树连蜷兮岩之幽，有美一人兮于焉逍遥。履崭岩兮日延伫，嗟所思兮在中路。謇何为兮不来，恐年岁兮迟暮。采芳馨兮遗之，远莫致兮愁予。结桂枝兮为房，芳菲菲兮满裳。矫厥美兮自媚，日欣欣兮乐康。

云松辞 寿诰封礼部杨景芳

长松兮苍苍，白云兮英英。上有女萝兮下有苓，驾飞龙兮行四方。寒夫君兮惟顾怀，日徜徉兮澹忘归。结松枝兮为盖，揽云气兮为衣。云衣飘飘兮儵轻，举仙之人兮纷纷而从女。朝苍梧兮夕县圃，君长生兮乐无苦。又重之兮有美子。松宜栋梁兮云宜雨，润干枯兮庇寒暑。

颂

慈竹颂 寿王节妇

维坤德厚，竹挺生兮。贯历四时，常青青兮。中虚外直，类秉志兮。色润而贞，不妩媚兮。材为世用，调律吕兮。和乐定时，万事举兮。翠实罗生，凤斯集兮。五色离褵，映朝日兮。恒干亭亭，执峻节兮。愈老而坚，傲霜雪兮。抑之不挠，撼不蘼兮。允矣硕人，可比德兮。挺立不迁，如劲特兮。娟静洁清，其仪不忒兮。秉节好修，遇变靡易兮。其萌夭夭，耿有光兮。为民之则，烂文章兮。令名令望，日孔昌兮。千百其世，未可量兮。

乐府

褚公庙乐章

[迎神] 天苍苍兮，九重神皇皇兮，云中乘飞龙兮，翱翔览宇宙兮，无穷临睨旧乡兮，顾怀载云旗兮，下来飘风屯兮。零雨慰我民兮，夙思民思兮。焉极意恍惚兮，有奕鼓钟将兮。和鸣神既留兮，为民饮食。

[送神] 庭燎有辉兮，夜向明云掩冉兮，光晶荧神其醉饱兮。欲旋溘埃风兮，上征驾云车兮。骊玉虬耸长剑兮，挥夸矛斩防魖兮，屠蚩尤廓妖氛兮，无外匪独贲兮。此酬。

乌啼曲

慈乌夜夜啼，啼我门前树。今年复明年，生儿不飞去。
返哺鸣相呼，旁人莫惊起。儿大还生雏，乌儿尾毕逋。

敬宗操 并引

敬宗美,凌孝子也。孝子能爱敬其嫡,有加于生,可谓知所重矣。嗟乎!世之人私其所出,而薄其嫡者,比比而是。甚至贵为大夫士,而于赠送之典,有乱其分者,不知蔑其父,而诬其宗庙,自陷于非礼。闻孝子之风,可以愧矣。余故假其词而寓诸音,授操缦者,弦而歌之,庶观民风者,有所择采焉。

少生我兮,儿宁不知。儿奉嫡兮,将尊父为。父为尊兮,宗庙斯敬。儿于所生兮,岂忍忘之。呜呼!天高以尊兮,地顺以卑。儿心孔悲兮,知者其谁。

图茔致思四首 并引

林侍御诚,莆田人也。生十八日,丧其父进士公辉,七龄丧其祖兵部郎英。侍御贵,以言忤时相归。日畚土树木,坟成。迨复用以诸陇之,不能朝夕斯也。乃绘为图诗之,以泄其哀思云。

宝涧操

兵部初葬谷城山,既迁宝涧之西,题曰宝涧西原

群山巃嵸,孕厥灵兮。维石林林,粲列星兮。水泉交流,树罗生兮。匪无谷城,可以藏兮。不如此之,安且臧兮。公孙独贤,行四方兮。谁捍牧采,无毁伤兮。瞻望弗及,涕泗滂兮。

象山操

进士之墓在象峰,题曰象峰东麓

瞻彼象峰兮,维麓陂陀。考昔早亡兮,托体其阿。儿焚黄兮,亲知不知。儿树未兮,日益以多。呜呼!谓天匪高兮,谓地不那。生不父识兮,悲其奈何。

凤山操

进士之配封孺人,吴氏葬地也,题曰凤山北陇

高哉凤凰山,下有寿母坟。孤儿日种树,岁久皆成林。
林成使坟好,利尔非儿心。一朝受王命,舍之登要津。
慈乌飞来树上栖,哑哑反哺鸣声悲。尔乌有母伸其私,
我独行役未能归,侧身南望涕涟洏。

涂岭操

<small>侍御寿藏，题曰涂岭南窝</small>

涂岭崔嵬，深谷逶迤。营彼中藏，厥土攸宜。
象峰东委，凤山北峙。去父母居，不远伊迩。
瑕邱云乐，蓬瑗请前。子高复事，择不食焉。
君子之与。惟中道处，观于九原，吾其归汝。

冠礼图 <small>为邺人余怀明</small>

大宾初戾止，赞者相其仪。主人迎入门，揖让共升阶。
铺筵在东序，栉纚为施笄。降升授缁布，进客前致辞。
适房服玄端，爵弁亦从加。幼志既云弃，成德斯慎之。
孝友其时格，多福由兹基。努力永勿替，万寿以为期。<small>始加</small>

出房欲何之，南面示容体。大宾降西阶，盥卒升正纚。
皮弁亲执之，乃申再加礼。尔德苟能慎，威仪斯济济。
眉寿万斯年，受祉兹其始。素积既阳阳，素韠还委委。
服之永无斁，夙夜斯敬止。<small>再加</small>

三加礼弥尊，欲使谕其志。爵弁高峩峩，纯衣美而裒。
纁裳遵古法，韎韐非新制。兄弟咸具来，孝友期无替。
厥德斯有成，礼仪兹既备。甘醴受而祭，孔嘉昭尔字。
黄耇与台背，俾尔耆而艾。天休永保之，克昌惟世世。<small>三加</small>

歌行

灵芝歌

灵芝生，粲若英。来百福，世其昌。
灵芝生，光且奕。庆斯钟，象乃德。
灵芝生，铜池中。和致祥，寿无疆。
灵芝生，气之粹。配庆云，像华盖。
灵芝生，受天祜。祜维何，锡尔祚。

灵芝生，何轮囷。子孙兮，宜振振。

丰城篇　喜汝其通秋捷

丰城孕灵异，古剑沦狱中。高庸以为域，厚土以为封。
匪无用世意，守在得其从。光芒不可掩，精气化为虹。
融然静夜中，上贯牛女宫。遂令博物人，候望讯奇踪。
启凿发深锢，拂拭去尘蒙。肃肃白鹇尾，濯濯青芙蓉。
所遇无坚物，蛟螭莫婴锋。时时吼匣中，恍若鸣双龙。
尚方信多珍，神物不世逢。行当献天子，持之授元戎。
时兴薄伐师，一扫胡夷空。塞徼靖无尘，边民业耕农。
坐销冗食众，良由用剑功。

去妇怨

少妇颜如花，嫁来十五六。辛勤养姑嫜，纺绩事衣服。
一朝颜色衰，镜中非旧时。夫婿本轻薄，恩爱变成疑。
大姑犹似可，小姑谗杀我。去我不敢啼，啼时当及祸。
回头告故夫，妾去看妾雏。寄语后来人，善事大小姑。

孀妾词

妾家住鸳湖，花容映雪肤。深闺不能闭，一朝嫁金夫。
金夫内宠非一人，众中最爱惟妾身。并马章台光照路，同舟兰浦影摇春。
春光可惜不长久，昨日红颜今白首。金夫一夕梦不醒，零落残妆犹在手。
云情雨性难自持，画眉再受他人绥。娇儿幼女弃若遗，望母嗷嗷泣路岐。
泣路岐，母不来。行人见之相为悲，地下金夫知不知。

静女篇　赠张靖之

静女姝且好，采香溪水边。容颜若华月，流光正婵娟。
黄金为步摇，明珠间琅玕。雾縠翳方空，长袖拂翩翩。
美目腾光彩，靥辅宜笑嫣。凌波动微步，旋转何便嬛。
令色天下稀，遂为君所怜。选择升椒除，燕婉侍君前。
鸡鸣戒盈朝，辞辇愿推贤。君心重贤淑，宠幸冠三千。
逍遥赤墀畔，游戏青蒲端。众女嫉蛾眉，善淫生巧言。
遂令绝世姿，摈弃不复延。寂寞闭长门，蹉跎过盛年。

君门深九重，虎豹卫严关。望幸固已绝，求通良独难。
弹琴和悲歌，泪下空汍澜。薄命古来有，君恩故如天。

鹳鸟篇

鹳生雏，在祠宇。雄飞为求食，雌鸣相煦妪。
群雏日云长，离离半生羽。客子升屋危，攀巢探雏去。
鹳亡雏，鸣声悲，飞上复飞下，似诉监州知。
监州民父母，仁民当见推，闻声为咨询，知是宕子为。
立命笞宕子，送雏还故栖。
鹳还雏，飞且惊，引领复呼群，旋绕监州庭。
上感监州恩，下全父子情。监州有惠政，外严中则仁。
遇物且能然，临民斯尽心。诛彼暴恶徒，全此蚩蚩氓。
岂独鹳还雏，洋洋多颂声。

仙人篇

仙人何翩翩，来自芙蓉城。苍龙驾羽盖，白鹿夹云軿。
飘摇紫霞裾，旖旎彩霓旌。扬言语世人，吾道可长生。
鼎中养铅汞，火候日抽增。龙虎得交媾，丹成化黄金。
服之生羽翼，轻举升天行。历览周八极，飞行不暂停。
赤松与王乔，揖手来相迎。徘徊云路侧，翱翔朝太清。
上帝休北牖，群仙集南楹。楹间两玉女，云璈褾鸾笙。
饮尔流霞杯，侑尔步虚声。不生亦不灭，倏尔数千龄。
俯首观下世，尘雾杳冥冥。我闻仙人语，太息泪沾缨。
秦皇与汉武，学仙尽无成。辒辌鲍鱼腥，茂陵松栢青。
此时仙人在，胡不救其倾。仙人言虽好，掩耳不能听。

旧巢燕

旧巢燕，尾涎涎。秋去如别离，春来复留恋。
前年主人宾客多，满堂笑语沸笙歌。百鸟尽入笼中养，犹引虞人日纲罗。
今年主人忽贫贱，客稀鸟飞门户变。燕今犹向旧巢归，依旧年年一相见。
一相见，空复悲，此生相守期不移。
不学百鸟被人笼养在华屋，华屋自来多反覆。
一朝食尽别家行，往来徒为人所轻。

旧巢燕，葺尔巢，育尔雏，尔雏大来为我徒。
翟公门下旧游客，不及尔心终不渝。

狐绥绥 并引

中使与妖人，相为表里。毒流海内，言之可为。于邑司马三原王公，奋不顾身，抗疏上陈。有犯无隐，卒能感悟君心。诛戮凶党，以谢天下。斯正孟轲氏所谓，一正君而国定者也。因托物引喻，以颂丰功盛德之万一云。

狐绥绥，鬼为侣，夜啸丛祠作神语。戏舞跳梁从社坊，
云凝月黑天冥冥。尾摇阴火光如炬，兴妖作孽天不知。
指顾防防雷风随，社公土伯望尘拜。白望横行九州界，
万民皇皇讹且惊，市肆昼闭空其城。群巫四出假神命，
搜括逮捕何纵横。巫言神君去天咫，民命由来主张是。
神今下界来求珍，敢有不共随殒死。明月珠，夜光璧，
玛瑙之盘大逾尺，婆律旟檀苏合香。珊瑚琅玕亚姑石，
此物何由在山泽。巫传神言许输直，厚估高评动千万，
破产倾家责难塞。黄龙大舶行迷津，柜帛囊金无纪极。
江南真宰哀民穷，封章上奏天皇宫。天教六丁摄狐妖，
贯以大索囚铁笼。断狐头，斩狐趾，磔妖之皮肆诸市。
妖巫殄灭厉鬼亡，四海清宁万邦喜。真宰之功一言耳，
回格天心正人纪。

山中采菖蒲寿安晚老仙

山中采菖蒲，泽中采雕胡。雕胡持作饭，菖蒲持作菹。
问君将何为，言就仙人居[一解]。
仙人居安在，震泽东南隅。门前有长路，青松间白榆。
舍后有清池，莲叶巢神龟[二解]。
高楼临水起，缥缈邻太虚。木兰为轩槛，桂树为门枢。
黄金为宝盖，八角垂流苏[三解]。
仙人山泽癯，为乐自愉愉。长身且高颧，红颜白髭须。
潜光饮夕气，眺景含朝霞[四解]。
有子两三人，才名皆丈夫。朝莫问平安，济济庭中趋。
诸孙八九人，温温玉不如。出门远行游，所业在诗书。
经年一来归，银鞍照骊驹[五解]。
寿星何煌煌，照我仙人居。贺客来满途，仙人旧悬弧。

请客坐堂上，布地红氍毹[六解]。
促令办中会，品物事事殊。山珍间海错，肥羊和笋蒲。
玉壶湛清酒，金盘鲙鲤鱼[七解]。
名娼出邯郸，窈窕世绝无。头上翠琅玕，耳悬明月珠。
紫绮为下裙，红罗为上襦。上堂拊琴瑟，下堂吹笙竽。
清歌按妙舞，行云随卷舒[八解]。
坐中黄眉翁，向前持一杯。三千一洗髓，九千一伐毛。
请看目瞳子，清光果有不。金石未为固，乔松真吾徒。
昆仑阆风上，与尔长嬉游[九解]。

广州督

广州督，行勿迟。苗獠正猖獗，攻城及湮池。
广民授甲日登陴，将军呼酒赏花枝。
广民析骸还易子，将军停舟看山水。
广州督，勿迟迟。戕民命，尸者谁。

北风歌　　送徐时晦

北风凄厉兮，凛盛寒之中人。
岁忽忽其欲暮兮，鸟寂寂而无声。
繄美人之不留兮，将问津而徂征。
伤予心之忧忧兮，滑予魂之营营。
望前旌而太息兮，曾不能从之以行。
惟德音之孔昭兮，恒佩服于予身。
苟中心之靡他兮，虽在远而日亲。

烈风七章　　悯吴孝子廷用

烈风无停柯，凝霜变青草。年命苦相催，寿者何其少。
惜哉延陵孙，无奈徂谢蚤。孤儿未能行，寡妻年尚小。
含凄教诗书，洒泪相携抱。矢志期自持，有如白日皦。

白日出东北，暮向西南流。谁知贞烈名，亦应宫掖求。
郡县苦见迫，强命登行舟。恸哭与儿诀，相见永无由。
生当长戚戚，死当长悠悠。

悠悠复戚戚，哀怨无终极。有诏属藩王，随例之封国。
寂寞掩长门，彷徨思故域。邱垅不复知，孤儿长在忆。
梦中或见之，觉后那可得。相离三千里，安能来母侧。

母侧儿不来，儿悲无已时。升高望母居，路远莫见之。
浮云暗邦国，远树含悲飔。白日忽西昃，景在桑榆期。
顾瞻起长叹，吞声泪涟洏。

涟洏竟何益，誓将求四方。崎岖指东广，迢递转西江。
行行异川陆，冉冉变温凉。层峦翳云日，巨浸腾蛟龙。
畏途良险艰，十步九徬徨。谁谓君门远，万里终能通。
陈情叩阊陛，昧死干贤王。

贤王任孝理，下令许迎归。谁知病已革，不绝仅如丝。
吁天代以身，刲股持作糜。张目忽能视，言动如有知。
濒死得一见，惊号更相持。哀声彻天地，旁人亦酸悲。

酸悲复鸣咽，哀哉终陨绝。本图得生还，岂料是死别。
衔哀理归柩，水舟仍陆辙。江湖多风涛，溪谷深雨雪。
间关几千里，终焉祔先穴。山高亦有崩，水深亦有竭。
孰知哀慕心，终天不可歇。

桃庄行

桃庄西头多古墓，下有死人常不寤。墓前松柏尽为薪，
墓下牛羊时满路。牛羊下上牧竖歌，古碑无字空峩峩。
棺中白骨萦烂草，殉瑶知入豪门多。豪门豪门心未已，
犹课僮奴日侵毁。辇石取泥无厌时，古墓为田新墓起，
劝君为墓当益固，愿君莫学桃庄墓。

画马歌

房星之精化为马，肉鬃连钱满天下。世俗宁知骥与驽，善相方皋一何寡。
君看画马自有真，能通相法方入神。骊黄牝牡不足辨，天机内解斯其人。

腾骧饮龁逐水草，笔端幻出龙驹岛。雄姿矫矫长风生，逸气棱棱飞电扫。
老眼摩挲忽惊起，便欲驱之涉长道。
君不见曹韩已往不复生，吴兴死后无丹青。
天闲龙媒十万匹，谁能起之图尔形。

秦淮歌　　送陈文振

停君金叵罗，听我秦淮歌。长江西来几千里，沿回直入台城里。
浮青荡绿南北流，至今犹号秦淮水。秦淮之水能容舟，秦淮之上花满楼。
美人卷帘垂玉钩，太白仙人清夜游。
酒酣乘月往石头，棹歌渡淮水，倒披紫绮裘。英风撼五岳，豪气溢九州。
迩来四千四百九十五甲子，无人继此移山倒海之风流。
水光依然月如故，断云零落令人愁。岂无清歌与美酒，与子碌碌诚堪羞。
我歌秦淮歌，送君秦淮去。城西酒楼在何处，主人今非旧孙楚。
且须痛饮歌达曙，达曙歌，醉方寝，笑压吴姬股为枕，满身模糊覆官锦。
明年我亦泛秦淮，手解金龟就君饮。

澉浦杨将军歌

杨将军，才且武，作镇边城勇貔虎。
海波汪汪南风生，日夜登陴按楼橹。
扬兵耀武天欲倾，惊雷破山震鼙鼓。
震鼙鼓，悬旆旌，纪律肃，步伍精。
止如山峙，来如风行。战无前阵，攻无坚城。
倭夷远窜海道平，坐令四野无交兵。
黎民久安堵，不见寇盗惊。杨将军，好士无与伦。
胡公老去萧生死，康生罗之为幕宾。
倚马作露布，挥戈净风尘。
谓予好奇节，论交握手意气亲。
平生慕鲁连轻世，肆志不羞贱与贫。
射书直欲谕燕将，蹈海不肯为秦臣。
方今三边用师旅，我将持书告当宁，佐君徂征固吾圉。
功成不受茅土封，笑指云山是归处。

观潮歌

鸡声喔喔天未明，大家尽说观潮行。骑舆徒步相迨逻，袯服靓装街市盈。
江头日高潮未生，秋风猎猎笳鼓鸣。美人狎坐临前槛，娇歌婉转调鸣筝。
须臾欢呼笑相指，一线遥从海门起。潮头崛起高于城，万雷齐轰骇人耳。
排山倒海天欲倾，回波激射奇态生。两阵合战兵力勍，戈甲晃晃秋空明。
群儿弄水夸巧捷，擎旋蹙踏如浮萍。人言潮来信有时，我言潮来不可期。
君不见胡兵营沙人有待，潮乎此时信何在。徒劳日后来不休，万古莫洗钱唐羞。

纪游歌　　别崔望宗、丁公耀

忆昔辞家同作客，千里遥遥事行役。姑苏台下榜人歌，万顷湖光浸空碧。
慧山隐隐云欲连，山灵谢客心茫然。吁嗟鸿渐不可作，扣舷空赋招魂篇。
延陵祠前春草绿，再拜陈词献醽醁。九原焉得使重生，为振高风转衰俗。
犇牛闸下多飞涛，打鼓发船矣惮劳。楼台晚映丹阳郭，卧闻笑语声嗷嘈。
南徐山水钟奇秀，压酒吴姬远招袖。鹤林寺里杜鹃花，不见妖红更如旧。
酒酣走上江边楼，楼名多景还多愁。古来豪杰竟何在，但见江海朝东流。
大江茫茫与天接，三老开头敢矜捷。长风浩浩自天来，吹落寰瀛秋一叶。
金山屹立江之中，水天浮出青芙蓉。绝顶浮图绚金碧，两岸往往闻晨钟。
中泠之泉冠今古，旋汲还归凤团煮。碧云零乱白花浮，倾入诗肠浣尘土。
维扬自古称繁华，陵迁谷变重咨嗟。高骈楼废今生草，炀帝池荒但聚蛙。
看花偶入蕃厘观，物态人情几移换。当年仙种已无存，尚有穹碑可寻按。
二十四桥春水平，红亭圮毁赤阑倾。凤箫无声玉人去，惟见夜月依然明。
海陵萧索人家少，城郭依稀望中小。五更茅店鸡一声，露冷烟浓远山晓。
崇川乃在海东涯，参差雉堞鸣悲笳。海山楼高切霄汉，故乡南望浮云遮。
海上潮声信朝夕，四海无人事禾麦。远浦风多海味腥，沙场雨少盐花白。
狼山巍巍高插天，五峰螺鬟凝紫烟。东风多情野芳发，胭脂满地游人眠。
半山亭外春如酒，爱听啼莺坐来久。行行更上青嵯峨，白石无尘不须帚。
马鞍之峰形与同，龟田幻出波涛中。沟塍秩秩宛如甲，乃知造化非人工。
西上坭山几千丈，铁杖还敲洞门响。东看鞭迹剑山头，俯仰令人动遐想。
海门水与天河通，乾坤上下涵空蒙。楼船采药去不返，蓬莱应在虚无中。
斯游随处得奇遇，记游可惜无佳句。林间子规催我回，解维更泛南来路。
南来喜到莺湖西，湖亭小饮离思迷。越女含娇唱杨柳，罗巾泪湿蛾眉低。
沙头酒干玉壶侧，黄鹂其奈临风啼。

金台行　　送吴进士汝砺之京

送君松陵道，远上黄金台。黄金之台在幽蓟，燕山易水相潆洄。
燕昭栖栖本弱国，郭隗琐琐非雄才。时移运改真主出，廓增基构崇高哉。
下瞰中原抚五岳，上摩北斗罗三台。维皇建极明堂大开，县爵待士四方风来。
羡君前年取高第，名挂天曹粲星丽。归宁不见倚门人，泪尽呼天血斯继。
三年读礼心茕茕，祥禫相循防服更。素琴鼓罢笙歌成，仰望青天东北征。
洞庭袅袅凉风生，秋水芙蓉满陂泽。日色照耀千花明，大艑小艖相逐行。
双橹夹舣鹅鹳鸣，持觞挹酒劝君饮，去留各含无限情。
无限情，长悠悠，人生岂为离别愁。丈夫得意有如此，仗剑出门何所求。
贾生痛哭更流涕，忧在国事非身谋。
君今此行给史可立致，遇事尽言斯职修，毋令吾徒，戚戚长抱江湖忧。

贞女行　　送汝其通

贞女昔未字，脉脉处深闺。容颜美如玉，中门未尝窥。
轧轧机杼声，朝斯复夕斯。所志在女红，辛苦安得辞。
媒氏岂不营，所适非其宜。众口徒嚣嚣，矢心终不移。
冉冉岁云暮，芳馨愈菲菲。君子慕高谊，寤寐以求之。
币交既成礼，桃夭良及时。诸娣如云从，百两送于归。
川泽靡韩土，孔乐乃王畿。令居且燕誉，永久以为期。

杀虎行

城西之山旧无虎，草浅林疏少依阻。白日咆哮忽见之，
横行食人难指数。官兵捕虎争负戈，上下陵谷交张罗。
一虎跳梁悉惊溃，何况众口腾其多。怒视耽耽犹负嵎，
山民撄之搏以殳。黄斑纷披血膏野，相与屠戮残其躯。
呜呼养兵资御侮，见虎何为怯无武。龙沙茫茫天四垂，
走马胡儿猛于虎。君不见，肉食轩乘将门子，遇敌几人能致死。

凤求凰　　送张教谕子还乡娶亲

孤凤何翩翩，四海求其凰。谁知无所遇，翱翔归故乡。
故乡南海上，梧桐产高岗。醴泉出其下，竹实生其旁。
凤飞且栖息，五色成文章。相从效于飞，和鸣为朝阳。

音声何哕哕，恍若调宫商。岂惟偕老愿，瑞世昭文明。

鹨鹕吟　送余大尹

鹨鹕何双双，飞来水中央。使君入台去，官为绣衣郎。
黄金为马鞍，青丝为马缰。驰驱道路上，到处生辉光。
鹨鹕何双双，飞来水中渚。倾城送使君，使君入台去。
旁人尽相羡，吾侬泣无语。使君挽不留，乌啼天欲曙。
鹨鹕何双双，飞来水中洲。使君入台去，翩翩天上游。
凤凰览德辉，一鸣三千秋。下以成文章，上以昭皇休。

双凤吟　送吴汝砺、汝器兄弟秋闱

翩翩双彩凤，和鸣复齐飞。齐飞何所止，西北有高台。
高台高无极，上与青云齐。竹实为凤食，梧桐为凤栖。
映日弄光景，翥风扬羽仪。音声调律吕，文彩耀陆离。
幸逢命旺日，佐以云和师。笙磬既同音，箫韶亦间吹。
闻声自相感，应节舞徘徊。上昭帝王瑞，下彰畿甸辉。
信蒙主司爱，遂命虞人罗。持为大廷贡，张乐迎来兹。
闻有凤凰阁，复有凤凰池。翔游永朝夕，人间徒尔思。

行台燕别歌

行台老栢枝相纠，群鸟暮集声啾啾。台端吏使晚衙毕，
相送使君天上游。初筵济济月未出，满堂笙镛间琴瑟。
流光迸彩天际来，上下通明若朝日。金盘玉案相叠高，
黄盉白肪凝乳膏。众中持杯捷先得，哄堂大笑声謷嘈。
兴来投壶明月下，有行其觞庆多马。宵寒不入玄狐裘，
微霜凄凄在鸳瓦。分曹探韵题新诗，波涛入笔争雄奇。
扶摇击水海神泣，大鹏怒翼云天垂。酒酣乐极成悲歌，
歌声感人哀怨多。今夕共樽酒，明朝各山河。一去与一留，
倏忽如飞梭。行劳居逸宁不顾，我言此理良无他。
使无行者职乃阙，使无居者民如何。民如何，仰公辈。
庙堂与江湖，到处咸有待。从今燮理及旬宣，总是台中旧寮采。

九世孙　王聘　校字

卷 二

五言古

芙蓉

皎皎芙蓉花，盈盈出秋水。美人荡舟来，容颜宛相似。
采之欲为衣，离居有君子。路远莫致之，引领徒为尔。
但恐秋风生，零落从此始。

夜宿吴原博修竹书馆时，与玉汝别

岁暮入城郭，揽衣独裴徊。晚过修竹园，主人故所知。
所知谊不薄，执手言相思。复有青云士，远行从此辞。
相延入中林，呼童启双扉。北风何烈烈，万籁鸣参差。
向夕烛继之，壶觞相为持。初月出云间，残雪拥寒阶。
独鹤失其雌，中夜鸣声悲。会面不可常，况逢生别离。
共言尽今夕，鸡鸣各东西。出处自有时，人生安得偕。
顾惭鹑与鹖，不随黄鹄飞。各各重自爱，冀以奉前规。

怀古贻朱尧民

晋氏昔奔溃，中原乱如沸。区区广陵相，亦欲盗江介。
不有顾元公，祸乱斯其始。既成挥扇功，终定继牛位。
盛德百世祀，胡为忽云废。古墓逼耕犁，荒祠杂妖厉。
过者岂无人，谁能一留睇。遥遥千载间，哀哉日陵替。
陵替信有由，好古无其人。请看王侯墓，十树九无存。
谢公避地士，栖栖不遑宁。时无戡乱才，干戈日相寻。九原今不作，
尽然伤我心。上书告县令，祭扫除淫昏。
碣石永其传，栽梧表其名。同时文章家，颂咏费敷陈。
废兴如循环，旋复委荆榛。荆榛易永久，百岁等须臾。
守令检文法，长年惟簿书。一为高世谈，举俗笑其迂。
累累道路边，谁复贵斯墟。朱君志好古，睹此兴长吁。
辑录匪求名，庶几能者须。遗祠幸见复，废墓未应芜。
虽非令式载，允为名教图。君其加勉旃，慎毋忘厥初。

读杨君谦古乐府

去古日已远，雅乐久沉沦。桑间与濮上，靡靡多哀淫。
杨君媚学子，高志故不群。一闻世俗音，谓非吾所湛。
冥心太古初，识乐得其真。律吕既调协，五音和且平。
咸英与韶濩，旷世今再闻。岂惟以自娱，拟将献吾君。
奏之郊庙上，庶以和神人。

谟无猷邀饮于南虚室，读壁间冯明府诗有感

独客困泥雨，闭门愁索居。天晴气微和，欲出嗟无舆。
邻僧念孤寂，招邀过精庐。绪风泛林条，溜水鸣阶渠。
良友四五人，壶觞聊尔娱。陶情匪丝竹，冥心游古初。
为乐苦不常，奈此年岁徂。一适非偶然，且复少踌躇。
兴怀旧游者，由来心迹俱。风波一分散，判然区域殊。
精神莫与通，梦寐时交胥。愿言此浮云，随风往微躯。

韬光庵

韬光古精舍，远迹西山岑。冈岫屡回复，云岚杳深沉。
流泉激修竹，绿萝被青林。密叶翳朝阳，芳柯承夕阴。
杖策遵微径，逝将支遁寻。行行未易即，遥闻钟磬音。
徙倚绝尘想，冥思谐道心。搴芳咏招隐，松风和悲吟。

临清轩为吴士延赋

达人尚幽胜，茸宇临清流。清流宜濯缨，深渚可容舟。
周流元不息，昼夜恒滔滔。微风荡生澜，木叶下惊秋。
流响归空房，浮光映高楼。芙蓉缘极浦，杜若被芳洲。
于焉事栖息，驾言聊出游。榜舟张水嬉，拥楫和长谣。
犀然穷怪物，莲折倾龟巢。鸣更出灵鼍，腾予跃文鱼。
境胜良自惬，虑淡信无求。惟应素心人，来此共逍遥。

赠沈启南

椅梧生南岳，枝叶交相加。孤生不自异，众木何其多。
凤凰翔中天，时来息其柯。中郎久不作，奈此良材何。

谁能为琴瑟，奏曲谐云和。遂令清庙器，寂寞捐山阿。

赠汝其通

江南有淑女，婉娈美清扬。芳馨振微风，容华耀朝阳。
被服鲜且丽，不殊古姬姜。蹇修来何迟，幽独处兰房。
匪无室家愿，夙以礼自防。一朝君子求，玉帛以时将。
御车迎百两，道路宛生光。和鸣合琴瑟，宴衎吹笙簧。
顾兹待年者，后处亮无忘。

寄许克大

春风布寥廓，万卉咸华滋。灼灼满中园，娩绿还抽绯。
芙蓉抱幽独，兀兀空江湄。谁云发生晚，无乃未逢时。
一朝秋节至，盈盈花满枝。回看艳阳质，孰与孤高姿。
时来即成就，晚达奚足悲。

丙午初度题像　时年五十三

自我得尔来，忽忽已三载。忧乐不相关，贫病安能浼。
兹晨遇初度，举酒一相洒。我貌日就衰，尔颜常不改。
过此复几时，应知愈不逮。观者问为谁，曰我咸疑绐。
惟余旧亲识，追想为尔拜。茫茫天地间，岁月不相待。
终当委运去，谁亡复谁在。谓是无所知，言非亦何解。
一笑两茫然，浮萍渺沧海。

送梅刑部彦常

临江理舟檝，驾言辞故乡。故乡非不安，忧君未能忘。
握手一长叹，出门何慨慷。所遇无险夷，行行尽周行。
老骥志千里，游子怀四方。岂如辕下驹，局促徒悲鸣。
圣朝虽致治，庶事未尽康。江南多苦雨，江北多愆阳。
遗民日啼饥，已空糟与糠。救荒岂无政，何能补流亡。
秋高胡马肥，征师守边疆。行者犯锋镝，居者共糇粮。
遣使出监护，冠盖恒相望。未闻奏捷功，声势徒张皇。
君昔在郎署，明刑凛秋霜。仁声久洋溢，远追于与张。
兹行定高擢，指日登岩廊。愿弘济时具，拯斯昏垫民。

莫以合烛故，爱此东壁光。丈夫得行道，离别何足伤。

过梅花道人墓

问津武塘下，揽衣独吟行。徘徊古道旁，累然见孤茔。
荆榛窜狐兔，牧竖时来登。橡树半无枝，曲池犹未平。
哀哉梅花庵，一仆不复兴。空遗水墨踪，允为后世程。
高风董巨间，不得名丹青。古碑亡文章，但铭卒与生。
生前绚名教，岂乐浮屠名。将非有深识，季世多兵争。
愚人信因果，庶几保其形。同时富豪家，厚葬侔山陵。
毁盗殆无余，遗骸纵复横。珠柙去已久，蔓草来相萦。
何如一抔下，晏然无震惊。取重亮在人，信非山水灵。
采芳荐清醑，日落风悲鸣。遥遥望踟蹰，感叹有余情。

注：梅花道人为元代嘉善人吴仲圭。

游宝石山有怀

旧游刘廷美、沈启南、继南，兼束徐时用、仲彦辉、诸立夫

山灵谢逋客，阴云故弥漫。淫雨日潺潺，朝来稍停倦。
出门望西湖，如见故人面。眷兹宝石峰，楼台忆曾馆。
老僧拥破衲，松下一笑粲。兴怀旧游者，零落已将半。
凄然不成欢，临风发长叹。主人远追随，况乃集文彦。
共言春将归，与子同饮饯。徙倚被层阑，逍遥寄华燕。
畅心风振衣，属耳泉鸣涧。无端雾雨霏，须臾益零乱。
初疑水气浮，复讶山林暗。佳景能娱人，过眼无留盼，
一适乃云可，得丧非所患。嗟彼牛山游，胡为泪如霰。

南山道中

约刘邦彦、诸立夫虎跑相会

我行南山中，忽忽日将午。连冈兀如城，盘回抱林坞。
岚气郁以深，原田何朊朊。长松挺人立，怪石惊兽怒。
道旁何青青，幽兰间芳杜。古洞闷烟霞，流泉泻风雨。
缅怀如玉人，先期在幽阻。停车望白云，光仪渺何许。

送节推华公谪官

张饮春江湄，送此倦游客。冠盖何营营，临行纷赠策。
吴人感恩深，攀路随充斥。行藏固由命，但为公论惜。
梗柟弃中野，兰荪槁深泽。良时难再遇，杳然山海隔。
黄鸟嘤其鸣，青骊逝安适。浮云忽归山，霖雨不成滴。
湛湛长江水，粲粲水中石。风波汩其泥，所遇非故迹。
惟其有本性，居然自清白。勿以穷自卑，徽音慰离析。

顷以多故，绝不作诗。春暮霖潦为灾，谷未入土，恐有过时之忧，聊命纸笔，以谂同志云

生生本阳德，万物咸华滋。穷阴忽为沴，积雨无晴时。
颠风泛洪涛，荡决潏畲菑。沟壑有遗民，憔悴半流离。
空林少烟火，晨膳夕无炊。县官急租税，督责烦鞭笞。
但知赴期会，谁能恤寒饥。日月更相送，春事奄无遗。
过时而不耕，秋成安可期。虽有劝农令，文具亦何为。
传闻盗贼起，民穷多致斯。呫喏有深忧，岂惟漆室葵。

贺其荣病、京师吴原博舁归第中而卒，为之殓殡。其荣父作感义诗谢之。要予同赋

翩翩宦游子，抱疾居京师。俗习有由来，病者栖檐垂。
一命亮莫延，屎哉斯两儿_{时携子侄同往}。
夫君数往视，念彼形神离。舁归以待尽，后事经营之。
封书告其家，殓服饰其尸。涂殡就客位，受吊居东阶。
且为录行橐，以俟归葬期。死者如反生，不愧临诀辞。
朋友居五伦，几人能弗亏。势利相驱合，祸衰随背驰。
况乎死生际，避远固其宜。有能闻斯举，其颡泚乎而。
题诗颂高谊，且以箴吾侪。

钟希哲画像

钟希哲者台州人也，妙于传神。成化二十年春，沈君启南偕余访之，欣然命笔，咸云甚似。因赋诗记之，是岁四月十二日余初度也，书于豫章堂

人生无百年，五十又过一。去者日以多，来者日以偪。
情欲与寒暑，昼夜相剽贼。徒行已须杖，短发不任栉。

顾兹屦弱躯，那为久存物。一朝随化尽，形容不复识。
钟生妙传写，为我聊把笔。傅染藉丹青，经营自胸臆。
精神与形似，毫发无所失。端如镜中影，恍若水底石。
大均斯赋形，其理固莫测。孰知毫采功，妙夺造化力。
我闻先正言，自治不外饰。求真既为妄，望久宁非惑。
君看古人像，存者百无十。惟能慎厥修，庶几为永则。

游飞来峰

久图山泽游，苦为风雨款。惊雷破重阴，及晨光已显。
逶迤入幽深，厉揭度清浅。灵山传飞来，合洞互回转。
萝垂手可扪，松高盖惟偃。阳厓丹霞凝，阴洞苍雪满。
秀色如可揽，绝巘竟谁栈。众窍因风号，群芳迟春衍。
追念平生欢，历历犹在眼。匪无新相知，已少旧游伴。
老僧久见招，相携集闲馆。解衣任盘礴，览物适萧散。
形忘虑则消，情至心莫展。寄言同怀人，对酒歌勿缓。

夜宿虎跑兰若

我昔游虎跑，旋归一何蚤。奄忽逾十年，寻常挂怀抱。
题诗寄尊宿，平生缘未了。予前岁曾寄诗僧敬祖，规有翠涛轩上重游约。此是平生未了缘之句。
兹游非偶然，历境极深窈。山灵喜客至，随方故呈巧。
钟梵鸣云间，楼台出林杪。涓涓石中泉，天遗润枯槁。
瀹茗味更佳，烦劳顿如扫。载咏坡仙诗，翛然出尘表。
夕阳下高树，暝色栖芳草。携被卧重岩，山空寂以悄。
神清不能寐，转辗达昏晓。晨光忽熹临，啁哳闻啼鸟。
揽衣出烟萝，从人问周道。

落景村 为沈启南赋

羲和驾骙骙，杳杳经天衢。向夕迫崦嵫，弭节少踌躇。
余光烂未收，冉冉下桑榆。归云栖远岫，暝烟生废墟。
野雉雊中林，牛羊下城隅。回风忽复来，灌木吹笙竽。
野老耦耕倦，盥濯归茅庐。曳杖数鸡豚，引水灌畦蔬。
达人尚真意，写图聊自娱。天机宛流动，匪为形似拘。

一木　为李思式赋

木以弃而寿，人以晦自全。君看栎与樗，蔽牛非偶然。
乃知为世用，孰若全天年。览物有深感，悠悠复何言。

题刘大参所藏兰图

名钦谟。图上逐段摘书离骚句

秋兰何青青，罗生湘水旁。芳馨随风发，菲菲久弥章。
嗟哉好修士，采襽纫为纕。人多贵萧艾，谓斯为不芳。
草木犹未得，瑾美奚能当。若人写毫素，鉴之宜不忘。
灵修苟见察，萎绝亦何伤。毋为甄形似，无实徒空长。
浩歌离骚经，余襟涕浪浪。

余自病目，闲居寡欢，丁未岁初度，试展余真命酒相对，嗟岁月之不留悼面目之非旧，因戏为问答，以自释焉

形体本天赋，全生无少缺。去冬婴祸罹，一眚肆微孽。
药石岂不良，终焉左其眛。譬彼阳光微，有星俄尔孛。
子虽我寓形，自来相附结。如何视得丧，曾不致悲说。
将非坐斯累，乃与子乖别。恝然如无情，默尔斯结舌。
子应徇世情，盛衰因改节。有情与无情，毕意同归灭。
慷慨奏清谣，轻云蔽明月。问真

我生非孕育，因君试经营。形神日相向，如影长随身。
君惟昧调燮，气淫斯疾臻。胡为不自省，乃独尤我云。
我不与君厚，举世谁复亲。改节或他人，匪为我与君。
我虽具形似，生而无性情。休戚殊不知，是非安得言。
病目固为患，未足伤君生。励志苟不衰，存贤没称神。
废视传春秋，圣门名素臣。视日能不瞬，亡宋实斯人。
乃知善与恶，岂由盲不盲。君其务自勖，我亦同令名。真容

送刘德美之京

风吹大河水，昼夜无停流。嗟君万里行，且复须臾留。
王命自有程，安能顾朋俦。执手两茫茫，日暮登行舟。
皇家重贤才，一艺咸见收。况兹卫生功，妙与元化侔。

譬彼照乘珠，所往无不售。愿言进明德，流光被中州。

神乐观送沈启南

暮春和气畅，冠绅集城隅。振策闯奇踪，流目盻灵区。
圜邱郁中天，皇矣神明居。飞宇入浮云，光景晔朝霞。
交龙丽瑶砌，挚兽缘金铺。川梁驾流虹，灵泉激深渠。
嘉树夹道生，芳柯缀丹敷。奏风何泠然，钧天张清都。
娱戏易永日，列筵湛清酤。宣和赖声乐，间以啸且歌。
彼美邱园客，逝将赋归欤。羁縶怨迟暮，临风发长吁。

十八日登含虚阁

圆景光渐阙，海溢秋生潮。禅林敞高阁，势欲凌云霄。
老僧敬远客，良夜相招要。焚香足清供，举酒聊逍遥。
河汉西南流，微风忽刁调。夜气悄且清，川原何寂寥。
悠然动遐想，凭阑发长谣。商声出金石，余音一何嘹。
愿随瑶台鹤，高举乘飘飖。

游金粟寺　在澉浦西北

我行为寻山，言至东海隅。连峰尽成童，黄茆弥所如。
于焉载瞻瞩，盎然风气殊。杖策试探讨，聿来金粟居。
山形既环合，土壤还膏腴。涧水弦鸣琴，松风簧乱竽。
苍龙与青凤，联翩戏庭除。好鸟鸣高枝，嘤嘤如有须。
老僧闻足音，延客入精庐。名香手自焚，茗供与之俱。
言论即契合，不异相煦濡。向夕犹未归，欲别更踟蹰。
兹游幸一适，如此良非虚。浩歌下山去，人生电影如。

赠支硎山人

幽人恋坟墓，构此山泽居。层峦代屏障，积石当阶除。
飞泉漱琼瑶，灵籁鸣笙竽。清音度回风，颓响栖芳株。
入耳尽成曲，喈喈良不殊。临轩睇冥鸿，坐石见游鱼。
飞潜各有适，悠然忘所如。缅怀放鹤人，不得同交娱。
商歌满天地，如与金石俱。富贵非吾欲，逍遥真有余。

送周元基之京

孟冬寒气肃，鸿雁飞南翔。嗟我同心人，翩翩翻北行。
朔风卷征斾，辕马忽悲鸣。仆夫在门前，亲宾张道旁。
心知生别离，取醉暂相忘。君昔负奇志，少年怀四方。
迫促未得施，所业但文章。兹行骋良图，骐骥超康庄。
行道在济时，岂惟名誉扬。野人幸东壁，冀愿承余光。

谢吴铁峰法酒糟鱼

秋水满陂泽，高榆荫村墟。闭户动经旬，未能忘索居。
足音何跫然，忽枉故人书。款曲念睽违，况有庭实俱。
法酝出上尊，海鱼离糟邱。香味良菱然，复与常调殊。
怀惠欲报之，顾无琼与琚。惟于引觞际，颇觉愁思袪。
分甘饷吾儿，俾知君意劬。努力苟能佩，免为人所尤。

经玉遮山

夜宿光福里，晨行玉遮山。玉遮何深秀，冈岫相回环。
古来贤达人，累累冢其间。碑文半磨灭，松柏多摧攀。
子孙不复来，存亡非所关。感此成独立，临风涕潺湲。

登凤冈

眷兹邓尉山，尽日穷吟行。晚登凤冈顶，四顾何苍苍。
群山如列城，峰岭互低昂。杳杳西日下，澄湖浮练光。
野鸟相和鸣，凉风吹我裳。梵宇襍民居，楼阁郁相望。
闻有赏心人，畴昔此徜徉。况当梅花时，玉雪被连冈。
题诗动幽兴，写画在游踪。去后订重来，中为事所更。
乃知百年内，为乐安能常。兴怀发孤咏，浮云共悠扬。

听 鹤

明月出沧海，流光照中庭。翩翩青田姿，深夜时长鸣。
一声闻于天，露白凉风生。铿锵激金奏，悠扬协鸾笙。
达人厌丝竹，隐几冥心听。高低尽成律，入耳通心灵。
沉吟不知味，恍若闻韶音。但恐众仙至，驱之游太清。

送郭训导

仲秋百卉腓，旅雁思南翻。凉风吹客衣，嗟君事行役。
三调不徙官，依然在儒籍。皇朝重文教，此任故精择。
诸生得造就，疑义资剖析。入室与升堂，煌煌尽圭璧。
冷热固人情，于君自无斁。浩歌菁莪篇，芳尘满瑶席。

送鲁举人廷瞻廷对

秋风动地起，原野忽萧条。之子远行游，心旌自摇摇。
中夜视明星，鸣鸡正嘐嘐。晨兴戒徒御，四牡一何骄。
倾城此送别，张席俯西郊。杳杳即长路，依依谢故交。
故交从此别，执手未能发。向夕起重云，白日光明灭。
维兹大廷对，尽言斯效节。效节自吾分，过此非所缺。
不闻刘去华，没世名愈烈。努力景前修，徽音慰薄劣。

访沈启南中道相遇，既示斐章且形绘事赋答

病起言出游，行行入吴苑。怀我同心人，去此苦不远。
安能待折麻，始为情可展。榜舟沂川流，疾进犹言缓。
天寒鸿雁哀，水落湾碕浅。顾望念何深，独行畏日晚。
日晚将何之，风悲雨凄凄。君子枉前途，引领见容仪。
精神亮相契，遇此如有期。何必造门屏，然后尽中怀。
君行当入城，余亦从此归。方舟且容与，未忍言别离。
别离怅悠悠，于焉聊写忧。暝投兰若中，宴衎叙绸缪。
起坐临前除，弹琴和清谣。重阴翳明月，寒风振山邱。
慷慨令心悲，欲罢不能休。沉吟出门去，鸡鸣忽嘐嘐。

蓬壶道人

登高望瀛海，弱水何茫茫。巨鳌戴三山，屹立水中央。
金银为宫阙，玉树森成行。微风振其柯，泠然奏琳琅。
中有遗世士，餐霞仍嗽阳。飞龙为我驾，琼糜为我粻。
容颜若婴孩，不老调三光。悲哉世间人，年命如朝霜。

西村集

遗橘吴铁峰

中园有佳橘，结实何累累。经霜不尽采，时为穷岁资。
念此难独有，一朝遗所思。所思亮不乏，聊用致我怀。

云岩书屋

幽人厌城市，言就云岩居。岩居杳且深，所藏惟简书。
五车未为富，万卷良有余。白云出岩间，俄来集窗虚。
风吹去复来，似为君子娱。于焉日容与，庶几名实俱。

挽吴安晚 即铁峰

徂谢易永久，奄忽移阴阳。涖卜告门东，日月得其良。
祖载出中庭，送子归山岗。愁云结重阴，白日黯无光。
前旌御广柳，丹旐随风翔。徒御皆涕零，素骥亦悲鸣。
行行适幽宅，税驾斯焉藏。明器杂前陈，苞筲瘗柩旁。
顾视但漫漫，长夜永无明。骨月行当化，魂气杳飞扬。
恸哭不复闻，祭奠安能尝。送者各自归，谁为少徬徨。
狐兔如有情，时来戏玄堂。千秋万古后，犹悲思故乡。

慈节吟

薄命婴祸罹，良人忽摧夭。哀哉襁中儿，呱呱泣昏晓。
殉死非所难，奈此孤而藐。宗祏与族姓，所系良不小。
忍死少须臾，辛勤抚而保。盛年谢膏泽，潜身处深窈。
近市愧轲亲，延宾慕陶媪。儿成奉祠祀，春秋荐苹藻。
身为朱氏妇，庶几以终老。荣名靡所图，节义乃常道。

读钓台集

子陵遁世士，因乱在齐邦。羊裘物色中，三征往帝乡。
傲睨帝王尊，唾视名利场。辞荣良足钦，适用非所长。
观其卧床对，岂不由衷肠。愿从巢父流，接迹颍水阳。
诏许放还山，于焉渔且耕。君臣义交尽，故旧情靡忘。
希文守兹郡，披榛吊颓荒。饰词荐苹藻，伐石铭文章。
节礼两言立，日月可争光。如规莫加圆，如矩莫加方。

后贤务新奇，论议太低昂。遂令礼贤举，造化聚讼端。
唯陵固汉人，清节起东京。况之三代士，斯言殊未当。
逝者如有闻，应亦以为平。遥遥望云山，永言多慨慷。

秋日杂兴和程学士克勤韵

濑濑涧下水，萧萧竹间风。爱此幽且深，葺宇当其中。
既无纷嚣杂，且有静省功。吾道在方策，隽永将无穷。
至理苟冥会，万象咸昭融。悠然起遐思，忘彼南山崇。

其二

率溪有精舍，是为咸买居。所恶乃声利，所好在诗书。
闭关谢往来，长年味道腴。衣食常不给，举世笑为愚。
孰知南山翁，怀此久踟蹰。鱼鸟虽可乐，独行无与俱。
惟应浴沂者，庶几为我娱。

答沈彦祥贺生孙作

生儿免无后，未别为贤愚。日夜望成人，粗令业诗书。
儿今复有子，头角宛相如。得孙固云喜，无乃添吾忧。
痴儿不好学，枵然腹空虚。未知为人子，徒令尊自居。
故人缪相爱，遗我琼琚词。上言由先德，下言携掌珠。
何时得良晤，看此庭中趋。

赠王文冕

少怀四方志，乘时远游嬉。西经宜兴市，落魄无人知。
夫君何自喜，枉驾与之归。华灯坐良夜，高论露中怀。
古今无穷变，亹亹解人颐。雷惊蛰斯启，钟鸣霜乃飞。
相知苦不久，旋复成乖离。出门即长路，驱车独栖栖。
浮云蔽关山，洪流带邦畿。可望不可亲，悠悠劳我思。
秋兰抱幽香，寒松挺孤枝。芳华信能保，应无迟暮悲。

再叠图茔致思四首

遥遥天马山，群行出城外。涧水东南流，禾黍资灌溉。
地幽抱神界，穴秘聚生气。绣衣念厥祖，营为卜迁计。
谓彼谷城藏，于中犹有悔。兹焉事改作，辛勤阅年岁。

种树皆十围，畚土非一篑。魂气无不之，体魄永攸利。
夏官如有知，含笑于下地。载诵思亭章，令人发深慨。宝涧西原

茫茫天地间，寿者何其少。哀哉象峰麓，孤坟埋百草。
下有潜寐人，长夜无时晓。当其盖棺日，孤儿未离褓。
抱道竟不施，策名空太蚤。郡守解怜才，于焉卜其兆。
穿中既深锢，营旁亦高燥。儿今立要津，英名流四表。
褒封贲泉壤，奎章掞天藻。夫君身后名，有如白日皦。象峰东麓

莆中地滨海，群山多象形。眷兹凤凰山，名之斯称情。
盘回若飞舞，峙止疑栖停。五陇相起伏，形胜由天成。
林侯卜其吉，为母开佳城。树槚匪求材，砻石斯为铭。
五患既尽除，一抔期永宁。雨濡与霜降，春履仍秋行。
感此狐兔迹，况闻风木声。凄然泪承睫，寒泉亦悲鸣。凤山北陇

死生昼夜理，在人皆善言。及乎处其际，变色不能前。
徬徨顾妻子，事事成悲怜。请看涂岭穴，中有长生天。
上书论国忧，志欲除其奸。天人与顺逆，大义何昭然。
玉工昧其理，反为和氏愆。营兹以待终，将归要领全。
圣皇重直谏，再命居台端。直气不可回，风节故桓桓。
容悦亮非欢，忠义素所安。岂如庄列辈，呴呴谈神仙。涂岭南窝

谢医生味芝陈先生

介子永龄遘厉频死，味芝陈先生实生之用，求姻家沈君启南写图复系之以诗，聊报万一云

爱子本天性，少者亦何深。念兹成童年，苦为疟所侵。
寒热日交战，孱弱讵能禁。人云鬼之为，毋乃阴阳淫。
先生希圣流，用推仁者心。一投去其苦，再服保其真。
寝食如平时，奇功妙入神。老南写斯图，为是平生亲。
种杏固寓言，况此及物仁。图亦有时既，言亦有时泯。
惟应受赐者，身存恩亦存。

舒啸亭为东林山陈氏赋

渊明一代士，所怀在本朝。弃官归去来，舒啸登东皋。

将为愤懑泄，岂以音节超。亦有逸群人，茸宇此逍遥。
发口忽成音，逸响一何嘹。长风集万里，游云薄九霄。
幽深比琴瑟，清激超竽箫。绵驹防其精，王豹亡其谣。
眷兹自然妙，何须钟律调。遥遥苏门山，至人当见招。

三天竺

浮屠善幻化，利益夸群愚。未能空诸有，亦复崇其居。
巍巍金银宫，涌出空山隅。兴废固由人，无乃法所驱。
眷兹天竺名，古来夷夏殊。移之被此地，欲表神灵区。
地势既形胜，人情亦奔趋。我来适闲旷，二三同志俱。
登顿虽云劳，逍遥还足娱。仰睇群峰秀，俯循流水迂。
微风动灵籁，满耳聆笙竽。徘徊将日暮，浩然赋归与。

一愚为沈廷望赋

人以智自衒，子以愚自矜。愚智尽天赋，有无何重轻。
纷纷效愚者，卒获诈以名。外饰中或殊，居然汨其真。
子能慎自践，斯名方称情。俞也不可及，回也言如之。
险艰致其力，退省发其私。愚于此何有，圣言当不欺。

折杨柳送张子静归吴兴

下马折杨柳，春浅条未长。东风吹落日，行人归故乡。
朝发阊门道，暮宿碧澜堂。仰看天上月，千里共流光。

赠李中翰贞伯

层城多甲第，朱门赫峨峨。曲水起飞桥，楼观相陂陀。
何人拊瑶琴，独坐当中阿。朱弦激清商，慷慨和悲歌。
回风振丛薄，游鱼跃灵波。大雅久不闻，举世尚浮哇。
知音既云少，笑者亦已多。沉吟下阶陛，感叹将如何。

赠陈玉汝

少妇婉清扬，当户织玄黄。朝朝弄机杼，哗哗成文章。
筐筐远贡之，裁为君衣裳。衣裳近玉体，衣被自生光。
苟非尺寸益，焉能置君旁。

有怀沈启南、吴廷晖二姻家

日落照高树，枝叶何轮囷。上有嘤嘤鸟，鸣声如索群。
与君别离久，邈若参与辰。结交非不多，何如儿女亲。
河水尽日流，浮云尽日行。行云与流水，不及思君情。

赋泰伯祠送李舍人

行行阊门道，清庙临通津。借问此何居，至德垂鸿名。
畴兹商周际，天命固难谌。避狄始宁居，翦商志将萌。
圣孙天所启，周道方日新。夫君见其微，远窜来蛮荆。
冠冕化文身，礼义开吴民。让国非求名，此意难具陈。
顾惟君臣谊，况乃父子亲。向无宣尼言，谁能识其心。
李膺吴中彦，怀古意何深。行当侍帷幄，扬芳播清尘。

七言古

题沈启南画《月下杏花》

我昔庆云看杏花，春云压树埋晴霞，
无端风雨中夜作，狼藉满地同泥沙。
十年蹭蹬不复见，无乃天意于吾赊，
老南忽往花正好，两株繁华对晴昊。
白日苦短看不足，更向良宵事幽讨，
月明照花花在地，恍若清波漾文藻。
夜深露下花更佳，汗湿蛾眉淡于扫，
巫山神女朝梦云，洛水灵妃夜当道。
知君好事不可当，绕树行吟被花恼，
诗成得意难具陈，片纸再与花传神。
品高意远迹逾妙，反觉树上花非真，
须臾喧传动城郭，借看累月纷蹄轮。
君不见，虎头曾图瓦棺壁，观此杂沓输其珍。
老僧老僧收拾去，且莫出示无钱人。

紫阳庵

玉光熏天天帝怒，勅遣天丁劈雷斧，
电扫霆驱葬海中，散落南山把山补。
龙血淋漓凝紫瑀，玉枝瑶草交莹英，
桂影兰香泣秋色，仙妾坐花吹玉笙。
千年老鹤噤不语，萧飒蛾眉怨神姁。（有丁野鹤遗蜕，其妻亦出家于此。）
东望蓬莱一水间，黄尘霏霏正如雨。

梅 月

老兔爬天团玉生，山河影动参星横，
羿妻潜奔姑射笑，霜气作华凝佩缨。
瘦影寒香塞天地，茅店村醪冷无味，
翠禽忽听啼一声，冻云零落东方明。

秋江客思

洞庭袅袅凉风起，木叶惊飞下江水，
江水悠悠烟景微，江头有客未成归。
身经北渚云山杳，家住南京音信稀，
乍见霜前飞塞雁，还闻月下捣寒衣。
寒衣作就家家寄，可是侬家远难致，
男儿出门不返顾，直欲浪游天尽地。
轻舟短棹恣经过，水远山长风浪多，
花艳惊郎大隄女，声谐流徵郢城歌。
歌声入云花满堂，夜夜朝朝乐未央，
劝君莫上瞿塘去，两岸猿啼能断肠。

送樊司理考满

东方日出城门开，雨洒道路无尘埃，
倾城出送使君去，前车后车相逐来。
路旁弱柳不堪折，只把新诗赠离别，
使君岩岩廊庙姿，三尺由来能自持。
平反不待慈母问，考课行对尚书期，

最君治行当第一，一蹴登台不为疾。
君不见，汉朝任人尚法律，狱吏往往为公卿，
释之世谓冤民少，定国人称用法平。
况君明经取高第，比拟不能无重轻，
更将古义决疑狱，莫谓明时无董生。

澄上人房紫牡丹开觞予以酒，因诗以记

入春风雨长交作，水波绕舍如湖泺，
桃李沾泥海棠谢，负却人家看花约。
追呼闻欲检民数，愁疾强扶来县郭，
市中湫隘不可居，却向禅林借高阁。
忽惊妖艳破寂寞，况乃骈花与重萼，
芳心晕露金粟敷，娇态迎风紫绡薄。
初疑僧伽演妙义，天女来听鬘璎珞，
又如洞庭张广乐，仙姝联翩扬成削。
传闻此种出罗山，未必分根尽河洛，
姚家荒芜魏家废，总有华容亦非昨。
品题何须较优劣，但得相娱不为恶，
老夫睹此喜欲狂，绕花吟行不停脚。
只愁两日损颜色，好事谁能致油幕，
又无仙家漆姑汁，可使浓华不凋落。
老僧破戒为侬喜，斗酒沽来对花酌，
扫除热恼得清凉，搅就醍醐出酥酪。
人生真赏贵适意，不在歌钟始云乐，
夜深秉烛更相照，春城月暗鸣宵柝。

送浦汝方访姚侍御

君家写山楼上住浦楼名，扫尽云山入毫素，
扁舟六月泝吴江，欲向丹邱最深处。
丹邱主者绣衣人，年来画笔如有神，
远慕荆关探妙诀，旁寻吴盛接芳邻。
与君旧日相知久，握手无言惊白首，
怒呼银鹿扫庭花，笑倩琼姬献杯酒。

酒酣斗画为欢娱，峰峦嶽来当座隅，
摩挲老眼识真趣，脱帽席地惊相呼。
我欲从君往盘礴，无奈尘纷苦缠缚，
临江送君君不留，离情直与江东流。

送康驿丞之京

皇天不雨江欲枯，有客棹鞅游南都，
南都煌煌在天上，虎踞龙蟠屹相向。
城中美酒斗十千，临行请君沽百钱，
凤凰台头弄明月，拍手醉唱名都篇。

渡奔牛闸

下河水低上河漫，春雷吼闸奔流悍，
鼓声咚咚催发船，百丈牵连若鱼贯。
船头水涌沉且浮，顺风张帆那可留，
行人来往日南北，惟有水声千古流。

过吕城坝

河水汤汤向东注，垒土横河障波住，
往来舟楫恒苦停，首尾相衔才得渡。
车声辚辚绠痕急，船头向天如欲立，
龙门一跃直下来，滩声雷吼鲛人泣。

题可庵老人写竹

国初写竹王舍人，笔端生动妙入神，
风流太常继其后，片纸一出人争取。
可庵老人得此传，声价在人尤赫然，
江南贤豪动百数，家家屏障生风烟。
前年寄我雪竹图，天地惨淡云模糊，
大枝横斜小枝亚，金鞭击折青珊瑚。
今年写竹吴江见，写出千人万人羡，
鸾凤盘空云日翻，蛟龙出海风雷变。
鹧鸪无声锦瑟稀，湘娥披云未遮面，

老人老人勿自珍，笔力转多方绝伦。
高山流水志有在，莫谓识面无其人。

杂言古

秋林会友图

青山巃嵷凝紫霞，飞泉如虹饮渥洼。
枫林接叶红于花，上有鸾鹤下麚麀。
玉楼珠箔仙人家，仙人颜色常美好。
瑶池桃花得春蚤，门前石楠秋叶香，满地绿云风不扫。
有客来远方，驱车涉羊肠。
车声到门止，揖让升高堂。
高堂奕奕凌云汉，瑶爵金盘青玉案，华灯煌煌照宴嬉。
汉女为生洛妃旦，浮云不行天欲低。
回风动地飞花乱，悲欢离合乐未央。
起视明星夜将半，夜将半，舞且歌，发激楚，奏阳阿。
巧笑两颊生微涡，蛾眉曼睩光腾波。
平生乐事良蹉跎，对此转觉哀情多。
明朝忽惊双鬓皤，其奈流光如箭何。

许子厚约游石湖，余以事阻，诗以谢之

杭州擅西湖，烟花弥漫天下无。
石湖在吴苑，佳丽亦足雄吾苏。
青山巃嵷抱湖涘，吴台越城两荒址。
紫薇舍人天上归，乞得天书贲湖水。
湖水东西流，世人相续游。
古人不可见，今人来不休。
古人今人日更改，湖上青山镇长在。
梵宇琳宫几废兴，湖波依旧东流海。
许君约客为春游，绣被锦帆青翰舟。
攀岩践穴肆探讨，迂洄击汰相夷犹。
山岚湖渌可手掬，大笑拂入杯中浮。

举杯仰天作鲸吸，沃溉胃肾资冥搜。
时时得句辄呕出，锦囊错落骊珠投。
暮归列炬照湖上，水波涌沸鱼龙泅。
蹇余汲汲尘中走，与约谁知此言负，
想像清欢寤寐间，侧身西望长搔首。
作诗聊寓不平鸣，有命重游尚须后。

题沈启南西林唱和

故人访我来长洲，半道却入西林游。
西林萧萧倚绝壁，仰见白日西南流。
林僧昼眠开北牖，惊呼谓是吾师友。
遣人四出招良朋，露坐中庭接杯酒。
东方月出星满天，抗袖起舞心茫然。
白璧无由报知己，丹砂不复延流年。
延流年，真浪语，何如饮美酒，沉酣不知暑。
昙花菲香充佛庐，爝火流光骇仙鼠。
既歌且谣，其乐陶陶，不有君子，那能逍遥。
诗成写图徐隐几，顷刻云烟生满纸。
天机到处人莫知，明日喧传动城市。

万竹亭赋赠吴汝琇

我家竹林在平地，土浅丛疏叶憔悴。
君家万竹连高岗，俪美潇湘与清渭。
崖光谷色相吐吞，石涧潺湲潎复奔。
鹧鸪啼秋白日暝，蛟龙卷雨翻沧溟。
红泥亭子开中央，朱阑碧甃周为坊。
孔屏翠帐齐腾光，秋兰罗生瑶径旁。
光风泛转菲菲香，翠阴满地凝不散，绿水荡漾云茫茫。
美人挟瑟调清商，朱弦高张分雁行，一弹再鼓发浩倡。
清声入云哀怨长，凤凰翱翔下寥廓，帝子不见山苍苍。
我为万竹歌，歌长唾壶缺。
平生不饮今醉之，醉后不禁双耳热。
夜深起舞月明中，猛虎一声山石裂。

暮春访沈启南道中作

姑苏城中桃李花，风吹雨批成泥沙。
离群客子正无赖，对此不饮空咨嗟。
美人别来应瘦生，思之忽泛娄江行。
芳洲杜若何青青，青林隔岸啼春莺。
春莺嘤嘤求友声，人之听之无限情。
无限情，在今夕，疑义奇文赏还析。
大胜山阴兴尽回，道路空留往来迹。

重阳庵 道家谓王重阳修炼之所

我游重阳庵，不见重阳子。
丹成飘然与世辞，骑龙遨游太清里。
三山等鳌簪，四海犹杯水。
万里一瞬间，千年片时耳。
后人作屋青山头，重阳不来人自游。
长风萧萧日杲杲，醉卧白石临清流。
青衣洞，深且幽，衔花野鹿鸣呦呦。
仰招浮云唤白鹤，吾将与尔仍丹邱。

史鑑十世孙　一夔　校字

卷三

五言律

送莫同知弟北归赴试

省墓才南下,辞家又北征,
淮山临驿路,易水绕都城。
夜雨鸰原梦,春风雁塔名,
遥知曲江畔,骑马看花行。

送吴铁峰

春色浓如酒,行行劝一杯,
送君嗟此别,执手问重来。
野鸟迎人语,林花着雨开,
维舟未忍发,日暮更徘徊。

竹 房

爱此竹房好,偏宜方外情,
前村江动月,清梵昼销声。
讲后雨花乱,风来天籁鸣,
与师分半榻,高卧尽余生。

送母舅朱渔隐

十年才一见,离合动悲伤,
授璧投河水,驱车送渭阳。
青山明夕照,黄菊款秋光,
莫惜频来过,慈亲鬓已霜。

哭何以高

少日才名重,平生分谊亲,
酒多应是病,金尽未为贫。
往事成春梦,残花逐市尘,
天涯空怅望,零落转伤神。

斗室为澄道岩赋

斗室开幽处，云门俯水涯，
四方裁十笏，一座演三车。
檐短容明月，窗低映杂花，
休言此中小，世界亦恒沙。

梅轩为李天瑞赋

爱此梅花好，移来对草堂，
水边微见影，雪里只闻香。
庾岭春如海，西湖月似霜，
从教日吹笛，无梦到含章。

乐　清

未老成归计，房开只树林，
青山尘外相，明月定中心。
近水行秋影，焚香坐夜深，
世人寻不见，惟听海潮音。

吴溪草堂

继志能归璧，贻谋在肯堂，
重来山不改，旧种树加长。
燕雀晓相贺，芝兰春更芳，
还闻放鸡犬，犹自认门墙。

和吕别驾九日登姑苏台韵

偶遇登高节，相为吊古游，
砧声吴苑暮，雁影太湖秋。
得句频催和，行杯更旅酬，
风流堪入画，妙手学营邱。

一鹤为南京唐道士赋

爱尔仙家骥，苍松映缟衣，
一声清夜唳，片影上天飞。
赤壁横江过，青城被箭归，
飘然游物外，几见世人非。

泊虎山桥 _{曹太史名亭曰擅胜}

雨后水初漫，日斜山更明，
地居吴下胜，人似越中行。
扫石看题字，临流试濯缨，
桥南一亭好，新得翰林名。

憩奉慈庵

松头孤鹤下，石罅乱泉鸣，
入坞疑无路，逢山屡问名。
客行忘远近，僧老废将迎，
一笑出门去，五湖风浪生。

送范世良

弱柳不堪折，相携话水边，
离杯传日暮，归路在春先。
冻雪寒欺马，空江晓渡船，
永怀交际久，况是昔人贤。

菊　庄

种菊久成庄，门前水亦香，
花时常把酒，日暮拟为粮。
正色纯无杂，遐龄老未央，
何当事筐筥，来此采余芳。

送王静深还合州

风波才定日，舟楫又归程，

月冷巴猨啸，人悲蜀道行。
阵图依旧垒，山势接孤城，
最是临岐别，秋高断雁鸣。

挽萧以信

人道从军乐，谁知误一生，
元戎归旅榇，边将失干城。
草檄今无敌，封侯竟不成，
空遗旧提剑，沦落海西营。

送康驿丞还庐陵 有金鱼白鹭二洲

握手独相送，君行我自归，
风波千里远，烟树一村微。
地胜金鱼近，江清白鹭飞，
鸰原应在念，回首思依依。

吴兴道中有怀汝其通曹颢若

杳杳长途异，悠悠逝水流，
江村孤宿夜，风雪远行舟。
寒重偏欺客，凌浮迥结愁，
故人应在念，日暮尚登楼。

夜宿奉先寺洪上人房

孤舟薄暮宿，古寺奉先名，
地迥诸天近，楼高片月明。
炉香清作供，漏水冻消声，
爱此无生说，流连过二更。

题吴铁峰家假山

仲子为山处，容人得屡过，
峰峦平地起，水木到门多。
欲雨生云雾，经春长薜萝，
流莺如惬意，百啭杂笙歌。

饮乌步顾氏村居

去郭逾千步，淳风自一乡，
日斜鱼市集，岁久水祠荒。
草色遥连浦，花枝半出墙，
西南山更好，欲渡苦无梁。

喜张子静见过，诗以送之，兼柬沈彦祥

扰扰百年内，相逢能几回，
折麻空有意，抱病强登台。
苕水太湖接，故人今雨来，
因风问东老，何日共深杯。

寄慈感寺一峰上人　其师圆如规号兰公

能诗兰谷老，化去已多年，
雪上一峰秀，灯前三昧传。
莲花滴漏水，月色照归船，
记得长松下，曾参玉版禅。

孤　山

一上孤山望，春波带夕曛，
西来千嶂合，南下两湖分。
路绕前朝寺，云埋处士坟，
画船归去晚，歌吹月中闻。

送灵隐书记净无瑕游京师

披衣新得戒，杖锡又登程，
世路随缘去，空门为法行。
浮云上国远，片月故山明，
心地平如水，风波自不惊。

与汝其通观钱塘江

渺渺春江迥，无风亦有声，

地平波动石，海接气浮城。
虏马屯砂碛，潮头也世情，
临流将唤渡，南向越中行。

将游金陵夜泊震泽

朝饮平湖酒，宵停震泽航，
从兹登远道，犹未出吾疆。
月隐星光烂，花秾露气香，
路人初不识，笑问客何方。

游天申宫　张公洞旁

问讯天申路，期寻福地游，
风林松子落，石窦乳泉流。
溪女行随伴，山花插满头，
道人能好客，炬火不须求。

游报忠寺　善权洞旁

选佛开名刹，因山号善权，
地深青嶂合，天近白云连。
门对长松树，池分小洞泉，
不知楹上篆，雷震是何年。

经下菰城　春申君所筑

靡怀函谷败，却事下菰营，
蕞尔非天险，当时盛甲兵。
空城乌鸟乐，废堞野云平，
不独吴宫里，离离蔓草生。

溧阳道中

水尽行舟止，途平抗策宜，
车声来往道，天气雨晴时。
赤阪黄尘起，青山碧草滋，
居人当路语，留客饭松米。

经濑水　即伍子胥乞食之所

匍匐昭关下，仓皇濑水浔，
饭贤同漂母，报德异淮阴。
一死名无忝，千金漫尔沉，
停车吊遗迹，长叹不成吟。

鲁廷瞻、叶廷缙、徐宪之送至龙江而别夜坐有怀

晚泊龙江上，君归我未行，
乘流喜风顺，看月待潮生。
水市浮舟卖，渔灯入夜明，
乡心与离思，扰扰梦难成。

华容十咏为毛同府赋

渺渺江南梦，英英云上生，
绪风吹不散，悬火照还明。
凉沁皋兰被，晴连湖水平，
时飞傍亲舍，游子若为情。梦泽晴云。

全楚疲兴筑，诸侯贺落成，
侈心滋未足，大屈好非诚。
往事不可问，野花空复情，
秋禽委毛羽，犹似断王旌。章台古迹。

利涉在崇朝，沱溪一水遥，
谁能须我友，多是就人招。
乘月影零乱，傍舡波动摇，
晨鸡犹喔喔，客路正迢迢。沱溪晓渡。

山峰尽奇绝，雪幂更精神，
玉笋抽当震，瑶簪出奠寅。
高低同一色，草木借三春，

欲访仙庐迹，漫漫认未真。<small>东山雪霁。</small>

湖水流无际，山形荡欲漂，
云生齐北斗，脉衍自南条。
朱凤高飞尽，苍梧别望遥，
禹功垂万古，祠宇亦萧萧。<small>山有禹庙，南山远翠。</small>

横木为梁处，舟车日夜过，
彩虹垂饮渚，灵鹊下填河。
雪水西从蜀，湖流北受沱，
吞崖涸牛马，鸣濑失蛟鼍。<small>板桥春涨。</small>

斜日章台下，杏花犹自红，
古今皆过客，开落尽春风。
楚芉腰支细，息妫言笑通，
那能久容冶，相映酒帘中。<small>杏村夕照。</small>

水月原同气，高卑特异形，
运行常不息，流动亦无停。
象纬昭天阙，容光小洞庭，
浮槎失南北，隐隐数峰青。<small>青湖夜月。</small>

亭废独遗基，灵踪托雨师，
湖山元自胜，风月故相宜。
龙驾云中度，鸾笙岭上吹，
世人空想像，赍酒日来嬉。<small>赤亭遗址。</small>

驿路长松树，风来作万号，
龙吟翻翠盖，凤舞奏琅璈。
列陈初严鼓，连营乍竖旄，
犹疑宋飞将，水上战方鏖。<small>驿路松风。</small>

荻溪道中

摇摇理舟楫，杳杳事徂征，
溪姓犹缘荻，村名半带城。
冻云含雪意，老树挟风声，
霜月欺寒雁，嘹嘹中夜鸣。

游三茅观

山势西来尽，江流北望遥，
神仙长在世，日夜再闻潮。
药采新生术，篱编旧种椒，
不须句曲远，聊此永今朝。

夜投殊胜寺真上人房

春风苦无赖，野寺暂相依，
静夜名香遍，空堂漏水微。
语投机自息，坐久世疑非，
爱尔东林月，流光照客衣。

元日　弘治六年

流年今六十，壮志日蹉跎，
得此已为幸，更来能几何。
青山游未遍，白发在无多，
去去不须道，逢春且啸歌。

立春日

北向梅开未，东行月建寅，
有生皆自乐，无处不宜春。
似我容颜老，逢兹气象新，
百年今大半，犹是未闲人。

谒张子静墓

弭棹鸿村道，来寻处士坟，

泪痕沾宿草，悲思接愁云。
系树嗟无剑，名家幸有文，
东风吹野水，流响不堪闻。

碧岩 在弁山之阴

问路扪萝上，遥寻钟磬声，
云流看栋湿，树挺识人行。
涧水晴悬瀑，松风巧韵筝，
山苍与湖绿，点染自天成。

瀑布泉 在碧岩之右

爱此岩头瀑，分明白练垂，
被风吹不断，得雨洒尤奇。
流出有来处，散开无尽期，
庐山亮同此，只欠谪仙诗。

鸭绿漾

近接太湖水，倒涵苍弁峰，
地无高丽险，色比汉江醲。
荡漾数十顷，岚霏三四重，
碧岩长在望，日暮忽闻钟。

大雷小雷

双螺浸湖水，万古镇龙宫，
小大名形异，东西奠位同。
尝闻出光怪，于此验凶丰，
欲往叹无翼，凭谁学御风。

与沈启南从徐亚卿、何中丞相度水道

济世未为术，逢人聊用情，
海桑惟日变，水土几时平。
远雁和云杳，寒潮趁月生，
茫茫不相识，沿路问乡名。渡吴淞江。

暂出靡行役，邻封非异乡，
偶因停泊处，始定往来方。
海迥月浮水，夜寒天雨霜，
终宵成辗转，归梦与途长。_{宿徐公浦。}

岸崩桥易圮，水阔渡难招，
浦溆遥通海，舟航半趁潮。
市声先旦集，野树未霜凋，
明月如相识，依依伴寂寥。_{经上海县。}

不到云间久，于今四十春，
山川仍旧物，交友半陈人。
梵井鳗光泯，华亭鹤唳新，
扁舟有归兴，斜日下通津。_{至松江府。}

和石田自寿诗韵

流年今四纪，强半在城中，
画好能名世，文成拟送穷。
趋庭欢令子，勿药喜而翁，
昨夜灯前饮，清吟对阿同。

登吴山绝顶

古庙经年久，荒台落叶深，
江湖分向背，城市绕山林。
尽道迎秋榜，谁同坐夕阴，
樵歌归满路，惊散暮栖禽。

哭林侍御五首 并序

侍御，莆田人也。成化间，皇储未定，用事之臣有谋，为殷道亲亲之。说以市权者，人以事为未著而不敢言。公独谓著则事成不可止矣，乃先劾时宰以折之。虽以忤旨受杖，然其事竟议格不行矣。宰衔之，公谢病免。宰去再起，巡按浙之东西，不以形迹自拘。好贤下士，询访不倦，且不避权要。吏民爱之，亡何移疾。代者未至，乃上诏勒纳印符，绝乘传而归。归三年卒。哀哉！初公之归也，某别于平望，公屡诵李商隐"他生未卜此生休"之句，凄然泣下者久之。呜呼！公殁矣！仰公高风，伟公奇节，感公知遇。诗以哭之。

远闻林侍御，一梦掩泉宫，
陇树犹森柏，山灵已避骢。
祸消未萌际，勇退急流中，
无限忧时泪，因君泣未穷。

云掩前星位，人心去就间，
惟公上封事，深斥柄臣奸。
灞上空留说，梁王竟出关，
大功安社稷，瞻望孰能班。

解绶归田日，相呼在驿楼，
共嗟临水别，真作此生休。
忽得莆中问，今为地下游，
空挥两行泪，寄与海波流。

酸风射眸子，南望泪盈襟，
曾枉下车揖，敢同行路心。
只鸡千里吊，匹马万山深，
此意未能遂，凄凉转不禁。

绳愆共所职，下士出常情，
茶谱羞充贡，医方欲卫生。
人间不久住，世外若为行，
想滃埃风起，乘云掩上征。

题旌功庙　并引

少保于公庙，在西湖墓上。成化二年，复公官爵，遣人谕祭。巡按刘魁立祠于故第，曰"怜忠"。今上赐谥，赐庙额曰"旌功"，有司岁祀。

戎马环行幄，胡儿走控弦，
万方三日临，九鼎一丝悬。
不有维藩议，将为举国迁，
救时平祸乱，功业冠群贤。

李纲才仗钺，谢傅尚围棋，
可汗滔天恶，都城累卵危。
维公际艰步，异世若同时，
指授诸戎帅，从容尽合宜。

二圣弘兴继，纶音赉贶同，
易名维一惠，赐庙录元功。
精爽风云接，恩光雨露浓，
公神如不死，感荷九原中。

过横塘

西向横塘过，风凉天又晴，
两山沿路转，一舸问津行。
野水飞云度，斜阳去鸟明，
采莲人不见，遥听唱歌声。

久客无碍方丈赠觉源讲师

碧殿明秋水，香台下夕阴，
堂空莲漏迥，径转竹房深。
习静疑忘世，含虚已定心，
何时谢尘鞅，来此事幽寻。

中秋闻诸弟宴集湖上有怀

乐事愁边减，流年客里过，
桂香秋色好，天迥月明多。
欲共嫦娥语，其如良夜何，
遥知湖上饮，达曙尚酣歌。

蕉　窗

爱此禅房好，芭蕉绿满庭，
雪中疑入画，定起自翻经。
晓色和云动，秋声杂雨听，

心源有甘露，一滴可通灵。

冬夜逢临川聂云章话旧

频年违晤语，此日贲林垧，
鬓发缘愁白，家山入梦青。
功名成潦倒，书剑尚飘零，
明发松陵道，离歌惜共听。

登多景楼

客里一登临，长歌愜壮心，
江山自今古，人物几消沉。
潮落淮南近，天垂海外深，
改之诗尚在，读罢欲沾襟。

游甘露寺

清晨游古寺，云气昼昏昏，
列嶂环京口，长江赴海门。
平临当北斗，特立见中原，
无限兴亡事，伤心不忍论。

与沈继南登虎丘天开图画阁，奉柬其兄启南

投闲倚高阁，林莽半斜曛，
山势东南尽，河流远近分。
鸣泉乱秋雨，落叶下寒云，
欲赋不能道，空惭对卯君。

送赵孟昂归吴兴

不到雪中久，登高空自嗟，
好山多近郭，有客喜还家。
一带白鸥水，几枝寒食花，
故人如见问，愁鬓已霜华。

登江淮胜概楼

远水际长天，逢春更可怜，
钟鸣裹山寺，人唤渡江船。
渔坞夕阳里，酒家疏雨边，
因悲客程事，俯仰欲潸然。

瓜步阻雨

客里远经游，那堪有滞留，
云山几千里，风雨一孤舟。
树影连江动，潮声撼地浮，
故园归未得，南望使人愁。

至通州

孤城控一区，形势扼东隅，
海水分咸淡，民风杂楚吴。
蜃楼凝复散，沙岛涨还无，
问道寻鱼客，中宵望斗枢。

其二

绝域经游少，重关启闭严，
官租兼菽粟，民业尽鱼盐。
海气朝成市，潮声夜入帘，
狼山渺何许，空翠远浮尖。

天目山

岩崿古道前，一上思茫然，
废井存遗迹，残碑记往年。
岩阴交草色，林薄起炊烟，
南望乡关远，浮云何处边。

和徐天泉、刘完庵同过沈石田友竹居韵

去湖三里近，种竹万竿余，

径转通幽处，朋来问索居。
散金时买画，补屋为藏书，
千古王摩诘，辋川应不如。

过沈继南墓

寂寞空山下，凄凉野水滨，
易名嗟有日，挂剑愧无人。
月冥猿啼夜，天寒草未春，
素车来较晚，洒泪忽盈巾。

谒徐武功墓

絮酒来何莫，凄凉百感生，
文名推独步，相业沮垂成。
才大人多忌，功高谤易行，
只应坟下水，流恨去难平。

七言律

分题得太湖送邬用明还鄞

一水遥遥与海通，舟行疑似入虚空，
三江共接朝宗势，万古长怀底定功。
茂苑人烟帆影外，洞庭山色浪花中，
登瀛有客频来往，欲驾云涛趁便风。

赠金本清中翰

少将词赋继班扬，馆阁周爰岁月长，
朝罢独书天上诏，使归那有橐中装。
齐棺古隶先秦出，岐鼓遗文后世光，
乞得鉴湖三十里，四明原是贺公乡。

寄震泽道士沈长春

春风归骑柳边停，一上仙台思杳冥，

苕水远从天目下，弁山长绕太湖青。
片云孤鹤吹笙度，千树啼莺把酒听，
最爱笼鹅能好客，无人援笔写黄庭。

玩月和教谕陈启东韵

闽岭岩峣路几层，孤舟载雪兴难乘，
中秋月好应同见，近海楼高不共登。
千里信音回旅雁，半生心事对寒灯，
悲歌莫倚能弹铗，衣马轻肥让五陵。

吴廷晖令子领举，予往贺以诗见赠，次韵答之

渺渺韭溪居上流，相思无奈驻行舟，
天香和月浮丹桂，秋水到门来白鸥。
教子今为探花使，忧君欲起见京楼，
留连故有新诗赠，高谊难将杂佩酬。

和吴益之留题接待寺之作

旅寓松陵厌市声，偶从兰若畅幽情，
水边行道来僧影，壁上笼纱护客名。
荷叶补衣秋色净，竹房清暑夜灯明，
庙堂虽与江湖接，未许投闲老此生。

送吴泽民归梅堰　泽民家有芝秀堂

宾馆穷经独下帷，吾家同叔每相资，
青山折简招归隐，白首逢人在别离。
此日梅花应待雪，新年芝草又生池，
溪边无数垂杨柳，欲绾行舟住少时。

留别胡有本

秦溪分手各天涯，灯市相逢喜又嗟，
远地故交能几会，满城春雪向谁家。
川原近海潮多应，光景催人日易斜，
明发归舟渺烟水，思君双鬓欲成华。

西园八咏　为三原巡抚王公赋

牙签缥带满堂垂，未许沂公独擅奇，
请俸写来还自校，借人看去岂为痴。
晴窗露展虞生蠹，净几潜披矢下帷，
培养真成济时具，又将余力教家儿。藏书屋。

试携宫砚洗洄澜，渍墨淋漓最可观，
龙尾蘸波玄玉净，马肝浮水紫云寒。
风飘科斗文难定，月射方诸湿未干，
头白上卿临帖罢，又书封事献金銮。洗砚池。

长松户外郁苍苍，卷幔蛟龙势欲翔，
韩起曾经誉嘉树，召公今又憩甘棠。
风生隐几聊闻籁，雨后呼童试采肪，
君子由来善居室，吾乡亦有岁寒堂。范文正公旧宅有岁寒堂，
　　　　　　　　　　　　　　　　堂下种松，苍松轩。

内家丛里许分移，富贵应为造化私，
承露玉杯和月冷，惜春罗幄护风吹。
紫台姓魏犹循故，红萼名鞓似较奇，
一自句宣江汉后，花开多不在家时。秦府赐红紫白三色
　　　　　　　　　　　　　　　　　楼子。牡丹圃。

陇头云气如车盖，变化油然去复留，
起处四方沾润泽，乘时六合可浮游。
风吹度影迷亲舍，日映成文捧御楼，
楚水秦山千万里，停车北望思悠悠。陇头云。

亭亭如盖挺孤标，先世遗来匪一朝，
色借绿袍荣及第，枝娇黄鸟怅迁乔。
长承雨露当霄汉，回出风烟带驿桥，
不似灞陵原上树，管人离别半无条。门前柳。

渭水园林尺五天，绣衣笔势更翩翩，
能文况是同年好，叙事还期后世传。
坐见华风生草木，端知采色画山川，
长安纸价应增贵，到处令人快睹先。_{绣衣记。}

当朝太史汉中郎，曾志先公百世藏，
指事特书彰直笔，为铭传后发幽光。
从教雨日长淋炙，莫遣风雷下取将，
试检平生信无愧，穿碑不独妙文章。_{太史铭。}

和秦太守廷韶游虎丘韵

虎丘寺里相逢处，柳弹花娇路不分，
泽畔纫兰为杂佩，壁间剜藓读遗文。
清吟羡得江山助，老懒思将笔砚焚，
晚漱余酣泉上立，万家烟火隔松云。

登吴兴慈感寺阁

亭亭高阁倚斜晖，廿载曾从此地归，
往事已随春草换，重来似觉故人稀。
孤城近水青山映，远树和云去鸟微，
欲系扁舟嗟未得，蘼芜新绿钓鱼矶。

曹颙若载酒过访，以诗赠别

一樽相对思依依，老大空悲始愿违，
华发镜中看渐短，故人天际信全稀。
黄梅雨少河流涩，绿树阴多日影微，
欲把渔竿江海上，却愁风浪湿荷衣。

与姚视卿游鸳鸯湖

鸳鸯湖上荡舟过，钟鼓声稀拥棹歌，
落日亭亭经远树，凉风袅袅动微波。
孤村近水闻鸡犬，小驷穿花见绮罗，

暝入芙蓉弄秋色，满身香雾月明多。

夜宿嘉兴漏泽寺宁庆山房

访旧天涯未即归，且来林下叩禅扉，
孤城暮雨沉更漏，二月余寒胜客衣。
近市不眠人语杂，邻僧齐出夜灯稀，
中宵忽作还家梦，无奈钟声下翠微。

春　阴

浮云蔽日不舒光，那更东风故作狂，
宿雨未收添积水，余阴犹在闷诸阳。
山林有约空劳望，桃李无言也自伤，
园柳鸣禽俱寂寞，只生春草满池塘。

访吴廷晖偶成

访君还作看花行，宛宛溪流两岸平，
久雨闭门芳草遍，乱禽栖树莫烟生。
更筹夜送人皆醉，童子春深服已成，
明日新晴天气好，相携临水濯尘缨。

游胜果寺，赴沈文伯之招

天地茫茫几废兴，中峰依旧有岩亭，
江流到海逢潮转，山势如城绕寺青。
仙洞隔花春寂寂，野云将雨树冥冥，
幽禽似惜韶光暮，频唤提壶笑客醒。

游南峰寺　支遁道场有放鹤亭马迹石

扰扰浮生鬓已星，南峰此日始来经，
真僧化后今无马，野鹤飞归尚有亭。
清梵消声莲漏永，夕阳鸣磬石门扃，
登车欲去犹延伫，满树啼莺正好听。

送智天然住嘉兴东塔

山中晚学修禅定，
又出升堂了世因，
汉守故居今人寺，_{寺故朱买臣宅}
吴僧新住旧为邻。_{智先住白莲　在东塔之东}
池分二水心同净，_{寺有青、白二池}
塔近诸天供献频，
我亦鸳鸯湖上客，_{予先世嘉兴人}
欲来松下问前身。

金陵送沈启南

沈启南与余约游金陵，而先余至又先余归。尝闻余谈义兴山水之胜，故舍大江与丹阳而不事，竟取道于兹，将审余之说也。因诗以送之。

草绿莺啼淮水流，柳花如雪暗行舟，
来期自信成先后，为客那堪有去留。
此地片时还独住，他山佳处已曾游，
东归若遇乡人问，春尽乘潮下石头。

吴元玉招赏牡丹，以无都扶图呼为韵

洛阳花事久应无，胜赏今逢在旧都，
春色只缘人自惜，衰颜还藉酒相扶。
时无永叔谁重谱，座有徐熙合写图，
夜静更持红烛看，满庭如昼鸟惊呼。

游灵谷寺

缓辔吟行紫禁中，杂花千树映禅宫，
山藏灵谷声疑应，水出皇陵势自东。
池上泛杯脩故事，松间扫石坐清风，
老僧延客无他语，只数前朝有志公。

登狮子山游卢龙观 _{高皇帝驻跸指挥六军败陈友谅}

玉辇宸游事已遥，尚遗台观在山椒，

长江自古为天堑，王气于今属圣朝。
四海乂安兵久息，千年豪杰恨应消，
徘徊忽动西游兴，欲借东风驾晚潮。

登甘露寺多景楼

满目山川又独来，白头怀抱易兴哀，
郡城宜此开江嶂，佛殿何缘化劫灰。
万里中原劳怅望，千年鸣鹤自飞回，
东浮西泛无穷舰，总被潮声日夜催。

沙溪夜泊柬沈启南

有约东游久未齐，孤舟终日住回溪，
行厨火断从人乞，中夜潮生觉岸低。
风急海云迷去雁，雨深沙市误鸣鸡，
明朝应得随君后，遮莫春泥污马蹄。

沈启南访汝其通不遇，写画赋诗寄之，率尔次韵

虚室尘埃满榻生，故人来往惜空行，
剡溪莫谓终无对，震泽从今重得名。
山寺水村和梦远，渚花汀叶趁江清，
题诗写画遥相赠，未必王郎有此情。

梦草哀海盐王辂

一枕游仙梦复醒，无端芳草最关情，
生时不惜春风力，见处偏惊夜雨声。
原野绿齐疑蝶化，华胥调引乱蛙鸣，
西堂睡起成陈迹，佳句长留万古名。

哭武功伯徐公

星陨中庭夜已分，始知天欲丧斯文，
导河犹有随山迹，铸鼎谁铭取日勋。
四海故人空许剑，万家归马旧从军，
东吴不是西州路，也学羊昙哭暮云。

聚远楼

新起高楼九溪上，无边风景在虚棂，
太湖一水际天绿，洞庭两山终日青。
帆带夕阳来冉冉，雁拖秋影入冥冥，
何人卷幔吹箫坐，明月满空凉露零。

于府尹景瞻、张太守靖之、刘邦彦、沈明德宝峰宴集

濒湖楼阁少风尘，胜日登临属缙绅，
北道且依山作主，南飞又见雁来宾。
霜微岭树红犹浅，水落江蘺绿未匀，
老我已忘歌舞乐，只将谈笑款杯巡。

谢沈彦祥茶鱼之贶二首

新采雷鸣寄草堂，未开先作满林香，
囊裁白绢封三印，芽茁黄金露一枪。
斗处连场夸得隽，烹时比屋散分尝，
睡魔渴病俱消却，欲报惭无织女章。

钓得鲂鱼碧浪中，远烦分惠到吴东，
汉江缩项本同调，松水细鳞斯下风。
鳍鬣乱欹林笋绿，腹腴微带法糟红，
珍藏不敢成私享，留待先祠荐麦同。

问刘邦彦疾

遥闻末疾渐加瘳，时向湖山续旧游，
杯酒尚须行乐用，花枝多为养生休。
春风杨柳迷归骑，秋水芙蓉隐钓舟，
何日从君柁楼底，卧听横笛起中流。

游黄山坞 湖州长兴县吕山山中

行行东去欲何依，为爱禅房入翠微，

山在不知陵谷变，鹤归应见世人非。
烟中草树含春色，岭外云霞敛夕霏，
自笑远人眉目异，野禽惊起溯风飞。

留别吴兴诸君子

杨柳风和溪水平，掉头归去趁春耕，
青山满眼浑相识，白鸟随人似送行。
远地几时重握手，孤城今夜独闻更，
离心好是秋霜剑，无数尘埃拂又生。

戊子岁秋夜泊松陵，与沈启南庆云僧饮别

城阴分手即天涯，岭树江云别路赊，
未到故园犹是客，忽闻乡语似还家。
灯前今夜愁无寐，镜里明朝鬓有华，
欲问归舟何处宿，月明和雁在芦花。

送吴禹畴之广东宪副任

持节遥遥五岭行，瘴烟蛮雨避前旌，
已知吏戢无渔猎，莫倚时平弛甲兵。
诗句拟从官长学，舳船多候海风生，
隐之自是君家事，不为贪泉易此情。

送邹师孔游维扬

怜君失意向天涯，雨歇虹亭日已斜，
对酒不须嗟往事，渡江知是客谁家。
孤城犹系扬州郡，四海空传后主花，
莫过雷塘吊陈迹，只今残柳尚啼鸦。

喜舍弟铎病起得子

卧病经旬为尔忧，今朝最喜是全瘳，
子虽生晚终延后，菊纵开迟尚系秋。
杯酒谅随诗共废，田禾无奈雨来收，
故交赖有宗人在，时肯相过尽日留。<small>宗人指正夫也。</small>

送汪世望还吴兴

频年踪迹遍天涯,书剑萧条兴味赊,
枫冷吴江人执手,月明苕水客还家。
霜前黄菊惊寒早,湖上青山易日斜,
落魄布衣今白首,也将诗酒度年华。

送韩綮丞河内

领得除书下九重,翩翩花县去哦松,
吏人呈案无钳纸,星驾行春屡劝农。
河内水流城外过,太行山色雨余浓,
寇恂去后今陈迹,千古遗民说再逢。

鹤舟　为陈良佐赋

幽人养鹤爱风标,行动常令载近桡,
丹顶映波春泛雨,缟衣笼月夜乘潮。
几声篷底清宜听,片雪船头白未消,
我欲从君渡江水,扣舷歌罢又吹箫。

次进士马中锡吴淑游京师西山韵八首

同年期集凤城西,尽日吟游信马蹄,
河水合流沧海接,山陉回绕白云齐。（连山中断日陉,太行山第八陉在幽州）
离离远树行人杳,渺渺平沙去鸟低,
共幸成名今刻石,不须重向塔前题。

绣幰朱轮驾晓风,青山行尽见离宫,
水通河汉浮天碧,云障蓬莱映日红。
千里关城临绝塞,万家园圃灌连筒,
登高作赋忘归去,薄暮才云马首东。

访水寻山几日程,清明时节喜新晴,
太行天限幽夷域,灵物人呼大小青。

花雨霏香迷蝶梦，松风鸣籁和泉声，
九重垂拱巡游少，已废前朝避暑亭。

西山遥望日氤氲，矫矫东驰万马群，
固国已知天设险，为霖还赖石生云。
根盘巨野河流绕，势接诸陵王气殷，
闻道朋游多乐事，春风吹酒不成醺。

渺渺西湖映绿袍，相携临水试连鳌，
已教颍上居风下，未许杭州索价高。
波接玉河通御气，云流银浦见秋毫，
芙蓉万顷皆蒙泽，不信东风在杏桃。

琼林宴罢出瑶京，胜水佳山处处行，
乡使南归金帖寄，日华东上庆云横。
人间富贵春三月，天上中和乐九成，
自笑无媒林下客，白头犹未济文明。

北望居庸万仞关，重重深锁白云间，
金汤塞险都城壮，亭障乘边苑马闲。
田畯劝农春芨野，虞人校猎晓置山，
郊行只拟观形胜，不为韶华久未还。

天风吹送上云梯，罗袜生尘草被隄，
黄榜题名双阙下，青山迎马九门西。
花明禁苑春初媚，柳拂宫袍绿未齐，
几度醉归更漏永，银河斜转玉绳低。

送曲主簿运粮之京　曲，登州人，将便道还乡，其人好猎

赞公新董岁漕行，舸舰乘风五两轻，
瓜步寒潮中夜落，潞河春水及时生。
禁门听漏朝天阙，归路还乡入海城，
此地从来好畋猎，臂鹰驱马少年情。

挽黄梦熊

湖山嘉遁谢尘缨,才入中年命忽倾,
旧宅一区犹令子,遗文千首付诸生。
诗名到处人争诵,墓土逢春草又萌,
后死从来未相识,闻风也自不胜情。

送张世鸿还杭州

酒尽歌停夜静时,醉看明月上花枝,
神交已恨相逢晚,老至方知送别悲。
野店闻鸡舟发早,海天零雨雁来迟,
吴山翠滴西湖水,水远山长不尽思。

送计正言

元夜烧灯送酒频,共怜明发有行人,
情知白首偏伤别,莫信青袍已误身。
归棹溯流溪路狭,东风和雨柳条新,
从今一去相逢少,梦里寻君恐未真。

和沈启南登凤凰台韵　并引

嗟予以后至金陵,不获从启南先生登斯台也,但能于诗画之间,想慕胜游恋恋而已。因赋以续貂。

春草萋萋被路生,荒台空有凤凰名,
三山二水固长在,四海一家将再鸣。
津树故迷桃叶渡,江流今避石头城,
谪仙赋后君斯和,落日浮云无限情。

送徐宪之选贡入京

朔风吹雪水流澌,岁晏逢人别更悲,
吴地民饥犹病税,洛阳年少正忧时。
徂征渐觉川途异,草对应忘刻漏迟,
自笑临岐空执手,赠君无地觅松枝。

次沈履德集古诗韵

休文孙子钱塘住，日日笙歌湖上闻，
花映酒杯邀夜月，山行衣袂湿春云。
逢人倾盖能如故，集古诗成自不群，
知我无聊远相慰，一篇直欲扫千军。

赠张太守靖之

龙去孤臣泣抱弓，平生心事有谁同，
青春甚惜居闲地，白首相逢在客中。
云气冥冥山寺晚，花时冉冉野亭空，
残衣留取休沾酒，岁暮还堪御北风。

游天界寺

有僧道成者，高皇帝命住兹寺，辞以不能参禅，上乃颁旨不许参禅。

联骑春游入化城，松风涧水自泠泠，
山门迎日诸方仰，劫火何年此地经。
故事放参僧不语，遗基犹在草长青，
西庵看竹流连久，归路冥冥暮雨零。

春夜同汝其通、曹颙若、吴永年宴鲁廷贵别馆

病起逢人笑口开，春江花月共追陪，
离家未远难云客，会面无多暂接杯。
浮云富贵今何在，乐事平生得几回，
正尔厌厌赏清夜，钟声又自水南来。

哭沈继南

去年曾约看山行，谁道重来隔死生，
身后未成妻子计，水流难尽父兄情。
交游屈指嗟无几，修短令人怨不平，
下马哭君斜日里，西风断雁共悲鸣。

哭完庵刘佥宪

嗟君一梦入槐宫，回首平生事已空，
阙下论刑亲上殿，河东行部旧乘骢。
湖山曾有迟来叹，朝野犹闻男退风，
年少自怜交最晚，几番挥泪夕阳中。

送俞大尹钦取御史之京

征贤诏下五云深，鸾凤齐飞入上林，
骢马候朝趋阙下，绣衣听漏立花阴。
登车素有澄清志，簪笔宁忘献纳心，
寄语行人且相避，汉廷桓典重于今。

其二

诏许推贤送上天，此行真不异登仙，
郡中岂独闻三异，囊底何曾受一钱。
已解铜章辞外补，定持霜简拜新迁，
长洲苑里甘棠树，留与吴民说往年。

许克大分教桐城，道过余家留诗，见柬赋以谢之

翰墨论交岁月赊，朱颜今已鬓成华，
两回经见曾因客，三度相过不在家。
芳草伴人吟道上，乱云随鹤渺天涯，
归来读罢留题句，搔首无言对落花。

秦淮夜泊

满地月明淮水流，帝城南畔大航头，
凿山曾费前人力，逐利今宜过客舟。
六朝旧事消磨尽，四海安生割据休，
玉树哀音已亡国，更无人在隔江讴。

与金仲和饮别和沈启南韵

寻医兼作送春行，又遇离人问去程，
深夜欲眠还起坐，老年为别最关情。

楚云将暝吴乡杳，蜀雪初消汉水生，
北望中原应不远，可能从此驻行旌。

西　郭

幽居西郭且婆娑，古屋年深老薜萝，
门对寒塘秋色早，城平斜日晚阴多。
施林置兔时丁祭，教子明经世甲科，
除目一来须强起，野花啼鸟奈君何。

闻汝行敏之京，不及往饯，赋此以送 _{时寓杭州}

偶接家书喜复惊，故人今作上都行，
吴山浙水非吾土，蓟树燕云费客程。
投老每伤千里别，向风难致一杯情，
铨衡今是王司马，应念头颅白渐生。

寄刘有隆

穷居久与故人违，始觉平生事尽非，
两地风波惊乍息，十年鸿雁惜分飞。
花秾野寺山行远，草绿闲门巷出稀，
令子能来慰愁寂，可堪临水送将归。

送凌汉章赴秦王之招 _{王号宾竹道人}

老大辞家西入秦，灞陵原上柳条新，
医和自得生斯地，扁鹊于今见后身。
设醴且陪花作友，曳裾还伴竹为宾，
一鞭已被君先著，怅望咸阳渭水春。

题扇寄阎尚温

鸿雁秋来春复回，音书两地各徘徊，
梦中不道关山远，镜里空嗟岁月催。
吴苑朋游非旧雨，秦川车毂转轻雷，
相逢驿使无相赠，聊托清风当陇梅。

登长安龙祠道院阁

函香来礼玉宸君，试上仙台日已曛，
灞上地名重此出，浙西河水又平分。
天垂蝃蝀光流渚，风振琳琅响入云，
黄叶满亭秋色净，洞猿林鹤自成群。

凌天羽要游临平湖之读书堆，呈在席诸君子

无量声光已陆沉，书堆犹得住湖心，
山衔落日天将暝，人鉴寒潭水尚深。
开塞旧闻关治乱，羁游今幸与登临，
明年拟趁桃花入，只恐仙源未易寻。

又和徐肃夫原韵

蜩鸠何用羡鹏飞，自分林泉老布韦，
青鸟不传王母信，白鸥能识海翁机。
荷锄陇上躬耕出，倚杖门前数畜归，
衣食苟充吾愿足，浩歌乘月掩荆扉。

送嵇挥使还长安

落花时节子规啼，中散还乡马首西，
汉苑别来为日久，秦川行到觉天低。
云程远见三春雁，关法今无半夜鸡，
不独销魂灞桥上，阊阎城外亦凄凄。

其二

行行西迈古函关，到处莺声似故山，
当代名藩推陕右，今王大雅继河间。
香凝命服趋朝罢，乐奏轩县劳使还，
戚里由来居肺腑，咨询长得侍宫班。

送杨宗周归维扬

江亭酒尽客登舟，落木纷纷下未休，
南路风波偏觉险，北方裘马正宜秋。

天垂迥野山横接，潮入平川海倒流，
二十四桥行乐处，月明歌吹在层楼。

都玄敬见访夜话

跫然步履忽闻声，喜极翻成倒屣迎，
一别五年如转眼，重来信宿见交情。
溪云杳杳随流去，池月娟娟入牖明，
夜半孤灯挑欲尽，更传余爠在薪荆。

步出阊门书事

街巷泥融屐齿侵，腊藏春色未堪寻，
路逢故旧颜多改，城受冰霜剥渐深。
世自随时成变易，天应无意在晴阴，
归来独坐篷窗底，笑引春醪度越吟。

哭崔渊甫

绩学攻文岂致灾，花时无奈雨相催，
天公似欲雠斯道，山木由来寿不材。
千里霜蹄中路蹶，九霄云翼下风催，
忘年谊重今何望，泪洒青山日几回。

赠颐浩寺辨如海上人

行遍江湖老始归，故山犹有佛相依，
装轻惟贮吾徒赠，缘浅难留刺史衣。
贝叶编成看独久，昙花拈出笑曾微，
相寻欲了神交念，非是来参不二机。

从徐侍郎相度水道过吴兴，寄沈彦祥、吴汝琇

碧苔溪上暂维舟，行役匆匆不自由，
使者拟平洪水患，圣王时轸下民忧。
非才敢任求贤责，传食难忘怠事羞，
目断沧洲烟树外，故人能不为时谋。

还家有作

杖策相从使者行，欲除民瘼岂求名，
言微难解旁人惑，才弱空期泽水平。
公论有时还自定，浮云于世本无营，
西风吹动归欤兴，笑对沧浪咏濯缨。

游报恩寺

只树阴阴辇路通，禅林遥在百花中，
龙宫涌出疑天造，人力装成像鬼工。
仙梵入云闻下界，宝光浮日现虚空，
长廊画壁看难遍，忽听鸣钟忆远公。

送诸立夫还杭　时闻西鄙有兵

月斜霜冷夜乌鸣，匹马萧萧候晓行，
黄叶关河今日泪，青灯风雨故人情。
山连海岸孤城近，潮入钱塘古渡平，
闻道秦川新有警，可能谈笑去休兵。

送表兄凌太常省亲还京

彩服宁亲暂乞归，思君行复上王畿，
孤云回首频南望，旅雁逢春又北飞。
水驿月明人语静，禁门风细漏声稀，
宫中入觐天颜喜，日日含香侍琐闱。

寄陕西干布政

襄阳出守遂休兵，曾任襄阳知府，时流民作乱讨平之，
藩屏携家陕右行，
化雨又生秦地草，
遗民犹住汉时城。
函关西据河山险，
渭水东流日夜声，
闻道王师新定乱，时王师西征干在行间，

论功应在一书生。

送沈上舍省墓复还靖州　<small>沈，吴江人，今戍靖州</small>

巴陵南面古沅湘，背岭孤城闭夕阳，
地接五溪蛮洞杂，水通三峡楚云长。
去时车马经来路，到日儿童问故乡，
闻道元方新出战，功成相与沐恩光。<small>时其兄以战功升千户出征广西。</small>

送中竺佑禅师还杭州

片云孤鹤共闲身，杖锡南归远问津，
山水别来频入梦，江湖行尽不逢人。
中峰古寺松枝转，东院禅房草色新，
试看西湖旧梅树，花开何似故园春。

送傅上人住杭州保俶

瓶锡随缘去入杭，湖山今已属支郎，
前朝古寺多南渡，下界空华出上方。
满地白云朝入定，孤峰片月夜焚香，
明年不负登临约，应叩禅扉借竹房。

吊内阁陈某

何事先生早盖棺，薤歌声里路人叹，
填门客散恩何在，负郭田多死亦安。
盐海已无前日利，冰山谁障旧时寒，
九原若见南阳李，为道罗生已复官。

之通州与吴永年饮别于垂虹亭

王事驰驱赋远游，野亭杯酒为君留，
湖山有约怜同社，杨柳多情拂去舟。
花下歌声催越女，斗间精气解吴钩，
明朝两地相思处，江北江南各倚楼。

晚次吴门

扁舟晚泊古城阴，野店吴歌搅客心，
蝴蝶梦中春草远，杜鹃声里落花深。
渔灯隐隐明沙岸，江雨霏霏湿布衾，
一曲瑶琴许谁听，江湖随处有知音。

泊枫桥

千古枫桥尚有名，孤舟来泊最关情，
江村渔火愁仍对，山寺疏钟夜不鸣。
两岸帆樯春水上，万家楼阁月华明，
梦回试向篷窗听，无复乌啼绕树声。

锡山道中闻子规

行行西上竟何依，一片春帆带落晖，
归梦独随流水远，客程惟觉故人稀。
飞花小圃鹃声急，芳草平原树影微，
惆怅乡关渺何许，东风回首欲沾衣。

至京口

北上南徐舣画桡，欲将兴废问前朝，
依山城郭高低堞，近水人家早晚潮。
风到海门鸥社散，草青江路雉媒娇，
梦溪风物今何在，故垒离离细柳凋。

游鹤林寺

润州城外古招提，杖策来寻日向低，
林废不堪黄鹤怨，花空惟听杜鹃啼。
香台草长迷行迹，竹院苔深漫石题，
坐对青山无一语，出门蹊路失东西。

渡　江

解缆朝离铁瓮城，倚篷偏使客心惊，

云连极浦千山绕，风转危樯五两轻。
淮甸日斜春草绿，海门潮落大江横，
兴亡尽付东流水，日夜滔滔似不平。

郭璞墓

一石巉岩似琢成，何年此地卜佳城，
衔刀自信难逃祸，撒豆徒闻可化兵。
雨过隧前无草色，月明江上有潮声，
鹊巢双树南岗路，千古人传死后名。

广陵怀古

灭项诛秦始剖符，江东千里尽封吴，
铸铜为镪山仍在，煮水成盐海未枯。
几杖未能惭赐赉，干戈何事起谋图，
到头兵败身随殒，赢得功名属亚夫。

其二
黩武穷兵未肯休，都将霸业葬扬州，
迷楼珠翠云间出，内苑笙歌月下游。
眉扫远山螺黛尽，风生流水妓航浮，
江淮欲据仍无策，引镜堪羞叹斫头。

其三
龙舟行乐到芜城，极侈何愁四海兵，
神器共传归李子，乐章先识去宫声。
凤池有水鸥常下，萤苑无人草自生，
寂寞西园明月夜，只今惟有草虫鸣。

其四
何逊能诗最有声，思梅还复到芜城，
风台徙倚看花绕，月观徬徨对影横。
粉蝶已无春晓梦，翠禽时听夜深鸣，
客愁此日醲如酒，安得寒香为解醒。

其五
北风吹雾昼昏昏，独守孤城节义存，

一剑身持惟有死，四郊兵合竟无援。
烟生睥睨焚降诏，血溅旌旗洒泪痕，
落日重游吊陈迹，买丝空欲绣平原。

其六
淮海名花世所尊，当年培植遍诸园，
玉盘盂小春光浅，金带围偏晓露繁。
卿相昔闻千古赏，子孙今见几家存，
东风扫地城南路，蔓草寒烟欲断魂。

其七
淮海维扬镇楚郊，江山环抱势岧峣，
月明十里珠帘卷，风度千门翠幰飘。
羽客腰缠思驾鹤，玉人携手教吹箫，
于今风景多萧索，原草离离野火烧。

其八
春风孤棹远经过，千古繁华逐逝波，
楚地江山今尚在，隋堤杨柳已无多。
琼花台古游仙往，芍药厅荒牧竖歌，
二十四桥明月夜，吹箫人去奈愁何。

狼山

狼山一上思依依，烟景苍茫入望微，
江水东流千里去，海天南望几人归。
云迷远树啼莺杳，麦秀平原猎骑稀，
寄语沙鸥莫相避，客怀萧索久忘机。

剑山

水流花落送残春，偶逐渔郎一问津，
山顶着鞭犹有迹，海滨驱石已无人。
风来野戍边声起，雨歇平原草色新，
欲觅麻姑探消息，弱流清浅几扬尘。

军山

军山东望远依依，芳草平芜客去稀，

风急海鲸吹浪过，月明神女弄珠归。
孤峰缥缈青天远，弱水茫洋白鸟微，
欲赋壮游无警句，令人重忆谢元晖。

龟　田

经界分明出化工，宝龟形状俨相同，
荆州纳锡充王贡，洛水呈祥助圣功。
千岁不巢莲叶上，一秋长入稻花中，
野人共信神灵在，豚酒时来卜岁丰。

海

浩浩洋洋望欲迷，风帆无路认东西，
一丸地据中央小，万里天垂四面低。
元气淋漓浮日月，洪波汹涌起鲸鲵，
堪嗟秦汉求仙者，几望蓬莱竟莫跻。

史鑑十世孙　濂　校字

卷四

五言排律

送秋官吴禹畴

明经跻上第，分署赴南京，
祖饯群公集，关河几日程，
迎亲就禄养，便道过家行，
春色随车马，花枝拂旆旌，
山围京口路，潮洗石头城。
志在无刑治，民思用法平，
连营知敛迹，西广避先声，
乡里多寮寀，宗人更水衡，
退公时燕喜，求友感嘤鸣，
愁杀闲鸥鸟，烟波冷旧盟。

松崖草堂为戴侍御赋　墓所屋也，丁父忧居此

栽松连绝巘，结宇近先茔，
地据金鱼胜，天留石鼓名，　金鱼、石鼓皆浮梁山名
翠涛翻户牖，灵籁奏檐楹，
风磴吹苍雪，芝田秀紫茎，
阶前萝茑覆，岁久茯苓生。
雨露三年泪，乾坤万古情，
草香山鹿下，月冷夜乌鸣，
凤翥碑文照，鸾回锡诰荣，
服除捐枕块，诏起侍承明，
回首鄱湖上，云飞宰树平。

游金山寺

屹立大江头，雄跨二百州，
孤峰云际出，萧寺镜中浮，
岚翠沾衣湿，泉声度竹幽，
神龙行雨过，天女散花游，

风逆帆斜渡，潮回海倒流。
只园春寂寂，仙梵夜悠悠，
尘起淮南市，烟生海上洲，
珠光寒射月，蜃气晓成楼，
转战怀名将，凭陵失卤酋，
登临动遐想，无限古今愁。

和姚公绶宴浦氏写山楼韵

地据东南胜，楼居缥缈中，
使君持节过，朋从盍簪同，
感旧咸来雨，凭高欲御风，
琐窗窥皓月，复道驾晴虹，
隐几皆天籁，抡才尽国工。
寻盟山在近，逝景水流东，
写画成三绝，操文送五穷，
报签惊漏永，下箸觉盘空，
久住忘为客，相看半是翁，
酒酣挥剡楮，句隽压吴枫。
捷似奔泉骥，飘如戏海鸿，
花枝赢鬓白，帘幕障尘红，
咏雅思求友，歌风念在公，
流苏垂婀娜，嘉树映玲珑，
共讶才无敌，还闻剑有雄。
抠衣争厕坐，闭户自编蓬，
已分鸠飞莽，遥怜凤宿桐，
睹明惭爝火，效响类鸣虫，
爱士怀徐庶，传经陋马融，
未能跻雁荡，徒欲倚崆峒。
俗美便肥遁，时平不尚功，
且拚陶令醉，莫问许丞聋，
技痒聊赓韵，暌违阻发蒙，
学书期捧砚，侍射愿持丰，
望望淮南远，驰情古桂丛。

题徐德夫池亭

临川开第宅，辟土作陂塘，
葺宇荷为盖，规芳荔植墙，
大观天尽际，小碣水中央，
白日寻常过，浮云聚散忙，
林霏滋鸟道，柳浪泛虹梁。
曳履来鸣玉，投竿出钓璜，
游鱼闻瑟起，归鹤溯风翔，
下女收遗佩，清童拾堕珰，
露香敷菡萏，雨涨浴鸳鸯，
向夕尤宜月，吹箫引凤凰。

挽吴都督四十韵

文皇临御日，
震怒灭残胡，
下诏求名将，
惟君冠武夫，
扬旗频扈从，公由锦衣卫千户升旗手卫指挥从征执掌宝纛
略地效驰驱，
左广兼追蓐，
前茅特虑无，又升先锋
交绥战当户，匈奴官名
围合走单于。
马骤黄砂碎，
膏涂白草枯，
穷兵逾遨濮，部落名
逐北度余吾，水名
入塞长歌凯，
还京促献俘，
成功由力战，
制胜仰神谟，
爵禄初行赏，

山河议剖符。
丽城分甲第，
报宴出宫壶，_{此上言其从车驾亲征有功升赏}
倭寇侵辽碣，
妖尼_{唐赛儿}煽益都，_{山东青州府县名}
徂征连得隽，
元恶尚逋诛，_{唐赛儿卒不获，此言其征二寇功}
荆楚重防守，_{公凡两镇湖广}
江淮更转输，_{公领漕运及镇淮安}
登台躬讲武，
鸣鼓榜衔舻。
叔子风流远，
公孙政绩殊，
散金周下士，
枉驾礼寒儒，
画壁悬犀甲，
华裾被鹿卢，
精光腾闪爚，
尘土暗模糊，_{此上言其镇荆淮及领漕时之事}
受命南中讨，
麾军陇右趋。
瘴云披立帜，
蛮鸟避弯弧，
铎鞘难施巧，_{铎鞘：南诏戎器状如残刃，有孔旁达。出丽水饰以金，所击无不洞。夷人宝之，月以血祭之。其王出征必双执之}
罗苴喘未苏，_{罗苴：南诏兵名，戴朱鞮鍪负犀革铜盾，而跣走险如飞　未苏：言其战败而走也}
皋人斯授首，_{时思任发战败被诛}
获丑放为奴，
郡县斜通海，
雷霆直过泸，
浪夷来铸剑，_{南诏有浪剑，浪人所铸又名郁刃。铸时以毒药并冶取迎跃如星者，凡十年及成，以马血淬之，以金犀饰镡首伤人即死}

越睒贡调驹。越睒蛮名也，其西多荐草产善马，世称越睒骏。始生若羔，岁中纽莎蘩中饮以米渖，七年可御，日驰数百里。事并见唐书，此上言其征麓川时
帝念勤劳久，
才宜翊赞须，
禁垣留宿卫，
督府筦机枢，此上言其任右府时事
盈满常思惧，
扬谦每自图，
封章陈老病，
舟楫渺江湖，
鄂渚园林旧，公旧镇鄂，鄂有第宅，故归老于鄂殁遂葬焉
苹溪水石俱。鄂有苹花溪
花枝迎舞袖，
香月照吹竽，此上言致仕之事
暮景优游乐，
浮生奄忽殂，
庙堂成悼惜，
部曲尽惊呼，
赐葬恩偏厚，
星移冢易芜，
冈形俯伏虎，公墓在伏虎山
宰树集啼乌。
惨淡悲风起，
凄凉落日晡，
爪牙嗟已矣，
边鄙属多虞，公以正统十一年卒，十四年也先犯边，天子蒙尘，入寇京师
往事于今异，
雄心死后孤，
有知应指发，
如在合捐躯，
狂客忧时泪，
衣襟为尔濡。

挽礼部倪尚书谦三十韵

异才钟间气，昭代出名臣，
俎豆勤为习，文章早致身，
探花年最少，中的士咸宾，
抽史三长著，摘词五采新，
丰城初得剑，郢匠巧持斤。
鸣佩趋丹陛，含香侍紫宸，
大官分御膳，中厩给翔麟，
玉笋联班近，金莲送院频，
青宫推辅导，黄阁掌丝纶，
奉使逾辽左，张旃（膻）誓海滨。
皇华明赐服，畅毂被文茵，
劳赠能加敏，咨询更绝伦，
赋诗惭译史，仗节耸夷人，
肃慎遥修贡，扶余悉效珍，
年劳将进秩，策免竟罹屯。
朔漠兵戈老，边城睥睨春，
圣情怜久故，恩诏起沉沦，
浩荡乾坤德，生全造化仁，
南宫司礼乐，北斗筦喉唇，
出纳惟王命，枢机秉国钧。
小心如履薄，大议独垂绅，
蚀壁俄惊月，骑箕忽在辰，
徒歌引虞殡，何处驾尸轮，
嗣子停分直，交朋忆饮醇，
魂招嗟不返，兰槁尚谁纫。
伊昔歆高谊，常图谒后尘，
荆州那尔识，蒿里赍吾亲，   公有挽先君诗
拜惠谋通刺，闻讯泪满巾，
买丝空欲绣，絮酒奈无因，
落日悲风里，哀吟寄一颦。

寿司马三原王公七十

司马今元老，升朝立要津，
力能扶社稷，功足庇民人，
敭历更中外，驱驰为拊循，
召公分主陕，晋盗去奔秦，
直道昭星日，危言耸缙绅。
格君由正己，忧国拟忘身，
阉寺威应戢，间阎气颇伸，
才猷诚间出，寿考复殊伦。
从欲无逾矩，行年比斫轮，
洛城谋会甲，嵩岳咏生申。
瑞应衔图凤，文征系绂麟，
封章求退切，优诏勉留频，
恭默思良弼，经纶仗荩臣，
旧都根本地，诸将辑和辰，
选部申三命，官庖送八珍。
进阶崇礼秩，强食辅精神，
眷顾方隆重，咨询合对陈，
衮衣宁废补，台鼎且须亲，
燮理阴阳顺，甄陶造化仁，
微躯如健在，愿与物同春。

挽林世宁 闽人号雪轩

有美邱园俊，高风表七闽，
持身恒礼度，教子总儒绅。
花月寻常酒，台池上下春，
甲过年在戌，木坏月临申。七月卒
地暖原无雪，轩空不见人，
海山波雾惨，猿鹤怨惊频。
丹荔逢时熟，红蕉浥露新，
可悲惟节物，触目转伤神。

七言排律

题刘侍御奉思卷 父殁赠母存封

少日趋庭业已成，立身端不愧扬名，
乾坤共荷生全德，存殁宁忘慕爱情。
春雨秋霜行处感，冰鱼冬笋馔时烹，
貤封祢庙云章贲，锡号慈闱象服荣。
牢鼎自调陈衁祭，版舆躬御乐新晴，
羹墙有见颜如在，供养还资禄代耕。
清畏人知思济美，狱经亲问遂持平，
圣朝孝理烦公辈，比屋从今尽可旌。

和张子静送游金陵韵

匹马萧萧一剑持，出门长啸向京师，
生平不受公孙识，慷慨思酬国士知。
海内一家天地位，江东千里帝王基，
文章欲借山川助，游说羞将口舌移。
沈老著鞭殊觉早，荀君张弩未为迟，
义兴取道聊从便，溧水浮槎信亦宜。
绿树莺花堪对酒，青云轩冕本无期，
新亭流涕成何事，独立春风细咏诗。

宿灵隐禅房次刘邦彦韵

览胜行行到上方，翠微深处有禅房，
朋来薄暮还投宿，僧悟无生已坐忘。
灯火照人归别院，石台敷席对匡床，
天风洒雨沾衣湿，松影和云满地凉。
接竹引泉通绝涧，开门放月转回廊，
呼童斫笋烹春茗，拥被论诗觉夜香。
鹿女踏花依净土，鹤群警露唳层岗，
欢娱此去应须得，会合如斯不可常。

莲社逍遥将继远，兰奢称赞独输王，
闻更最苦今宵短，话旧空悲往日长。
晚节莫因些少失，浮生休著许多忙，
刘郎肯践南山约，再绊芒鞋入杳茫。

宝峰留别

宝峰西占古城边，塔殿凌空得地先，
山势群趋疑捍海，潮头高驾欲浮天。
江湖不管人兴废，陵谷多缘世变迁，
寺到南朝为盛矣，兵遭北卤遂萧然。
庄严花事凭园子，断送春光属酒船，
双鹤已随征士化，六桥犹记长公贤。
从僧借住非生客，老我登临异昔年，
松坞采花供服食，竹房闻鸟醒酣眠。
闲披芳草寻巾子，戏酹寒泉酹水仙，
琴操机锋那识道，版师风味胜参禅。
重来每感前游迹，此别仍祈后会缘，
去尽幽深动归兴，茂林斜日乱啼鹃。

送汝舍人行敏秩满还乡，复往京师

池上频年独制麻，归来两鬓未霜华，
慈亲投老承颜色，令子成材有室家。
梦绕烟花催赴阙，雪消春水送浮槎，
云开阊阖龙颜近，朝退班行雁影斜。
侍女焚香供直省，卫兵森戟候排衙，
天生贤俊为时用，休把鲈鱼到处夸。

五言绝句

题沈启南小画

人事有动静，山林无浅深，
心虚耳长寂，应不怨鸣禽。

甘露泉

映竹借幽色，浮华流妙香，
春游多热恼，暮饮得清凉。

四皓图

彼美四老翁，言为太子死，
野鸡乘此飞，杀声四边起。

白头公

扰扰为形役，未衰霜满巅，
幽禽无一事，头上也皤然。

听鹤山居十咏分题五首 　为长洲吕廷春

迎珮桥

桥下水长绿，桥头人自行，
春风忽相过，时闻环珮声。

印月池

皎皎天上月，照此池中水，
运行无停机，容光亦鉴止。

款云轩

轩中多白云，霏霏日如雾，
风吹散又生，更宿檐前树。

清暑处

激水四檐鸣，常如风雨声，
不须秋节至，纨扇已无情。

丹霞岭

垒石疑天造，飞来小赤城，
阳乌出海后，如有彩霞生。

来阳楼八咏分题四首 　为僧察本性空

栖云栋

危栋势凌空，时有浮云度，

应与楼中僧，去来本无住。

凭虚槛

缥缈临虚槛，端居最上层，
孤高下无地，著个看云僧。

焚香几

老僧静焚香，香烬添微爇，
相对默无言，心清自闻妙。

茶烟榻

定起茶初熟，烟生风更吹，
村翁欲相候，惭愧鬓成丝。

墓田八咏

右军都督府都督吴亮葬处也，在湖广武昌府。

东皋宰木

松柏何青青，下有将军墓，
犹疑论功时，屏退独倚树。

南浦衡茅

眷此庐墓居，元非送行处，
孝子哭其亲，乌啼天欲曙。

表柱秋风

华表揭新阡，峩峩奠荆楚，
上有鹤飞归，时能作人语。

圭田春雨

膏雨既霑足，畇畇满野春，
艺禾供庙祭，遗穗利农人。

镜池蟾影

鉴止不鉴流，爱此一泓净，
清夜月团团，空明两相映。

芝亭秀色

芝生玄堂阴，三秀备五色，
烨烨扬辉光，瑞应天中极。

狮峰积雪

岩岩狮子峰，孤坟屹相对，

维昔征蛮功，象阵悉惊溃。

虎岭飞云

盘盘虎山岗，矫矫虎臣墓，
嗣子望飞云，徘徊起思慕。

和沈启南题扇韵

草莽芜深谷，轮蹄竞市桥，
年来人尽出，不待小山招。

湖上曲

君家湖北头，门前湖水流，
水流似侬意，日夜不曾休。

前溪曲

朝饮前溪水，暮泛前溪舟，
溪头有明月，照见古今愁。

懊侬曲

郎向塞北游，妾在江南住，
愿为防身剑，与郎作伴去。

又

行路莫行远，看花莫看迟，
花迟少颜色，路远长别离。

题 竹

密叶因风扫，凉阴借月生，
龙孙潜未发，应待法雷鸣。

题 梅

古寺借梅看，欲去仍回首，
试问优昙花，有此寒香否。

题小景送人归宜兴

家住铜官山，山亭翳修竹，
主人游未归，白云满幽谷。

其二

山中多白云，栖我亭前树，
日暮度前村，又与东风遇。

其三

朝下铜官去，暮向铜官归，
春风被花恼，满山蝴蝶飞。

其四

归向铜官下，长歌采蕨薇，
岚光霏翠雨，湿尽薜萝衣。

与宗弟正夫西湖秋泛

断岸余衰柳，轻舟泊浅沙，
西陵南下路，多是野人家。

其二

湖水载歌舞，流来复流去，
不知沟浍间，灌注无宁处。

题 扇

高浪蹴天浮，停桡且湾泊，
寄语后来人，前途风更恶。

题 萱

堂背萱花好，慈亲日举觞，
南风吹缓带，比叶一般长。

其二

试问萱花道，慈亲寿若何，
一丛千万叶，计数未为多。

冷泉亭口号与刘邦彦别

君去我独留,持杯劝君酒,
明日虎跑泉,还来看山否。

泊瓜步口号

昨夜宿江南,今朝过江北,
愁听子规声,欲归归未得。

晚次丁堰

日暮青山远,春归绿树酣,
壶觞不成醉,坐听野人谈。

其二
犬吠月中影,风吹衣上尘,
邻船试相问,俱是未归人。

题杂画

断崖泉水落,古木野云平,
独坐不知久,忽闻天籁鸣。

其二
山中雨初歇,溪水夜来长,
幽禽知我闲,飞下复飞上。

其三
山光凝暮云,风来忽吹散,
借问在山人,何如出山见。

其四
山云低欲流,山泉绿堪酿,
高台人不游,麋鹿来亭上。

其五
坐石看流水,晚来忘却归,
鸳鸯见人影,惊起一双飞。

溪月吟答吴一斋

君家韭溪上，侬家穆溪头，
相思不相见，恨随溪水流。
其二
西山一何高，东海一何深，
惟应天上月，得见两边心。

六言绝句

即 景

绿树原头浅草，青山谷口飞花，
记得南湖良夜，月明曾载琵琶。

题曹颙若扇寄顾东明

莺脰湖边旧隐，吴淞江上行舟，
借问离情何似，春波日夜长流。

晤傅上人

宝石山中看雨，冷泉亭上闻猿，
别后几场春梦，相逢又在只园。

舟中偶成

清泽庄头钓艇，奉先院里禅床，
绿树数声啼鸟，青山一抹斜阳。
其二
抱琴循水路转，曳杖看山日斜，
短屦蹑残莎草，小桥流出桃花。
其三
细草绿侵沙岸，野花红点青山，
短棹自随流去，暮禽相与诗还。

七言绝句

登紫虚阁

江树离离江水平,紫虚高阁倚春晴,
仙人醉坐碧窗下,吹彻洞箫如凤鸣。

寄吴铁峰姻家 时孙曾同往谒

少相亲爱子相婚,家室咸宜更有孙,
要与外翁成宅相,莫教空羡魏阳元。

其二

头玉峣峣眉目清,认呼应自解人声,
马迁闻有新编史,异日当成子幼名。

题沈启南画

一春风雨未曾晴,入夏湖波与岸平,
独上江楼听布谷,畬田几处有人耕。

题 梅

瘦影幽香蝶未知,几番愁绝五更时,
春寒昨夜新瓶冻,寄语东风为一吹。

三顾图

炎火无光汉祚微,月明乌鹊又南飞,
卧龙一起成王业,千古才知帝魏非。

桃 花

呼猿洞口暮春时,吟遍桃花一万枝,
今日独看图画里,茶烟飞绕鬓丝丝。

送人游巴蜀

雪消巴蜀水初生,此日逢君买棹行,

钟邓有知烦一吊，降王犹到洛阳城。

题　扇

雨过青山翠欲流，夕阳明处断虹收，
扁舟自为寻诗去，不在求鱼下钓钩。

寄　友

与君倾盖二毛初，别后无由数寄书，
江上无人问消息，红庄随马射游鱼。

题范世良扇

江南旧宅已无存，义泽依然在子孙，
君去岁寒堂上看，长松几个立当门。

醉题西垛壁

西风萧萧吹客衣，黄溪道上行人归，
一声长笛起天外，白云满山霜叶飞。

十二月古中静以扇索诗

一夜西风冰塞川，敝裘羸马夕阳天，
旁人却笑犹持扇，为惜江春入暮年。

题和靖观梅

孤山山下断桥边，万树寒香雪后天，
我亦骑驴来吊古，夕阳荒冢寺门前。

题许子厚扇

好山多在石湖西，草色新年绿未齐，
亭子半开修竹里，一帘春雨鹧鸪啼。

清夜游过陈湖，题翁时用扇

青山隐隐暮江头，月色随波荡彩舟，
水鸟双栖忽飞去，一声横笛起中流。

题沈启南松陵别意

芙蓉秋水照双旌，冠盖纷纷出送行，
见画不堪伤往事，冷风和雨过江城。此图余曾求之启南。以赠
后五载见于曹以明所，为题其末云。

初春题败荷鸿雁图　时方饥荒

霜落风高欲下迟，水田无食苦长饥，
上林莫道归飞早，今日江南异昔时。

偶　成

一年春事已阑珊，天意应于好景悭，
落尽桃花终日雨，逢人空自说游山。

木兰花

玉色娟娟净不华，莫教零落委泥沙，
不知刳木为舟日，开过东风几度花。

题澄上人所藏竹

渭川千亩影萧萧，苦旱年来叶半凋，
见画忽然兴远思，行人应在灞陵桥。时长子永锡往陕西

吴廷晖水榭

溪声到枕惊春梦，露气入帘生夜寒，
自起开门看明月，和花移过曲阑干。

题扇讽陆廷美

大田尘起桔槔鸣，望雨不来无限情，
借问金陵贵公子，此声何似挡秦筝。

题马抑之画江阁捕鱼图

水阁风多酒思凉，仙郎一曲和沧浪，
只今正是贤劳日，莫为鲈鱼恋故乡。

和答吴廷晖

竹径阴阴厚绿苔，荜门长日未曾开，
春风是处皆花柳，那得闲心去看来。

其二

一春多雨更多风，犹有残花茂草中，
纵使君来不堪赏，冷香和露泣微红。

其三

莺花长笑主人贫，尽日何曾酒入唇，
珍贶忽来勾饮兴，野亭还有一分春。

寄西杭钮进之

西湖湖上水初生，重叠青山接郡城，
记得扁舟载春酒，满身花影听啼莺。

秋日郊行

浪楫风帆不系舟，日斜横笛起中流，
山青云白江蓠绿，群雁忽鸣声带秋。

和汝舍人行敏韵

故人今在承明庐，不愧昔年行秘书，
亲随相臣侍玉陛，肯效学士焚银鱼。

其二

佩玉鸣珰居直庐，黄麻紫诰不停书，
春来中使传宣入，内苑看花更钓鱼。

寄吴禹畴

赐宴曲江归路遥，杏花如锦玉骢骄，
旁人莫讶不成醉，明日谢恩须早朝。

送顾仪宾赴石城王府花烛

银河星度月流辉，来傍天孙织锦机，

不道九霄风露冷，夜深催换紫绡衣。
　　　　其二
香车齐向内家迎，一朵宫花下殿行，
自是和鸣应钟吕，凤仪原不为箫声。

题沈启南画

营邱骨冷瘗青山，逸驾遥遥信莫攀，
近说东阳得三昧，寒林今复见人间。

题陈希夷睡图

世事纷纷类奕棋，莲花峰下睡多时，
春风引入华胥国，忘却浮生在乱离。

吴鸣翰湖上　　吴为洞庭山人

红尘不到三山远，家住蓬壶镜里天，
隔浦落花双屐雨，过门流水一溪烟。
　　　　其二
多时不到南湖上，花落莺啼又一年，
有约画船同载酒，短篷春雨看鸥眠。

和题梅花

西湖湖头月满天，骑驴夜踏孤山巅，
翠禽啼断不成梦，令人苦忆罗浮山。

题梅花道人钩勒竹

协律遗踪世所珍，湖州惟用墨传神，
沙弥老去耽成癖，笔法真能到古人。

泛下港

短棹夷犹去复还，一声渔笛起空湾，
主人何事催归急，且看湖南日暮山。

观海云院百丈泉

接竹分来知几年，云房长得润枯禅，
一从学士题诗后，吴下才闻有此泉。

寄陆三瑜

柴门流水钓矶闲，梦绕天涯鬓已斑，
酒债诗逋还未了，又随人去看青山。

和张东海韵

墨花成阵醉题诗，宝带桥头客散时，
记得松陵南下路，驿楼听雨鬓丝丝。

寿 萱

花开亲老百忧忘，笑对儿孙引寿觞，
不信瑶池在天上，蛾眉萧飒也成霜。

题沈启南赠尹孟容画

天水吴兴两地悬，械诗遥作买山钱，
峰峦满纸新题遍，乔木依然在涧边。

题陶文式御史写竹寄衍公

忆昔攒眉入社中，归来三径饱清风，
东篱把酒余酣在，却写横枝寄远公。

可 闲

钩帘把酒对青山，老境无求始是闲，
请看春波门外水，年光流去几时还。

其二

自笑欲闲闲未得，却从忙里赋闲诗，
飞云倦鸟归栖处，此意世人多不知。

寄保叔修首座

红树绿波青黛山，笙歌日在画船间，
老僧定起浑无事，惟有长松相对闲。

和庆云祥公韵

窗外栖禽薄暝烟，吴僧相对佛灯前，
南能化后曹溪竭，何处人间复有禅。

苏堤对酒，次沈启南韵

湖上采花人未归，苏堤柳色妒春衣，
踏青儿女歌声亮，惊起鸳鸯各自飞。

其二

雨后满湖生翠苔，画船归去水迢迢，
生憎苏小坟前草，野火曾经几度烧。

断桥分手，次刘邦彦韵

日暮桥边酒棹回，更因残唱送余杯，
人生易老春光莫，能为看山几度来。

其二

近水人家半掩扉，两山楼阁尚斜晖，
断桥无数垂杨柳，总被游人折渐稀。

游武塘瓶山道院　故宋酒务也

权利当年满世间，弃瓶犹见积成山，
何人为起楼台住，种得长松待鹤还。

子昂兰

国香零落佩纕空，芳草青青合故宫，
谁道有人和泪写，托根无地怨东风。

悼轩公　海盐南寺

东风吹雪沁春泥，曾倩吴僧半榻栖，

惆怅重来不相见，野禽飞上曲阑啼。

刻丝牡丹

中原新尚女真黄，姚魏含羞怨夕阳，
谁挽春风上机杼，又随番使过钱塘。

塞下曲

城下黄河城外山，羌儿骑马唱歌还，
碛西亦有闲花草，莫信春光不度关。

其二

河水东流风北来，孤城画角秋生哀，
白头边将不知老，弯弓时上单于台。

游冶城山

飞龙已废前朝榜，万岁新更此地颜，
何事游人浑不解，叩门犹问冶城山。

其二

东望钟山王气生，祖龙曾此费经营，
太平天子于今应，赢得秦淮绕凤城。

题僧善权画　上有沈启南题跋

倪迂死后犹存画，权袖图成更有诗，
头白云卿重题品，董元曾是巨然师。

和三原王司马韵二首

封章频上敢怀安，鱼水君臣古亦难，
优老忽闻明诏下，考槃令咏硕人宽。

其二

临岐重拜大夫勤，望有音尘别后闻，
四海一家征戍少，太平天子正敷文。

海盐张方洲太守慰予室毁，临行赋赠

举目凄然百感侵，败垣残础烧痕深，

流莺似惜人憔悴,未及花时送好音。
其二
宿草回青柳放芽,东风随物付繁华,
旧时燕子今何处,已自衔泥过别家。
其三
催花小雨湿春衣,江海茫茫越鸟飞,
乐事赏心浑忘却,独将清泪送君归。

湖上暮归

朗月微明敛夕霏,水禽将宿未惊飞,
画船去后笙歌歇,贪看湖光缓缓归。
其二
鸭群呼去水云空,香滴苹花露气浓,
僧寺茫茫看不见,暮烟生处忽闻钟。

葵 花

黄裳采采露盈盈,清挹华房沆瀣生,
汉武若先知此味,不教云表立金茎。

鹿 葱

鹿葱华姜世同珍,肯谓忘忧别有真,
大抵人情重传信,辟邪元不是麒麟。

宫 词

自负婵娟入内家,谁知辇下即天涯,
子夫不属平阳第,那得君王载后车。
其二
春思恹恹上黛眉,强来庭下立多时,
红颜不及闲花草,也得东风一度吹。
其三
昼永闲来水殿游,芙蓉愁寂似含羞,
花枝自与春风别,临到开时又一秋。

其四

自入深宫无出期，真成薄命底须悲，
君门一任如天远，终不从人问见时。

何克廉宅观妓

一曲清歌绕画梁，春风吹散舞衣香，
酒酣却笑苏州守，何事樽前欲断肠。

其二

彩云歌罢翠眉低，敛笑凝眸思欲迷，
春自无情欲归去，落花休怨杜鹃啼。

寄家书

千里迢迢尺素书，几回修得寄双鱼，
大江南去休迟暮，白发严亲久倚闾。

其二

握手将分更少留，渡江休得有沉浮，
莫言一纸轻如许，无限乡心与客愁。

见落花

野寺春归已惨凄，那堪一夜子规啼，
东风不道人憔悴，吹入尘途衬马蹄。

其二

风吹犹见影离离，留恋低回欲恨谁，
莫怪来看独惆怅，如今不是故园时。

分题得震泽竹枝词，送中书李舍人

洞庭西望水漫漫，浪打船头来往难，
荷叶作衣蒲作帽，只遮风雨弗遮寒。

其二

野老乘舟自打桡，闲看翡翠戏兰苕，
连山不断南津口，曲水回通底定桥。

其三

太湖一水跨三州，洞庭两山在上头，

侬意如山常日静，郎行似水去难留。

其四
合伴送郎湖水边，柳丝无力系郎船，
黄蘗作籓篱更苦，淤泥种藕别生莲。

其五
震泽雨晴添水波，郎船将发唱吴歌，
谁知三万六千顷，不及侬愁一半多。

其六
十里荷花云锦机，鸳鸯相对浴红衣，
不道采莲歌渐近，一双惊起背人飞。

其七
燕子来时雁北飞，留郎不住别郎悲，
小麦空头难见面，春蚕作茧自缠丝。

其八
风吹雨滴打荷盘，滴滴成珠碎又圆，
碎珠更有重圆日，雨落何曾再上天。

联句

云泉庵观大石联句

成化十四年十二月十六日，吴兴张渊子静，松陵史鑑明古，长洲李甡应祯、吴宽原博，颖川陈瑄廷璧入云泉庵观大石联句

岩岩者大石，[李]
奇观人所诵，遐想十年余。[吴]
来游五人共，舍舟始登陆。[张]
杖策不持鞚，是时日当夕。[史]
兹山气逾潏，入门信突兀。[李]
拾级骇空洞，落星何破碎。[吴]
灵鹫相伯仲，仰观神欲飞。[张]
俯瞰心屡恐，鳞皴苔藓剥，骨立冰雪冻。[史]

神驱道防呵。[李]

鬼劈文错纵，尊严凛君临。[吴]
张拱俨宾送，环列尽儿孙。[张]
拥护等仆从，欲假愚公移。[史]
谅非雍伯种，卧鼓慨桴亡。[李]
对臼怯杵重，猊吻呀未收。[吴]
龙鬣怒难控，凝血疑痛鞭。[张]
立肺讵冤讼，上漏还启窗。[史]
中通自成巷，大惟补天功，小可砭肌用。[李]

分矢肃慎来。[李]
浮磬泗滨贡。[张]
廉利并攒剑，兀臬侧倚瓮，崒山辱嬴秦。[吴]
艮岳遗汴宋，节彼民具瞻。[张]
壮哉客难奉。[史]
落照红抹赭，归云白流汞，僧讲点头䴉。[李]
将射没羽中，尘缘契三生。[吴]
阵图怀七纵。[张]

在县太师击，攻玉诗人讽。仙煮充腹饥，俗揣免腰痛。瑶琨产维扬。[吴]
琅玕出乃雍，高题少室名。[李]
怪作东坡供，半空见玉蝙，千仞附青凤。[张]
栖禅逾百年，问僧仅三众，凭虚围曲阑。[吴]
架壑出飞栋。[史]
竹幽补堂坳，树古嵌厓缝，窦黑炊烟熏。[李]
坎平钟乳瓮，盘盘栈道危。[吴]
汹汹水泉动。[张]
登顿足力疲，眺望眼界空。[史]
松露发欲濡、潭月手可弄。[吴]
穷披任生靫。[李]
醉吟微带魑，列坐对弯跫。[张]
大呼应锽硔，嗜癖牛李愚。[史]
诗战邹鲁哄。[吴]
拜奇得颠名。[陈]

忧坠成噩梦。[吴]
试与叩山灵，肯售捐薄俸。[李]

续金陵联句 有序

  曹孚颢若归自南京，过予叙旧。诵其所与李职方贞伯、汝武选行敏、周院判原已联句甚悉。诸君子皆予之故人，而南京亦予尝游。于时职方以使湖湘来归，武选、院判屡有樽俎之觌，独无赠言。何颢若得言若是之多哉！因与颢若及张渊子静、泰其通，共联一篇。诗既半，会日暮。颢若、其通，以事先别去。子静谓诗不可不成，乃与予足之。成化二十二年五月戊辰，松陵史鑑识。

长夏清无暑，[张]
幽居静不忙，对书昏欲睡。[史]
汲井渴思甞，林晚闻鸣鹊。[张]
朋来自远方，水村围绿树。[汝]
云窦引沧浪，鹤闯中门立。[曹]
荷分别浦香，飞梁虹下饮。[史]
浮岛雁低翔，路袤阑干石。[张]
池循宛转廊，古墙缘薛荔。[汝]
深洞入筼筜，雨曳三时湿。[曹]
风搴五月凉，望晴谨昼启。[史]
冒冷感秋伤，地淖冬青谢。[张]
庭阴夜合张，燕闲雏出垒。[汝]
蜂闹蜜分房，磬折寒暄叙。[张]
盘旋剑佩跄，语音微带汉。[史]
习气半离乡，问讯公卿旧。[汝]
归寻草泽藏，鸿留泥上迹。[曹]
萤避日中光，洗拂东华土。[张]
留连北海觞，割鲜羞列豆。[汝]
舞象缀齐行，江笛吹杨柳。[史]
檐花落豫章，聊为犀首饮。[张]
莫数次公狂，杯面栖鹦鹉。[汝]
垆腰错凤凰，画图神品异。[张]
彝鼎识文详，算马壶更胜。[史]
登丰觯屡扬，工升当瑟坐。[张]
仆倦触屏僵，酒量江河窄。[史]

歌声磬筦将，轻刀霏雪鲙。[汝]
疏布琼瑶浆，筯引银丝滑。[史]
盘堆火齐煌，臐膮濡芥酱。[张]
饼馅夹鹅肪，诗句联珠珪。[史]
谈锋出剑芒，冥搜深擢肾。[张]
苦索窅探肠，调古才殊窘。[史]
吟穷思忽昌，痴心角韩孟。[张]
高视下卢王，自顾山林槁。[史]
难齐省署芳，行藏同画虎。[张]
游读等亡羊，径笑终南捷。[史]
群遗冀北良，正论高阁束。[张]
安用凿坏亡，大厦谁当任。[史]
明时老不妨，乾坤随所寓。[张]
江海渺相忘，底事忧千岁。[史]
浮生梦一场，盍簪时有数。[张]
秉烛夜何长，况复抟沙散。[史]
无云好乐荒，明朝又南北。[张]
落落晓星望。[史]

与刘佥宪珏、沈启南周、沈继南召紫阳庵联句

山为春城媚，鳌峰更可观。[刘]
便当轻五老，何待觅三韩。[周]
灵气知深郁，奇形惜太剜。[史]
俯身穿石鏬，侧足上厓端。[召]
岚重行衣湿，苔深步屦干。[刘]
小庵幽处缚，重殿卸边攒。[周]
日近关常暖，霞封洞不寒。[史]
梦觉仙骨蜕，木象古真刊。[召]
声宿鸣琴室，香余拜斗坛。[刘]
把芝呼白鹿，种竹引青鸾。[周]
屡憩纯阳子，时游靖长官。[史]
曲阑凭玛瑙，横管执琅玕。[召]
沆瀣非凡食，芙蓉是道冠。[刘]

龙犹围故鼎,鸟解啄遗丹。[周]
逸迹追何及,长生学不难。[史]
挥杯送双目,随鹤过江干。[召]

与李太仆、吴太史、小鸿村联句赠张子静

家住小鸿村[李]。
双溪绿映门,地偏城府远。[吴]
俗俭土风敦,野烧回春色。[史]
渔矶露水痕,浮槎下秋涧。[李]
坏壁上朝暾,古雪苔相汇。[吴]
群山弁独尊,鸡埘连草屋。[史]
牛迹绕瓜园,浅籪寒收蟹。[李]
疏篱晓放豚,乡人分社饭。[吴]
邻妇借缫盆,把卷桑阴下。[史]
持杯松树根,闲常开曲径。[李]
时或过高轩,抱膝仍长啸。[吴]
披襟快一论,有书君莫上。[史]
世已厌多言。[李]

与刘廷美、沈启南、沈继南雨中泛湖联句

画船载酒入空蒙,四面湖山水墨中。[史]
系缆石留秦旧物,卖花人带宋遗风。[刘]
怕寒沙鹭低拳白,受湿汀桃浅破红。[启南]
未必晴时能胜此,笙歌莫放酒杯空。[继南]

与张子静曹颙若夜集鸿村草堂联句

乾坤俯仰信如浮,岁月无情易白头。[张]
落魄未应明主弃,寻盟今为故人留。[曹]
廉颇老去犹能饭,李广行间竟不侯,
江海茫茫相识少,灯前乘醉看吴钩。[史]

诗余

长相思·无题

花满枝蝶满枝，客舍恹恹卧病时，愁闻春鸟啼。
为相思，苦相思，相别常多相见稀，缠绵无了期。

点绛唇·闻歌

春夜厌厌，珠明玉莹双双见，惺惚言语，耳畔相思怨；
对酒娇歌，睍睆流莺啭，香风扇，花枝撩乱，月照秋千院。

浣溪沙·夏夕赏莲

绛蜡笼纱夜赏莲，碧筩擎酒吸如川，娇歌宛转杂繁弦。
急雨溅珠弹脱叶，乱砂衔石轧流泉，此时不道夜如年。

又

曲水流通濯锦红，新门移转纳香风，画舟时傍彩云中。
半夜月明歌楚调，双莲波冷泣吴宫，鸳鸯惊散各西东。

菩萨蛮·赠妓

柳腰清减花容瘦，眼波凝绿眉山皱。春去已多时，不堪听子规。
相逢时话旧，泪湿罗衫袖。对酒莫高歌，闻歌愁更多。

忆秦娥·登保叔寺湖光宝阁

湖边寺，楼台旧是春游地。春游地，千花张锦，两山横翠。
西风阑槛秋无际，青山不改朱颜异。朱颜异，断桥残柳，伴人憔悴。

谒金门·赠歌者

春夜杳，火树满街开早。年少沈郎风度好，踏歌声更巧。
袅袅余音未了，一似游丝萦绕。漏尽月斜天忽晓，彩云犹缥缈。

醉桃源·寄刘邦彦

北新桥下雨催诗，春归人也归，多君重约再来期，春来人未知。

花扫地，笋翻泥，还家时节移。青山南望渺天涯，美人相见稀。

少年游•题小景

青山重叠绕回溪，空翠湿人衣，好似娇娥，晓临妆镜，石黛扫双眉。丹枫映水如漂锦，秋色误春姿，风振华林，满空灵籁，走上小亭时。

浪淘沙•观天魔舞

璎珞五花冠，云鬓鬑鬖，霞衣缥带缀琅玕。玲舌轻弹天乐响，人在云端。弓样转弯弯，左右回盘，镜光如月照孤鸾。天女散花穿队子，环佩珊珊。

玉楼春•赏克振弟牡丹

名花绰约东风里，占断韶华多在此，芳心一片可人怜，春色三分愁雨洗。玉人尽日恹恹地，猛被笙歌惊破睡，起临妆镜似娇羞，近日伤春输与尔。

望江南•阎尚温招饮湖中

船栊处，恰是藕花洲，别处歌声刚得借，去时春色不堪留，花落水空流。天渐晚，临去更回头，山翠远如眉黛晓，湖光疑似眼波秋，越女不胜愁。

杏花天•寿杨经历七十一

杏花开遍东风里，爱春色年年相似。仙翁试把朱颜比，不是等闲桃李。借问胡麻和石髓，怎能比子孙甘旨。古来七十人能几，过了从头数起。

虞美人•赠陆廷美

海榴枝上啼黄鸟，好梦惊残早。起将双陆赌杨梅，只见马儿、骰子走如雷。凉台水榭相携手，尽日酣歌酒。小娃频打子规飞，底事声声、叫道不如归。

摊破浣溪沙•赠舞妓

天与秾华一种奇，东风吹动小桃枝，临水愿将双佩解，是何时？翠袖舞低明月下，紫箫声断彩云飞，多少愁怀无说处，皱双眉。

喜迁莺•观舞料峭

襟袖褒，髻鬟松，隐耳玉丁东。文鸳度影锦溪中，新绿荡香红。

越樣腰肢娇小，一捻柳丝萦袅。瞥然披拂闹花丛，婀娜不禁风。

醉落魄·赏宗弟正夫家紫蛱蝶

红娇白嫩，紫绵颜色标犹胜。罗山魏府交相竞，毕竟重楼，始与斯名称。

罗帏不卷东风静，锦缠旖旎晨妆艳，六铢衣薄肌肤映，寄语娇娥，莫把阑干凭。

踏莎行·观观音舞

翠袖低垂，湘裙轻旋，地衣红皱弓弯倩。晓风摇曳柳丝青，春流荡漾桃花片。

矫若游龙，翩如飞燕，彩云挥霍华灯炫。海波摇月晚潮生，大家齐道观音现。

临江仙·赠余浩

秋水芙蓉江上饮，怜渠无限风流，红牙低按小梁州，淡云拖急雨，依约见江楼。

最是采莲人似玉，相逢并著莲舟，唱歌归去水悠悠，清砧孤馆夜，明月太湖秋。

蝶恋花·赠歌妓沈春魁

雨僝风愁春未透，卯酒微醒，频把花枝嗅。倦倚妆台垂素手，柳条妒杀腰肢瘦。

一曲娇歌人静后，圆转清和，莺啭花时候，袅袅香风传翠袖，彩云惊堕仙裙绉。

青玉案·武夷

武夷春色年年早，花满洞，天清晓。玉女峰头云缥缈，幔亭张列，群仙来下，环佩知多少。

天生九曲清溪绕，几处流来棹歌好，音韵悠扬风袅袅，舟横绝壑，岩留仙掌，知是何人巧。

风入松·会稽

会稽山水尽知名，人在镜中行。彩云暖护云门寺，东风过、吹散还生。

贺监湖头草绿，谢公宿处猿鸣。

采莲越女照人明，花下只闻声，剡溪流水依然在，何人再，雪夜寻盟，许我他年来否？月明何处吹笙。

满江红·赠歌者

画舸浮空，蚤移入，锦云乡里。羡年少，点翠匀红，妒花争美。叶底鸳鸯初不见，歌声渐近才惊起。向晚来，犹自爱新妆，临秋水。

栏干曲，频徙倚，长袖举，朱唇启。觑舞娇歌艳，不胜罗绮。逗雨惊鸿飞不定，啭春黄鸟娇无比，最苦是、一霎便分离，人千里。

孤鸾·赏牡丹

天然佳丽，有倾国姿容，绝伦娇媚，万紫千红，尽在下风回避。君家去年赏胜，翠帷低，粉匀朱腻，蝶使蜂媒似织，总为余香至。

喜今年，重见旧风味，想尚怯春寒，开也还闭。无限秾华最，是露珠凝缀，只疑太真浴罢，把霓裳、羽衣新试，软玉香肌红透，倚东风酣睡。

金菊对芙蓉·雁荡

雁荡名山，蓉村胜境，天教妆点东瓯。有东西天柱，大小龙湫。下临沧海如无地，疑大水，昼夜常浮。笔峰长卓，石旂犹展，万古千秋。

何日拂袖南游，任穷探极览，未肯回头。直除非跨鹤东访瀛洲。海波清浅扬尘起，等闲见，石屋添筹。此时方始，归来尽弃，敝了貂裘。

玉蝴蝶·赠歌妓解愁儿

天与多娇好似，春初杨柳，雨洗风揉。披拂闹花，深处绿怨红羞。远山横、修眉颦翠，江水净、娇眼凝秋，尽风流、新翻料峭，斜抱箜篌。

休论石城佳丽，卢家女子，往事悠悠。倩将愁解，多应解后转添愁。向空江、肯捐珠佩，思远道、欲采芳洲。倚危楼、云中江树，天际归舟。

百字令·刘邦彦招饮竹东馆赏桂花

竹东庄上，记当年春尽，归舟曾歇莫，雨和风催客去，猛地作时还辍小馆，茶香行厨酒尽，执手难为别，归家南望，寸肠几度千结。

谁道买棹重游，主人情重，罇俎依前设，桂树团香，纤月露，渐近中秋时节，试问姮娥，今年才子谁把高枝折。夜深无语，霏霏满地金屑。

赠妓 有序，妓名玉兰

玉兰奇花也，予尝于浙藩之紫薇楼前见之，或者名之。岂将取标韵耶，而赋咏者皆岐而为二，表而证之。

紫薇楼下，记持觞醉把名花相酹。爱尔玉兰名字好，况乃色香幽，媚娟净无瑕，清芬离俗。临去犹凝睇。时移事换，梦中频见佳丽。

谁道买笑吴门，美人携手，俨与花相似，气味风标无两样。疑是花神游戏，娇啭歌喉。明珠一串，散落金盘脆。曲终凝望，碧云犹在天际。

木兰花慢·渔隐

年来多水旱苦，耕稼久无收，且觅取纶竿，寻将钩线，走上渔舟，满前山青水，绿似生绡，画采漾中流。风起停槎古渡，月明鼓枻沧洲。

桐江千古水悠悠，何处觅羊裘，但钓得鱼来沽将酒，去痛饮，为谋醉来。幕天席地，把蓑衣盖了卧船头，要识其中乐趣，除非请问沙鸥。

水龙吟·钱塘

钱塘自古繁华，忆去年一春游遍，山明水丽。花娇柳娜，流莺百啭，满路笙歌，几船箫鼓，往来游宴正晚来堪赏。酒阑人散，有明月，相留恋。

别后事多更变，怅重游，可怜无便。人面已非，桃花依旧，刘郎不见。光景星飞，风流云散，闷怀谁遣。叹人生不向，少年行乐，老来空羡。

解连环·送别

销魂时候，正落花成阵，可人分手。纵临别，重订佳期，恐软语无凭，盛欢难又。雨外春山，会人意，与眉交皱。望行舟渐隐，恨杀当年，手栽杨柳。

别离事人生常，有底何须为，著成个消瘦。但若是下情长，便海角天涯，等是相守。潮水西流，肯寄我，鲤鱼双否。倘明岁，来游灯市，为侬沽酒。

贺新郎·天台

闻道天台路，洞门深，瑶草长青，桃花无数。仙子云鬟低欲堕，倚石迷花凝伫。忆刘阮，当年曾遇。雾帐云房深几许，梦魂中，不管流年度，缘分浅，又归去。

千今路断无寻处，惟旧时，华顶依然，霞城如故。古寺石桥风雨响，泻下半天瀑布。有头白老僧常住，世上名山能有几，强登临，莫待青春暮，婚嫁毕，听分付。

兰陵王·与张子静、李贞伯、朱岐凤、汝其通赏芍药

曲池北，红叶盈盈半拆。伤春重，情惹思牵，困倚东风倦无力。无言自脉脉，恨杀春归似客。斜阳里，勾蝶引蜂，应怅东君送行色。

维扬旧踪迹，有围带欺黄，盘盂妒白，倾城寻赏驰油壁。嗟物与时忤，世随人换。而今名胜久寂寂，受多少凄恻。

堪惜易狼藉，且露饮花前，醉卧花侧，夜深花露沾衣湿。便日下登对，省中轮直，当阶翻处，料此会，须记忆。

瑞龙吟·水月观赏牡丹

春消息，开遍红紫芳菲，粉香狼籍。悭留倾国名花，那般富贵，真成第一。自矜惜，如个美人初觉，染香匀色。清晨卯酒微酣，怨红啼素，重重晕积。天宝君王妃子，妒妍争宠，沉香亭北。欢赏未终渔阳，鼙鼓声急。清平古调，惟有天仙笔。谁知道，张泊命酒，按花评格，也许吾侪得。晚来小雨，催花坼。转觉娇无力，风露下，偏生横斜欹仄。倩人扶起，载倾余沥。

哨遍·端午日饮都玄敬于豫章堂

梅雨弄晴，梧叶生阴，深苑榴花吐，见钗头，齐缀赤灵符，恰又经一番重午。君听取，斜阳竹西歌吹，分明不是扬州路。信彼此无殊，古今不异，逢场自足欢娱。但未能免俗与人俱，也试举芳樽泛菖蒲，艾虎悬门，彩丝缠臂，尚传荆楚。

吁，满地江湖。龙舟竞渡晓喧谯。相习成故事，骚魂此日知夫。觑水马争驰，锦标平插，浪华卷雪轰旗鼓，幸得隽归来，拈华弄酒，向人夸笑矜舞。有谁解屈子怀沙故，眷宗国难忘心独苦。想曾怀，琼粖椒糈，浮游蝉脱应笑，世俗沉菰黍，是非非是都休评论。聊且长歌吊古，阆风县圃渺苍梧。望夫君，弭节何所。

史鑑十一世孙　积钧　校字

卷　五

书

论郡政利弊书 上太守孟公浚

六月七日，部民吴江史某谨斋沐再拜，上书于郡侯大人尊先生阁下：盖闻有非常之人，然后能行非常之事，古今所同也。伏惟阁下养至大至刚之气，抱出群出类之才，暂谢班行，来司牧养。下车之始，固已奋发乎才猷，辉煌乎事业，昭晰乎声名者矣。而又不自满假，询及刍荛，招之以礼，待之以诚，不以尊贵自居，不以聪明自用，求贤如不及，纳谏如转圜，盖将集众思以为治，收群策以为用也。则所谓非常之人行非常之事，岂不在兹乎？若某者，固非其人也，而首荷选拔，深惧无所建白，大负委托，以伤阁下知人之明，则没身不足以塞责矣。昔郭隗有言："请自隗始。"某虽不敏，愿附斯义。用敢罄竭涓埃，缮写成帙，献诸左右，以为山海高深之一助焉。若其议论卑陋，言语狂妄，触犯忌讳，伏望特宽斧钺之诛，使得自引而退。如是，则四境之内、千里之外有贤于某者，皆曰史某人才之下如此，阁下进退之礼如此，将必抠衣而趋，接踵而进，咸以言为献，则其所得，固将百倍于斯矣。

一曰优农民。四民之中，农为最苦，终日竟岁，迄无宁休，供赋税、应徭役，凡国之大事，莫不取给于此。而彼游手游食之人，又从而掯之，侵牟聚敛，其状万端，故有公税未输，而私室先罄者矣。加以离城阻远，人皆畏法，而彼豪猾之徒，怀奸以凌之，挟势以驱之，其能自直于其前者固鲜矣，又何敢自直于上官之前乎？苟非在上之人为加优假之，其亦颠连而无告矣。优之之道，固多端焉，然莫大于先治其收粮之害也。夫吴民粮税之重，天下莫加焉，而为之长者，盛气以掊克之，每粮一石有赠至四斗者，斗斛之大又赢其一焉。管粮官吏，岁有常例之馈，日有支用之供，不惟不能惜其疾痛，反助长以虐其民。由是长愈肆而民愈困矣。且夫一亩之田，肥瘠损益，岁收稻米不出二石，而秋粮之重，有至八斗以上者，又有加耗一斗二升，是则几于一石矣。今粮长又虐取其四五斗焉，然则所存者无几也。况有水旱之灾，不为放免者乎？府县虽行较勘斗斛之法，其亦视为文具，何尝以之量入，惟至兑军起运，用以量出耳。论者犹以为粮长艰难，此由县官不知关防，纵其侵用浪费，以致此耳，岂因少收之故哉！虽有兑军之赠，亦不过每石赠米七八升耳。况粮未必皆军兑也，故收粮之际，娼优、杂剧、饮食、衣服、玩好，百物毕集其所，下至僮仆、婢女，亦皆浆酒藿肉、绔帛履丝，则其苛取吾民者可知矣。

或曰：若子之言，则粮长皆乐充矣，何以恒有告脱者乎？某应声曰：此特远乡及弱而愚者，不能有取于民耳。彼在城而强且狡者，曷尝有之乎？一闻革役，则阖门举宗皇皇愁叹，以为大戚。贿赂权豪，以相请托，求丐里老，以复保充，比比然也。至于调收之法，虽不能顿革其弊，犹为裁减其太甚者。盖别区之长，民不属管，故犹可撑拒之，较之素所压服之民，大有径庭矣。伏惟阁下举行仁政之始，当先去其贼民之大者。其余法制次第讲行，使境内之民稍获苏息，则龚、黄、召、杜不得专美于前矣。

二曰除盗长。彼明火持仗、逾墙穿壁者，市野之盗也。其巧文避法、出彼入此者，官司之盗也。市野之盗易知，官司之盗难知。何以言之？攻劫之状显然，钻凿之迹具在，故曰易知也。案牍泯而不彰，名目隐而不露，故曰难知也。然为盗有长，凡掌文卷、任差遣者，皆其人也，而官吏不与焉，特为所饵而牵掣耳。何则？盖官吏倏来倏去，不过数年。而彼掌任之人，莫不父子继居，兄弟列处，亲戚牵引，族党蔓延，故能历世引年，久专其利也。请陈其略：凡财之在民者，其党则巧立名色，定为收头，多收而少报，美入而恶出，不祈乎足而祈乎不足，盖足则可稽，不足则隐匿埋没，妄作民欠，以冀蠲免也。财之在官者，其党则改易姓名，点为解户，那西而补东，引前而盖后，稽其数目，动逾万千，验其关单，则无一二。往往妄告遭风，诡云被盗，以相掩匿。故其徒皆视官藏为己帑，公廪为私庾，不惧不惭，恬无顾忌。莫不高门广居、美衣甘食、挟娼纵博，靡所不为，及乎事败，官府追征，又复雇觅刁泼之人代为受杖。而在上者，方且倡变卖之说，行姑息之政，以完官为能事，以全生为美名。戒其颓废之屋，洒派于民，片瓦尺椽，驱令出财千百其数。而经收哀敛之人，又乘机掊克，以一科十。故一夫负欠，阖县罹殃。信乎先正之言曰："侈用则伤财，伤财必至于害民也。"呜呼！为此术者，其亦不仁矣。而盗之田宅器用，固其所也，子女玉帛，固其有也，舟舆仆马，固其奉也，往者未已，继者效尤，源源而来，有加无替。而吾民方日夜浚其膏血，沥其髓脑，以填其溪壑之欲，曾无厌足之时也。为民父母，其可不动心愍念以拯救之乎？今吴江有包揽者，诡名呈县，县申巡抚都御史并水利佥事，以低田为名，官买桩石，谋之数年矣，已得报行，下计其费，为银数万两，率皆高抬虚估，多给价钱，至期石之大小、桩之长短，皆不如式，奈何以万计钱粮，富此数十家也。往年吴佥事曾有桩笆之举，一桩给银五分，专命富民屠成经理，其后三分买木，一木截为三桩，计其克减，则得五分之四也。今桩笆荡无存者，曾不得其毫厘之用，徒以哀富豪之财，此则往事之明验也。今桩石之费，又多于桩笆数十倍矣，其可不为国家深惜此乎？

夫决其壅滞，以疏积水而注之海者，此治水大法也。今七郡之广，水之可导者甚多，曾不闻有所设施。而独纳彼盗言，区区捍此数十圩之田，其亦末矣。伏望鉴已往之失，严将来之禁，痛革而力行之，则吾民沉痼之疾，庶乎其有瘳也。

三曰抑豪强。舜诛四凶，孔子诛少正卯，圣人岂欲若是忍哉，盖凶人之肆，善人之病也。譬之稂莠不去，而欲望嘉禾之实，其可得乎？故凡豪强之人，皆善人之稂莠也。昔尹翁归之守扶风，凡豪猾吏民，县各有籍，每秋冬大课吏，去其甚者，惩一戒百，以警劝之，故其为政不严而治。阁下能踵而行之，即今之翁归也。至于田地争斗细故，望一切责之有司，不足以烦至治也。

四曰均劳役。夫城郭之与田野，均为王民也，其于徭役，不宜有偏。在宣德年间，中使纲运相继，轴轳相衔，调集民夫，动逾千百，而田野之民在远未能遽集。又城郭之民，彼时田少，故周文襄公之巡抚南畿也，酌为中制，令城郭之民专充夫役，田野之民代其运粮。其后景泰年间，知府汪公复令田野之民为夫，而城郭之民既不运粮又不为夫。行之既久，户无无田之家，而田野之民，侥幸其得计，乃更窜名城郭之中，故城郭之民之田之粮日增，田野之民之田之粮日削，以日削之民而运其日增之粮，是岂大中至正之道也哉！其间非无一二言之有司者，往往不得其直而止。盖城郭之民狡，田野之民愚。城郭之民集而强，官吏所假借也。田野之民散而弱，官吏所凌忽也。为民上者，非光明正大，孰得其平哉？然此特指吴江一县而言耳，若夫六县，县各不同，非某之所能尽知也，伏望精加考究。城郭之民，有田有粮者一体运粮，无田无粮者照旧停免，庶毋不公之患也。

五曰会征收。国家之初，正赋之外，舟车佣直咸出于民，初无余米之说也。其后周文襄公以为粮长敛取无艺，定为加六之赠，悉输之官，官自给放。景泰七年，佥都御史陈公以为官田粮重，民田粮轻，而一体增米，则轻者固少，而重者愈多矣。故定正米一斗以下为一则，其一斗以上每斗为一则，粮轻则增多，粮重则增少，其夏税、丝麦、桑麻、马草、水马、贴役、户口、食盐、钞贯，悉以余米包办。天顺元年，冢宰李公以佥都御史总督粮储，以为夏税等项，皆富民之所多也，而令贫民一体增米包办，未得其平。乃著令夏税、丝麦、桑麻、马草、户口、食盐、钞贯折米，并水马、贴役米，悉令开写。其余正粮斗则量为损益，一总填入由单。于其后总结曰，已上平米若干，以革粮长另征多科之弊，其用意精密、立法详尽，最为得中。天顺六年，都御史刘公又定为四则，一斗以下为一则，一斗以上为一则，四斗以上为一则，五斗以上为一则，其余诸法犹李公也。成化十年，都御史毕公以为金花银一两折米四石，时价米二石上下，剩利太多，将启粮长权豪侵牟之心，贫民不需其惠，乃减为三石，以余利一石充为起运之费，减其赠米，米价就平，富无侵牟，贫需实惠，如米价丰贱、另行估计，务在均平，深得古人常平遗意，有非钱谷俗吏所能知也。又以三斗一则，有至三斗九升二合者，而混于一斗以上，计其赠米，反有多于四斗以上者，乃另立为则，通前为五则。成化十五年，今冢宰王公，以都御史巡抚虑斗则繁多，里书易于作弊，而细民目不知书，何由知之？乃著令不问官田民田粮轻粮重，每田一亩赠米一斗二升。其包办诸色犹陈公也，金花银折米犹毕公也，简易可知，不烦计算。然议者犹有损贫民之说者，谓包办诸色也。今当防计之秋，伏望阁下法李公之精密，用毕公之均平，遵王公之简易，斟酌损益，期于得中，庶几可以经久而无弊也。

六曰平狱讼。夫狱讼者，民命所由系也。一失其平，则感伤和气，天降之灾。故燕臣呼天，六月雨雪，汉妇冤死，三年旱暵。由怨愤不平之气，上干于天，能致戾也。苏州之郡，地大人众，奸宄多而善良少，其间狱讼，千绪万端，岂能一一尽得其平，盖强辨者足以饰其非，拙讷者不能诉其枉。理迟则或同于久禁，决速将不得其真情。伏望精心推测，更加访察，务得其平，则人心和而天道顺矣。

七曰明听纳。《传》曰："上有好者，下必有甚焉者矣。"今阁下隆下士之风，弘纳言之道，郡中能言之士，将必慕义而咸集矣。然人心之诚伪不同，故言亦随异。若弘而不择，则妄诞得以行，拒而不听，则忠益之言无自入。要在辨之而已，辨之之道无他，公与私而已矣。公言直而懿，私言讦以回，而复观其行，以验其言，因其言而揆其事，则诚诈之分，咸不能逃矣。其或鄙朴之人，言辞陋拙，伏望假以颜色，诱之使言，事苟失伦，置而不行，不加之罪，以来贤者之言也。

八曰广聪明。夫墙之外，耳所不闻也，屏之前，目所不见也。郡守之所治，远则四境水陆数百里，近则一城生聚数万家，耳目之所不及者，岂特墙之外、屏之前哉！然则如之何而可耳目之寄，不可不备具也。是故端居一堂之上，明见千里之外，使人恐惧修省，常若在其目前，奸宄消而盗贼息者，耳目聪明之效也。然必得其人始堪信任，不然将有窃弄威福于其左右者矣。古云："兼听则明，偏听则暗。"当博以访之，参以覆之，选择以任之，历试以信之，斯得其人矣。昔汉赵广汉之尹京兆，黄霸之守颍川，如本朝周新之按察浙江，叶宗衡之知钱塘，皆用此道也。阁下能推而行之，则广汉、霸新、宗衡复生于今日也。

夫可言之事非特此也，但事体有大小，施行有缓急，故以其大且急者先言之耳，其他利害，岂止数端，伏望毅以行之，渐以革之，确以持之，信以守之，盖毅则必行，渐则有功，确则难夺，信则不变。古君子之欲建功立业者，不外此道也。阁下其留意焉，则阖境之民，咸受其赐。岂惟狂生某干冒威严，不胜恐惧之至，谨伏地待罪。

上中丞侣相公书

吴江县草莽生史某，谨斋沐顿首再拜，上书于中丞相公阁下：某恭承德音，特赐召对，问以生民疾苦，悉令条具上陈，闻命惊惶，走避无所，盖驽骀之遇伯乐，得免于嗤诮，幸矣，尚何敢仰首振鬣，以鸣其前哉。伏惟明公抱绝伦之奇材，蓄迈往之直气，明见千里，智兼万夫，贵极乎公卿，职总乎风纪，善有赏，恶有刑，舒而为阳，惨而为阴，润之为雨露，鼓之为风雷，威动乎寰区，仁孚乎草木，凡吏治得失，民生休戚，固已蕴于胸中矣。而又不自满假，下询刍荛，悯恤民穷，孳孳无已者，盖以为愚者千虑，必有一得也。某才非出类，行齐众人，荷明公下士之深诚，际明公求言之盛举，感激之至。或能捐躯，敢不罄竭狂愚，以备听纳。窃闻人者，政之本也，法者，治之具也，时者，事之候也。人不能皆贤，故立法以补其阙；法不能无弊，故随时以救其偏。时弊则但理其时，法弊则全革其法。自古及今，未有能离乎此也。粤若江南数州，自昔号为富庶，逮乎圣朝兴运，蔚为财赋之区。故尝慎择大臣以为巡抚，得其人则政平而民阜，失其人则政乱而民穷。近年以来，数更其任，才犹不克尽展，民俗未甚周知，旋入中朝，竟如传舍。簿书怀奸吏之手，钱谷归豪党之家，政日以讹，民日以困，财日以匮，俗日以渝，可谓时、法俱弊者也。自非聪明大有为之人，乌足以振新百度者乎？此正孟轲氏所谓一乱一治之时也。刬削夙弊，攘斥贪残，养育黎庶，大惠也。创立法制，利益群生，以为嗣政程式，流泽无穷，大义也。盛德光辉，传播天下，延至后世，使圣朝良史，书为巡抚使臣第一，大智也。明公其省察推行之，今之名臣，即古之名臣也。某山泽俗儒，不识时务，发言立说，动犯忌讳，更冀少宽斧钺之诛，以来后之贤者。是则列城之受惠，岂独一介蒙休。愚生不胜惧罪感知之至，因状叙谢以闻。

其一，除抑奸盗、以清宿弊。见《郡政》第二篇。

其二，刬荒田粮、宜与开豁。江南诸州，北枕大江，东濒沧海，而太湖一水潴其中。近水之田，风涛吞噬，日削月朒，什亡四五。而粮额尚存，未经放免，贫民包赔，岁岁无已。虽曾具告官司，勘申待报，动阅岁年，迄无了结。胥吏邀求百端，剥肤吸髓，反以为射利之资。谚有锦灰堆之目，此之谓也。而贫民意幸豁除，欲罢不能，宁卖庐舍、鬻子孙以副其求。是则穷困之中，又添一厄也。今造册在迩，适当其时，若不开除，又迟十载，是民之困苦，无有息肩之时也。宜选清强官属，履行勘报，奏请开除。则吾民百年深痼之疾，庶乎其有瘳也。

其三，征收税粮，须合众说，以定则例。见《郡政》第五篇。

其四，定拨均徭，宜以籍为准。近日，定拨均徭，止凭里书，开报田地多少，定立等第。而奸宄之徒贿嘱里书，妄云出卖，减损数目，改富为贫，移高就下，往往得其轻役。而守正之人，计不出此，独得其重。故徭役不平，由当时立法不知考黄册故耳。乞著为令，今后报数，一以黄册实在为准，不许动摇。如有卖者，听令卖田之人自行供报，拘收买田之人审实，照数均派，如此则里书无所售其奸矣。

其五，批答状申，不宜收缴。夫印者，所以昭信防奸也，故历代宝之以为征验。上之示下，下之呈上，咸于是焉求之。数年以来，上司凡有批状批申悉令缴上，递相祖袭，意可除奸。不知豪猾吏民，侵欺钱谷，久历岁年。凡遇巡抚使臣升除改调，妄补卷宗。或作解上遭风，或作起行被盗，或作在仓蒸折，或作露渍水漂，或本告自陈，或县司申请，咸云得报，行下放除状申，诿曰缴呈，抄白存之附卷，缴者既使臣带去，存者无印信可凭。是以万计钱粮，悉入盗臣之手。既非经国，又不利民，首恶者创其邪谋，效尤者踵其遗策。如此而国计不亏，民力不匮，未之有也。伏望查刷巡抚批状批申，放免钱粮，但系收解在官之物，即非小民拖欠者，逐一追征还官。仍著为令，今后批状批申俱留附卷备照，不须缴上，以绝奸欺。

其六，分任众役，以弱侵渔。夫利之所在，人必趋之。虽以天子之尊，诸侯之富，卿大夫之贵，举不能独专其有，古今一理也。国朝之制，凡有征求，府下之县，县下之都，都下之图，科率已毕，乃输之官，官自差人领解，利之与害，众人共之。三四十年以来，大豪宿奸垄断为利，创为一总之说，交通府县，定为收头，尽绾利权，归于一己。故其力全而利厚，力全则可以凌蔑侪辈，利厚则可以交结权豪，肆其侵渔，不虞刑宪。故其威棱气焰，足以雄盖一时，民之畏之，反出于县官之上。官帑日虚而莫问，民财日耗而不知，是盗贼公行，莫之能御也。夫财利者，天下之大权也，苟能专之以成富厚，则何求而不得，何为而不成，何招而不至。传云，钱至十万可以通神，此之谓也。为今之计，莫若分任众役，弱其力而微其利，利微则无邪心，力弱则无所恃。岂人之性情异哉，由势使然也。请令有司，今后凡有钱谷科价，仍令都图措办，官为点阅，临行交与解人，不许纳彼总收类办。如此则利不归于一人，虽欲罔之，不可得也。

其七，田既输租，不当出钱应役。国朝田制，两税之外，别无科率。至于徭役，悉准人丁，行之百年，人以为便。但以时移事变，弊逐奸生，贫富混淆，高下棼杂。此时之弊也，非法之弊也。用事者不知救时，罔施救时之策，但思革弊，靡穷致弊之由，改法计田，以为等第，殊不悟田之与役、判为两途，上自三代，中及汉唐，下至宋元，莫不皆然，未有以田为赋役者。故唐陆宣公曰："有田则有租，有家则有调，有身则有庸。"此之谓也。今江南税粮之重甲于天下，吾民既苦身竭力以输之矣，又捐生涉险以漕之矣，尚不为足，寓役其间，所谓重之又重者也。且粮有轻重之不一，田有沃瘠之罔同，粮轻而田沃者，高索其价而价愈崇，粮重而田瘠者，捐以与人，而人不受。今则混为一例，率令亩出五分。是以百姓日沦于困穷，而莫之拯救也。且古者重商贾末作之税，意将尽驱天下之人以归南亩。今则未闻有以利吾农人，而先立法以困之，是驱之舍本而逐末也，岂理也哉？昨者某进谒，未知台意所在，微以轻重为言。明公忧悯黎元，意亦以为非理。昔唐之中叶，既变两税，旋属征讨，权宜加征，初许事毕即停，兵后加征如故，此即往事之明验也。虽圣朝致治，万无此虞。然聚敛之臣何代不有，万一兴利鄙夫，举行此典以为羡余，安知他日不为吾民无穷之害乎？伏望赫然刚断，下令诸司，尽除其籍。仍令今后征发，不许以田为科。是则东南之民，援而出诸水火也。至于役法，自有常规，但使委任得人，自当不乖于理。

其八，收粮之法，宜有厘革。夫吴民粮税之重，天下莫加焉。伏惟明公下车之始，哀悯困穷，未遑他务。首先下令，专委府佐躬临下邑，擒获斗斛之大者，置之于法。由是其党稍戢，吾民固已需其一分之赐矣。然其间稔恶不悛之徒，尚有赠至二三斗者，盖飘风之余，其势犹能折木也。故进言者，举调收之说。伏奉明谕，以为在人而不在法，是固然矣。然其间利害，各有数端，谨详述而论之，伏望采择而去取焉。本区之收也，盖以粮长皆父子永充，兄弟继及，民为其积威所劫者，其求也远矣。故剥征掊敛，惟命是从，饮气吞声，莫能控诉。间有一二克自直者，又以桑梓连接，鸡犬相闻，虑有祸患不虞，遭其挤焉下石，亦复泯然，甘于自卑，此其一也。又有或侵收私囷，或折入轻赘，或纵博挟娼，或偿通行赂，咸资于是焉。由其尽在掌握，操纵自如，多报少收，无所顾忌故耳，此其二也。其或哗者能持其短长，昵者能投其嗜欲，则一惧一喜，务悦其心，搀水和秕、不复致诘，此其三也。调区之收也，民之于长，素非畏服，恩怨靡由，但以交际片时，初非持久，民虽有恶于长，放手即无关缠。长虽有恶于民，转眼莫能祸福，民得稍舒其气，长亦颇杀其威。至于开报收数在官，例与本区互相觉察，耳目渐广，事难独为。虽不能顿绝奸欺，终莫敢肆无忌惮。以前三者论之，犹为此善于彼也。其或奉行不至，事有乖违，此则在人，非法之罪也。如以为民事一长尚不能支，若行调收，是益为二。此虽近理，实有不然。夫长之于民，日剥月削何尝厌足，终不以多收其粮而恕其诸色也。如或调收减其一二，亦可少瘳其痛焉。明公若不以瞽言为然，试请问诸氓庶，则万口一词，咸同鄙论矣。然其间亦不能无弊焉。盖粮有多寡之殊，民有强弱之异，粮多而民弱者，众之所趋，粮少而民强者，众之所弃也。由是贿赂交关，互相争夺，豪猾者举得其利，钝愚者莫遂所图，其为不公，莫此为甚。是则调收之法，亦未得为详尽也。愚生窃有一计焉，请令各通举合收若干粮米，原定若干粮长，均融数目，务使齐平，然后逐日开厫，须令附近县官，躬亲监视，以防奸欺。粮多则开厫多，粮少则开厫少。不必限何都分，米到即与交收。次日，复开别厫，务在周而复始。满其原派之数，则便闭封不收。如此，则官之与民，不甚隔远，耳目可及，奸盗易防。而粮之多寡，米之精粗，人之强弱，一举而兼得其平矣。管见区区，未敢为是。如蒙采其可取，即便下令施行。

与陈黄门玉汝书

近会沈启南，读吾子所寄书，尾有"水利"一事，载与伍金事言单锷之所建白者。噫！是夫乌足以语此哉！但能奉权贵、通富豪，以桩石为名，欲费国家数万之金，侵牟实私橐耳。向非巡抚侣公、巡按张公、郡守孟公合力以遏之，则是役成矣。役成而有利于民，何惜于所费，但恐财尽而民穷，水利无纤毫之益耳。故建议之初，上自侍从之家，中至举人之属，下及吏胥之流，无不垂涎朵颐，则其所以为自谋者，非浅浅也。是夫也，恶足以语此哉！

夫江南水之为害者，莫甚于湖州与苏州、松江三府，地势既卑，百川奔凑，湖州西连广德、宣州，南接杭州、严州，诸山诸溪之水导于河，而入于苏。太湖，东南之巨浸也，潆汇渟滀过于江而达于松，以放诸海。则夫官是职者，其可须臾而离此地哉！其地势之要害，有非他州之可比也。其他如常、如镇、如杭、如嘉，地既高亢，水不停潴，相视设施，殊可少缓。而当时议设水利官属之始，失于详究，特令带衔浙宪。彼庸常之人，莫不怀恋安逸，沉酣声乐，啸歌湖山，利害不接于其目，愁叹不闻于其耳，休戚不关于其心，孰肯去妻子，舍朋侪，远逸乐，日趋于垫溺之乡，以亲卑湿之事也哉。不过岁一再行，以避文法耳。至于菱草之属，悉令估卖，那东掩西，踪迹诡谲。凡有小词讼，则一概行提，人逾数百，高抬纸价，利其赢余。至于大水怀襄之际，吾民曾不得望见其旌节，尚何得其处分之万一哉。故自设官以来，未尝有一人称职者。岂人之性皆然，由理势与循习致耳。莫若请选清强刚正郎中一员，俾令挈其家属，建牙于苏。居数郡之中，道里既均，往来亦易，又当其要害之处，巡视相度，不失机宜，较之坐守一城之中，其利害不可同日语也。国朝永乐初年，户部尚书夏忠靖公治水江南，亦以三府为急，巡行劳徕，不常厥居。以后通政使赵公，踵而行之。此即往事之明验也。

或者又以为杭州地滨于海，海患常作，今年西湖水漂入城，治水官属雅宜居此。某请有以答之，海水之啮，暂不为常。不暇远举，姑以国朝言之。永乐间，海啮仁和、海宁，此时虽有治水通政，以为泛而不专，特遣张侍郎发民塞之。成化十三年，海啮海宁，今都御史侣公方为监察御史，巡按浙江，帅布、按二司官属塞之。于时亦有水利佥事在，未尝与力也。今年，西湖上山崩水溢，卒然涌入。三司之官，相率避于镇海楼上，水利佥事亦在其中，未闻出一计、设一防以退水也。幸其倏来倏去，不能为灾。以此观之，则水利不居于杭，无损于事明矣。此则治水之官，向年之常法也。

启南又以为若欲开泄壅滞，任重而役大，有非部属之官所能独荷，必得重臣以专任之，始克集事。众论以为今户部侍郎刘公璋克充此选，某又以为不然。刘公循规蹈矩之人也，昔为布政，今为侍郎，最为得人，若处之以方面，恐其非应变之才也。以耳目之所闻见者，莫如湖广按察使刘公乔。当其知归安也，深恤民隐，甚有能名，讲求水利，最为详悉，故献议于巡抚滕公，奏设此官。今本官剸历中外，无不相知者久矣，不审其节行才名，比前如何，吾子必详知之。若使有加无替，则舍斯人而莫可。况其官资已高，陟之执政，其孰曰不宜。其次莫如吾苏前郡守孟公浚。其为人也，毅而有守，愨而有文，谦而有礼。但以前居苏时，屡忤权贵，故得谤言，天地鉴视，日月照临，率无纤毫之实也。官资尚浅，处之以京堂一职，专以任之，则其所行，将必有大过人者。

某山泽鄙夫，碌碌自守，已无意于世，今以吾子书中有及贱名，故谬陈管见如右。居庙堂而忧其民，吾子之责也，惟谅察万万、不宣。

上少保王三原书

史某再拜尊先生阁下：伏闻上章恳辞，引年休致，而圣天子嘉念老臣，玺书勉留，进职孤卿，位尊望重，当世罕俦，闻者莫不鼓舞交庆。某违去门墙，未能进贺，徒西向欣跃而已。尝伏读阁下奏议，见其忧国忘家，嘉谋谠论，知无不言，不以居外自疏，不以宜成自满，不以非职自嫌，拳拳恳恳，惟日不足，是真古人所谓"责难于君，陈善闭邪"者欤！故能诚孚当宁，言无不从，君臣一心，上下交尽。猗欤盛哉！又宦官之威，自汉以来无能胜之者。而阁下不动声色，谈笑而挥之，折其方张之势，其党莫不动容破胆，屏息裹足，不敢为非。岂阁下之权与力有以胜之者哉？良由清忠大节，深识达才，处置得宜，有以厌服其心故耳。然阁下之功德，至矣盛矣。而左右宾客，所以弥纶赞画者，必得其人然后为可。伏见职方李应祯言直而气刚，识深而虑远，好善若饥渴，恶恶如仇，未尝有容悦苟求之行。历官二十余年，至无田以为生，无屋以为居，则其为人可以概见矣。加以博学多闻，谙识典故，周知人情，求之当今，罕见伦比。政闲数赐召见，与之谋议，奖使尽言，必得其助，然应祯为阁下所知者有素矣，奚待于某之喋喋进言哉？良以身为属吏，则有职务之相临，簿书期会之相督，殊非往年从容言论之时。且其为人天性峭直，遇事无所回避，人忌其才而憎其直。伏望阁下亲信之，保全之，扶持之，以为国家爱惜人才，俾天下之人皆曰阁下既能以忠事上，又能以礼使下，上下之间，无一不得其所，而阁下之德业全备矣。

　　某草茅贱士，其得姓名自通，已为大幸，乌敢僭言以及人才，但以受知深重，曾无丝毫之报，用敢荐贤为助，庶几乎报酬知己之万一，固非党外所私，冒进瞽言也。兹因庠生汝泰赴试之便，谨具状以闻，干冒威严，不胜恐惧之至。伏望恕其狂妄而矜察之，幸甚幸甚。

辞县令请乡饮书

　　某以一介鄙夫，窜伏草野，初无过人之行、出类之才，而阁下过听，令与乡饮，亲自署名，专使下逮，情文两尽，宠光备礼，焜耀里闾。某闻命悸恐，汗流浃背，自顾菲薄，一无所堪，以贤则不能，以齿则未及，循墙走避，无地可容，岂敢贪冒宠荣，以速罪戾。伏望收还前命，毋滋清议，以伤阁下知人之明。某干冒威严，不胜惭惧之至。谨奉书以闻，伏惟照察，不宣。

与叶黄门廷缙书

　　夫东南水害，为日久矣，历代非无人言之，而举行者往往虚应故事，不能大有设施。如郏亶之言，可谓深切著明，而为吕惠卿所沮，卒至身辱子亡，为天下笑。大抵沮之者有三：权豪富盛之家，占射浮涨以为己业，若欲疏决，则痛入骨髓，故捐厚币、出死力以争之，此其一也。有司以期会簿书为事，苟且目前，以图自便，无暇为民建长久之计，此其二也。士大夫之或仕或处者，灾否不同，其乡愿之徒，多欲掠美，市恩于里，尤造为不根之语，以聋瞽人之耳目，凡欲为国为民者，多指为生事之人，此其三也。今阁下能不顾流俗之怨，慨然上言，兴此利民之役，使东南数百年沉痼之疾，一旦释去，何其幸也！若能每事如此，一一进陈，使君子进而小人退，何古人之不可及哉。兹因吴光臣之行，奉书为贺。会晤未卜，惟强饮食，辅精神，为斯民自爱。不宣。

与祝冬官书

某本一介鄙夫，行不能表俗，才不能济世，自与田夫野老为伍耳，阁下过听，治水之初，躬先枉顾，访以行宜，闻命惶恐，欲辞不敢。当事几未定之秋，阁下恻怛，语必下泪，使人感动，卒致大功克成。但某受任以来，无所裨益，徒取憎于人，此真阁下以国士遇某，某不能以国士报也。及使车将北，而某适有采薪之疾，弗克拜送道旁，怏怏不可言。今夏水潦复作，甚于往年，然水得流通，田不为害。此即往事之明验也。但恨当时欲速之心太盛，不得从容讲求以为之，故为害者，尚存一二。假如吴江九里石塘及澉浦桥、牛毛堆正系太湖下流，入吴淞江咽防之地，而为有力者占射，故虽以亚卿公之令，郡县迄持不行。张延赏有言"钱至十万，可以通神"，良以此也。往者壬子之秋，西风狂急，太湖水涨，江口不流，以致漂死六七十人，而护之者尚以劳民伤财为言，是诚何心也，然则安能知天下后世之无遗恨哉，姚冬官来，曾行一见，亦尝谬陈一二，未知其肯信从否。兹因汝其通贡士之便，谨奉书以谢不敏。墨二笏奉上，聊助临池之兴。相见未稽，惟万万自爱。

尺牍

与吴原博修撰

去冬，汝中翰家人回，今夏梅秋官赴任，两辱教帖，词意款曲，俨若面谈。但不得一睹颜色，使人怏怏。屡见老兄高作，雄深浑厚，直追古作者，异日负一世文名者，将有在矣。李贞伯归，弟与启南数与谈饮，或连数日夜，倾倒无不尽。其居乡高古之操弥励，人不敢以非义干，然尊敬耆老，雅爱斯文，待人如布素时，略无冠冕气象。惟徇俗俯仰者疾之，然亦不害其为君子也。弟与启南联姻矣，次子永龄，僭求其季女，亦借贞伯与陈玉汝赞襄成约耳。兹因吴禹畴举人之便，附此以问起居。禹畴，儿辈所从学者，濒行时，为求启南图送之，持以进见，倘赐一言，实大惠也。访晤未期，惟自爱。不宣。

与吴禹畴亚卿

自夏初别来，欲再一见问，不意霖潦复作。雨止，而永龄房一小孙患疹，竟致殒丧。老年正赖此辈怡悦，而一旦罹此，情惊极不堪，为之不饱者数日。故弗克问起居，怏怏何可言！想吾兄亦眷眷于弟，当弗置也，以情亮为幸。启南入城，曾相见否？弟起小屋数间为菟裘，早晚经始，度中秋前后，得见公颜色也。勿怪。新稻五斗奉上，聊表献新，幸恕其尠。

与吴原博谕德

久不叙话，此心殊眷眷也。新春，惟台鉴万福。向求曾祖考墓表，已承允诺，北望悬悬，为日已久，第恨山川阻远，未能躬请。虽职务甚忙，非如昔比，然不肖之所仰冀者，如饥渴之于饮食也。望慨然惠贶，使曾祖考遗行得登文籍中，则我遗胤咸被光荣矣。兹因友人沈岁贡之便，谨露忱以告。不宣。

慰吴谕德丧弟

不意庆门罹此奇变，令弟原晖长逝，凡在相知，无不惊悼。况手足至亲，哀痛当如之何。昔东坡与颖滨，因对床风雨之句，谓读之不可为怀，然犹生离也，况君家成死别乎，感伤之情，将百倍此矣。然修短有数，固当节哀。强食以跻远大，毋戚戚伤怀也。弟阻远江湖，不克面致宽譬语，谨奉状申慰，惟照察。不宣。

与沈启南

吴门别后，思渴殊悬。子静适过此，欲谋一见而不得，同一怏怏。向者所睹董北苑真迹，天机流动，诚希世也。足下能临一本惠及，匪独子孙永宝，而前辈典型风度得见于后矣。特浼陆允晖上告。

慰沈启南丧内

庆门罹变，尊亲妈长逝。闻讣惊怛，所谓谈虎而色独变者也。幸子女成立，年在桑榆，况淑德著闻，得贤夫子为依归，他日当与管仲姬并不朽矣，何憾焉。太夫人年高在堂，老兄不当过于伤感，至损眠食，爰贻亲忧。魏郑公献陵之对，所当引喻也。若夫庄生任达，非名教中所宜言，不敢以进。

与沈启南

仆荷阁下不鄙,托于交契,遂谐瓜葛,为肺腑之亲。中间虽以时请谒,不过因事而行,未尝特为供具,于心歉然。人生百年,可乐之日甚少,又况景迫桑榆,其余无几,念之能无感乎?兹涓闰月望前,聊谋一会,敢屈从者临贶敝庐,以叙绸缪。惟不加弃绝,惠之大者也。先状布闻,乞允副。不宣。

与周元基院判

不瞻丰采已及三年,企仰无已。令尊受封,庆幸何如!李先生疾,闻之殊为可忧。近日得信,云已向安。此公嫉恶太甚,与人寡合,相知者悉已星散。加以景迫桑榆,嗣续未萌,宁无有动于衷?所赖朝夕慰解,老兄一人而已,万望留意。舍弟铎行,宜子方一通,芡实三十斤附上,目入幸幸。

与千方伯

会晤无由,不胜怀人之思。每得一信,发一书,怀抱辄恶。盖索居既久,无丽泽之资,情自不能已也。门下化成俗美,将见入佐天子,毋俾秦人独沾赐也。有刘恩者,白水县人也,任长洲簿,既廉且惠,贤士大夫无不与亲,惟豪猾者不悦,故诬于当路,竟以枉去,邑民至有流涕者。望门下特垂青盼,得免颠连,此亦仁人君子之用心也。仆非有所连附也,非有所请托也。激于公论,感发于心而言耳,门下勿以为嫌。感甚感甚。

与李贞伯职方

吴门别来,不觉又易岁矣。日月遄往,而友朋暌违,为之奈何。累承石刻诗集之惠,意若加鞭策于弟者,然驽马之姿,终不可前也。潘江回,寄到历日,如数收讫。再游江湖,诚为防涉,然王事靡盬,贤劳不能独辞。小儿永锡入监,望念以故人之子,教诲而鼓励之,甚幸甚幸!应天学中三段碑,皇象书也,弟垂涎久矣,望为打几本见赐,则如得重宝也。闻宜兴有囤碑,亦象书,更能致之,犹出望外。至恳至恳!

与陈玉汝给事

久不睹颜色,令人恋恋不已。侧闻有兵科之拜,欣跃殊甚。昔元仁宗有言,公论在台谏与国史院,盖台谏一时公论,国史院万世公论也。我朝不设谏官,而言责在科道。今以原博任国史,而阁下居言路,可谓尽得其人。所谓万世者，世未得以见，而一时者，将日有所闻矣。此仆不以故人居清要为可喜，而以圣朝公论得人为可贺也。曹以明来，奉此草草，惟顺时自爱。不宣。

与张子静

去岁辱枉顾，足仞不忘故旧。厥后人事旁午，不克一诣谢。西吴人来，屡询动止清嘉为慰。连年潦水，没者十二三，其存者但可足税。去年嫁女，今年子婚，用费百出。昔沈启南诗云："那堪岁歉年荒日，正迫男婚女嫁时。"当年举以为笑，不图身亲履之。然则此诗，殆为仆今日设也。儿子惟一小者未婚耳，天假之年，粗了此债，则更无他事，便当效向子平遍游名山，遂其平日之志，不能随世俗营营利欲中。王逸少云："我卒当以乐死。"仆此心亦然，异日君当索我于武夷、天台、雁荡间也。阁下知我者，故相与言此，否则以痴妄见目矣。笔生回，复此草草。

答张靖之

日者获闻诲益，倾倒不吝，所得殊多。至饮燕之勤，馈饩之厚，不敢渎谢也。使至，拜领诸佳作，兴趣悠远，音调淳古，唐以下无此作也。一画尤为奇绝，昔人有李廷珪墨，夸谓富可敌国，仆之获此，不出其上乎？至海鱼尤出望外，谨与一二知己享之。使旋裁谢，余容面罄。

上王三原司马

某东南一野人也，稼穑之暇，涉猎聊自娱而已。初无过人之才与识也，阁下过听枉见，遍加奖谕，且以年谱见委，闻命惭惧，不知所措。惟阁下功德事业，光明盛大，千载一人，必得一代之雄才绝识为之纂述，始克尽之。若某者，才不足以有为，识不足以知变，学不足以博古通今，而谬当厥任，此无异操寸筳而撞巨钟，举爝火而方皎日也，其弗称也审矣。受命以来，寝不安席，食不甘味，缀思掇拾，历月淹时，始克成书，非不欲佳，技止此耳。望阁下大加删改，庶几夭吴紫凤，不颠倒于愚妇人之手也。谨缮写成帙，并凡例十条，杂记五篇，赵季明族葬图说，张、沈遗文四篇，各一册，又旧稿一帙，专令家僮投下，惟恕其狂妄，幸甚！

上王三原太保

拜违颜范，忽逾十年，中间侧闻明公仕止久速，揆分霄壤，不敢僭易奉书，第深仰望而已。而阁下垂念，拳拳弗置，如太仆李应祯、太守汝讷、学正莫旦、武选吴銮，谒见之际，必询及某，哀其穷而愍其灾，一介鄙人，何以得知爱若此。阁下受知圣主，故竭忠尽智，以报殊遇。而奸邪小人，侧目其旁，不得肆其奸计。故嗾其党，摇吻鼓舌，丑诋巧诬，无所不至。而圣天子以公忠直素著拒而不受，卒使彼奸丧气。迨公去位，南北科道交章上陈，愬公之忠，攻彼之恶。公道大明，天下莫不称快，而四夷闻之，亦知我中国之有人也。夫明公进退黜陟不在其手，赏罚不及于人矣。彼凶方执利权，炙手可热，而献替之人曾不顾惜，尽言不讳者何哉？良以明公孤忠清闻，有以激人之直气故耳，此可以声音笑貌为哉？某限于阻远，未能躬造，以候安否，殊深耿耿。兹因邑之司训曹纪，公之郡人也，以忧归乡，谨奉状起居，惟万万自爱，为道增重。不宣。

与鲁廷瞻

恭闻异除，职在封驳，令人惊喜弥日。始知天生奇才，必有大用。惟勉就功业，使名垂竹帛，不肖亦得援田画故事，厕名传中，流誉无穷也。卓志隆岁贡之便，具状奉贺。不宣。

与陶文式

日者笃念盟好，特赐容纳，而回俎之赐，过于隆厚，虽高门礼宾，具有故事，然非我寒素之家所宜称，又非由来以心相照之旧也。仆谓士大夫婚姻之礼，泰侈逾节，至有贫不能举者，并得行之礼废之，以故嫁娶失时，彼此责言。正期执事为洗世俗之陋，而犹仍此弊习，甚非所望也。今后往来，务为力制，毋过于丰，仆之愿也。率尔僭言，极知得罪，将以终事君耳，惟执事实图利之。

与文徵仲

别来三月矣，新岁曾有作否。重庆堂、水月观二记，适在案头，为庄定山、赵栗夫所见，庄谓重庆堂胜，赵谓水月观胜，争执久之，予徐曰："铺叙处，重庆不如水月，结构处，水月不如重庆，恐俱未为全文。"二公抚掌为然。因援笔批抹，盖合三人之见。而庄执笔者也，以原稿奉上。佳期在迩，云鹤绫裙段一事附去，聊佐盈门利市之末。尊公处此间，有便自奉问矣。不宣。

与都玄敬

半塘一别，倏已经年。岁月不延，友朋多间，为之奈何。老兄官进正郎，又得元老为之长，既故且知，必言听计从矣。冢宰公弟欲贡一状，非有所干也。盖天下事，可言者甚众，欲一吐其胸中之耿耿耳。生平见知，许以气节，谅无所嫌。先为弟一通，当撰述以呈也。舍亲吴汝砺之便，牌绦二事，聊奉左右。不既。

答吴汝琇

日者黄某来，以佳什珍味见贶。仆方患疟，力疾作数字奉谢。令侄世芳来，又辱厚馈，益使人不安。惟吾兄德益高、学益进，登山临水，其乐何如。仆自遭变来，精神衰耗，情思萧索，殊非故吾也。所寄启南诗，已附去矣。靖之闻元宵已出观灯，其疾瘳矣。仆今聊构小房，以与二子分居。度至明秋可了，必捐家事与之，便当轻舟远泛，以从诸名胜，游于山光水色间，遂其素心，未知天肯许否？碌碌世故，无有了期，人生贵适意耳。吾子以为何如？令兄汝晖，向辱厚款，久未遑报。书中云欲下访，所谓不朝之几杖也，何以当之？幸留意。相见未涯，惟为斯文自爱。

与王守溪修撰

去岁两得手教，勤勤恳恳，可见足下之不忘于弟也。及见与汝其通、文交木书，皆以弟不通音问为责，盖穷乡无便故耳。足下视弟之伎俩，情绪复如曩日否耶？孟府尊在郡，大振纲纪，宿猾以次剪除，小民乐业。然不克逞其志者，造不根之语，士大夫又从而鼓之，可惜也，今已丁去。为民蠹者，又肆然矣，安得复有如斯人者乎？杨君谦来，布此草草。兔颖十管表意，麾顿万万。

序

大明文约访采序

序曰：孔子曰："夏礼，吾能言之，杞不足征也。殷礼吾能言之，宋不足征也。文献不足故也，足则吾能征之矣。"夫圣人以天纵之才，生知之圣，犹以无征为患，况乎后之学者，其可不资文者乎？三代之作尚矣，周衰，处士横议，家自为书，固无汇萃。自秦以来，作者渐多，卷帙浩繁，雅郑并列。学士大夫穷日弥年，绝编溃简，有不得其要，于是选类之作兴矣，故两汉三国四朝之有《文选》，唐之有《文粹》，宋之有《文鉴》，元之有《文类》，虽不能必其无遗憾，然后世欲考当时之制作，舍是数书何征焉？大明混一海内，光岳气完，文教大同，作者兴起，于今百有余年，以时则若是其久也，以人则若是其多也，以文则若是其盛也，而编类之书无述焉，庸非缺乎？传曰：礼乐非百年不能兴。于是，吾苏参政刘公有见于斯，选为类集，未及成书而殁，人咸惜之。今侍御司马公慨前人之志未完，将广而继之，蕲于博且精焉。某承乏任使，然生于穷乡，见闻寡陋，不能周知。四方之贤人，今昔之制作，欲求无遗失之皋，其亦难矣。是以受命以来，夙夜忧惶，大惧弗称以忝我二公，如涉渊冰，未知攸济。伏望四方君子嘉与成人之美，遍加搜访，名家令作，赐而教焉，将使前辈典型，粗得见于天下后世。若夫成一代之典，则吾岂敢，盖将学之焉。

王大司马年谱序

司马年谱何？谱王公也何谱乎王公也，公贤也。谱公所以劝为臣者也。劝为臣者何？见公之行事，则贤者企之，不肖者勉之也。公之行事奈何，事君如彼，其忠也，谋国如彼，其周也，爱民如彼，其仁也。故上之信公，如疑之于蓍龟也，下之戴公，如子之于父母也。矧公之在云南与南畿也，当群阉大病民之时，公卿以及百执事之臣莫敢出气，斯固天命人心去就之几也。公独挺身攻之，惟力是视。其危言正论，不顾天子喜怒，卒能去其蟊贼，转危为安，销戾为和。是则其言举世所不能之言也，其功旷古所无有之功也。盖能置死生荣辱于度外，而惟忠乎社稷与生民也。若公者，斯有合乎孟轲氏之"能格君心之非"，陆贽之"不负所学"者也。使食禄者皆能以公之心为心，则何邪之不可去也，何乱之不可理也，何治之不可臻也。故谱公，所以劝为臣者也。

曷为谱乎？年年以统，时时以统，月月以统，日日以统，事事以统言。斯固史氏之法也，以其类也。其类之奈何？以补史氏之阙文也。史氏之阙文者何？古者自王室至于侯国，莫不有史。其君臣之贤否，国家之治乱，政事之得失，无不书也。是以孔子之《春秋》，有取乎鲁史旧文也。后世罢侯置守，在史惟王朝有之。然皆详其内而略其外也，纪其上而遗其下也，谨其大而忽其小也。史乎？史乎？吾未见其为全书也。至若公卿大夫拜免不常，有朝居庙堂、夕归田里者，恶在其为史也。然则年谱者，固亦当时诸侯之史之遗也。谱皆然乎？曰恶乎齐贤，不肖异也。欧阳子谓秦汉以来著书之士不可胜数，而其书百不一存者。此无他，无其本也。其本者何，修身也，人能修于身也得，则施于事也当，见于言也传。是谱也，吾信其传也。

诛巫序

吴江之俗信鬼神，人病率不饮药，惟巫言是听。祀神礼巫之费，殆不可胜计。富者倒囷仓，贫者鬻田屋，弗惜也。故其巫日肥，而民日瘠。虽以衣冠之家，亦习以为常，莫有悟其非者。成化戊戌，某上书冯侯。侯亦知巫之病民也，以为不治则日深，乃赫然下令，分捕其魁，得若干人悉置于法，余皆逃奔出境。邑中之诳民者戢矣，呜呼！自异端妖妄之说兴，蚩蚩之民狃于耳目之习，利害交战于中，胶胶扰扰，其惑也固宜。而高明宏博之士，乃亦溺而信之，又有口议其非，躬蹈其迹者，甘心而不悔，良由不达乎死生之理，不明乎祸福之机，而天理卒为人欲所胜故耳。间有守道不惑者，群邪反从而姗笑之，致父不得以慈称，子不得以孝名，夫妇不得以义而与也。其在乎民上者，或昧而不能知，知而不能恤，恤而不能行者有矣，宜乎其肆行而无所忌惮也。斯正孟轲氏所谓，作于其心，害于其事，作于其事，害于其政者矣。今侯之是举，盖欲息邪说、正人心，哀民穷而畏天命，其于死生祸福之说，一不经诸心，岂不真大丈夫哉！诸凡长民者，闻侯之风，苟能充而广之，推而行之，则天下生民之困，庶几瘳矣。某成童时，尝闻诸长老言，国朝将置卫太仓，大为屋以贮军储，守欲率民财。有林推官者，独建议毁郡中淫祠足之，识者以为快。嗣后，惟陈侍御能去学宫之祀非以理者，此外无闻焉。然则豪杰非常之人，世何其少也。自非知足以不惑，仁足以能爱，勇足以有为，乌能与于斯，乌能与于斯。昔西门豹令邺，能投巫于河，以破河伯娶妇之说，邺民至今受其赐，而褚先生记之，亦得附太史公之后以传。今侯之视豹，其有异乎？其无异乎？安知吴江之民受赐，不自今日始也，但无记而传之者耳。某故叙其事，以俟有如太史公者焉。

侍御刘公愍灾序

江南在《禹贡》为扬州之域，厥土涂泥，厥田惟下。下自唐以来，生聚渐蕃，人工既施，地利斯尽。司国计者，惟取办目前，不究其本，而操其末，故其税岁益月增，固已不胜其多矣。浸淫至于元季，上弛下纵，兼并之家，占田多者数千顷，少者千余顷，皆隶役齐民，僭侈不道。本朝任法为治，而其徒犹蹈前辙，不知自检，往往罹罪罟，则戮其孥，籍其家，没入其田，令民佃之，皆验私租以为税之多寡。在当时惟患其不多，不复计其为民害也。且岁漕粟百数十万石以给两京，又有加耗、船佣、车直之费，一切取办于民。率常赋外，横增至相倍蓰，然而地之所产不加于旧，吴民竭力以耕，尽地而取，犹不能供。而谈者盛推财赋以相高，为渊为薮之言不一而足，不知吴民无穷之害正在此也。宣宗章皇帝，愍民之不堪，诏减其什二三。民乃稍得苏息，然较之旧额，殊为重矣。往时水旱，有司犹知矜恤，随以上闻，请免其税。斯固明治体者所当然，盖亦恤其本根，不忍重伤之也。成化十七年，春不雨，夏又不雨，地坼川涸，垲燥而疏，膏液尽竭。后稍得雨，苗之植者勃然以兴，芃然以茂，识者固已忧其将衰也。亡何而向之勃然者萎，芃然者槁，及拨其根视之，则已腐矣。兴之大者则大坏，兴之小者则小坏。甚至盈邱遍陇，荡无根株，人力粪治，皆不能救也。秋七月丙戌雨，飓风大作，拔木发屋。八月戊午，以往连大雨，常州阳山崩，太湖水溢，平地深数丈，荡民庐舍。九月壬申朔，大风雨昼夜如注。自此至冬十二月无日不雨，向之禾稼，仅存于腐烂之余者，悉漂没无遗矣。而有司之欲厉民以觊宠者，建议以水不为灾。既有以足税，余尚可充民食也。由是交相掩覆，讳言灾矣。百姓陈乞万端，不见听。盖是时吴江丞有王瑾者，倡为此谈，而苏州刘知府瑀信之，故人言不复入也。儒生赵同鲁上书言状，则目为辩士，以为人游说斥之。于是监察御史刘公魁，慨然上疏论之。其略曰：今天灾流行，害于禾稼，年不顺成。江南之民，大小咸病，日濒于死。今不原其税，而使有司督责以重困之。臣惧其死亡略尽，将来之税从何而出也。且国家之财赋莫盛于江南，虽由天生地长，然必资人力始能有成。是则人者本也，财者末也，夫欲取其末而先绝其本，假令尽得以快目前，然后日之计，固已索然矣，又况未必得乎！今民穷财匮，相聚为盗，在在而有，此亦理势之必然。万一有狡焉窃发其间，兴兵诛讨，为费必多，恐不止所逋之税而已。臣待罪御史，为天子耳目之官。民之疾苦，耳所闻而目所见也。臣若默而不言，是为壅蔽聪明，旷废职司，罪孰大焉。伏望陛下上顺天道，下从人心，愍斯民之颠连无告，特诏有司验其被灾之税而释之，更加赈恤，以全其生。则他日父而子，子而孙，相率供赋税、应徭役，以奉圣朝于亿万年也，岂取足于一时者所可拟伦哉。疏上，天子韪之，诏户部从其请，户部下郡县核实。而刘公以任满去矣，继公为治者，媕娿自守，不复留意民隐。由是一时群有司坚守前说不变，遂欲迫取以实之，乃持其奏不上，征求转急。民不堪命，至卖田宅、鬻男女不能偿，民死于杖下或自杀者，不可胜计，府犹以为未足。尝摄一县，令与丞至，责其慢，令曰："非敢慢也。"民有被某杖至死者，丞曰："此是某杖死，令不与也。"两人争者久之，令屈。府大以丞为能，数称之。自是吏益务刑尚酷矣。民讴吟思刘公不能忘，辄相惊曰："天子遣刘公来活百姓。"今至矣，则皆走往视之，转相告语，道路成群，至寂不见乃还，居数日复然。东人而西其望，南人而北其望，曰："庸抚我来。"明年大饥，人相食，斗米至百钱，草根树肤俱尽，久之不复有人色。饿死者满道路，或浮水蔽河而下，缢林木间者，累累然也。是时秀水有杨姓者，一日忽在家治汤饼，里长来，适见之，谓曰："年饥，此馔不易得也，今日当与我共饱此矣。"杨曰："尔不可食，我自度不能几食此，故卖家具为之，尔不可食。"里长不悟，坚欲食之。食竟，杨举家死，里长亦死。众始知其先置毒饼中也。长洲一人鬻其妻，临别，妻脱所服衫衣其姑。姑曰："尔去当须此。"妇曰："彼既妻我，当衣我矣，姑服此，勿辞也。"其姑服之悲咽，因投水死。妇大恸，亦溺死。买者兴其夫索价，夫又自沉死。又有鬻妻者索钱五十文，买者疑其少，曰："吾妻事我二十年，今遭此凶荒，不忍见其饥且死也，故不须多钱耳。其善遇之，无虐也。"其人如数与之，内二文恶，将易之，曰："不须也，足矣。"乃往酒家取醉，径赴水死。余可概见矣。郡县虽行赈济之法，或煮粥寺观中，听人就食。然饥者多，又为吏人所侵牟，所得无几。是年，田不能辟，芜秽弥望。税不入，有司复迫稔者代之输，于是民愈困矣。父老泣曰："刘御史若在，吾属当不至此极也。"天乎天乎！刘御史今何处也？刘御史今何处也？泪下不能已者久之。

松陵野史曰：呜呼！凶年常有也，第有甚不甚焉，又在当时为民父母者能援救之耳。近世江南之灾甚者，无如景泰之甲戌，成化之壬辰及今之辛丑。甲戌惨矣，当是时，杨御史贡力请于朝原其税。壬辰，则知苏州府邱霁实任之，得从末减。故虽灾不害民。至于今思之，辛丑之灾过于壬辰，而不减甲戌。然民死之多，八九十岁老人以为百年间未尝有者。何也？特系乎刘公之言用不用耳。盖彼二公者，方在位力能行其志，而刘公适丁其将去之时，言而不及行也。呜呼！公之心岂有异乎？观其所陈本末之言，又何其详且明也。然民心之思刘公，反有甚于二公。譬犹赤子之去慈母，罹饥寒者其情必切于饱暖者也。呜呼，仁哉！是以究其灾害始终之变，与公之所以为民，民之所以思公者，著于篇。

吴江张氏族谱序

先王以民生之众，世远族殷，虑其久而不能不滑也，故为大宗、小宗之法以范维之。自天子至于庶人，其间虽有尊卑贵贱之不同，而所以序昭穆、辨亲疏、明长幼者，莫不皆然也。去圣愈远，宗法浸亡。当时士大夫之有深识远虑者，仿为谱牒，虽不能顿复乎古，然犹得以考见其世系焉。故隋唐以前，命官立局以司其事，四方之人有以家状上者，官为考定，藏于秘阁，副在有司，选举婚姻，咸于是焉征之。然独详于望重而族显者，彼贫且贱弗与焉。呜呼！尊祖敬宗之心一也，而世以显晦岐之，是岂公天下之论哉？然则其所云云者，不过为利禄衔鬻之媒而已。先王之良法美意，果何在哉？五季以来，官废法坏，世不复讲。宋兴，苏氏、欧阳氏者出，创为谱图。苏氏则纵书，所出疏其下以联系之。欧阳氏则仿《史记·表》，横上旁载。今之言谱者，大抵不出二家之说也。

吴江张氏，邑之大族也。其先居石里村，子孙蕃衍，有居石版渠者，有居绮川者，有居梅墩者，有居越溪者。世远谱亡，越溪之九世孙曰溥者，重加修辑，断自一世祖某府君始，其上不敢妄述者阙疑也。既成编，以示某，且征言。呜呼，谱未易言也。当风颓俗媮之日，溥能用心如此，可谓知所重矣，君子得不与之。夫谱之明宗收族，古人已言之矣，不待余道。特其间尚有可议者，不容以不言。是编虽法欧谱，然欧谱之作隐然寓宗法其间。故凡世嫡悉正书之，上有以承其先，下有以演其后。其世次则旁书焉，仍系其子孙，使知其所自出，各宗其宗。此即"别子为祖，继别为宗"之义也。其为法也，井然而有条，其为序也，秩然而不乱，其为说也，昭然而无疑，犹枝之于干也，流之于源也，此为谱之大纲，溥所当取法而考正之可也，其纲举则其目张也。斯道也，非某一人之私言也，实天下之公言也。三代圣人之常法也，故僭举以纳忠焉。若夫苟为伪言以悦夫溥者，非某之所安也，亦非溥之所望也。

吴江曹氏复姓序

事有缓而急者，君子以为宜，众人以为迂也。昔夫子之论卫君，必以正名为先。当时门人虽贤如子路，尚有奚其正之对，况下乎此者，其以为何哉？殊不知，言之顺，事之成，礼乐之兴，刑罚之中，举由是而出。故曰事有缓而急者，君子以为宜，众人以为迂也。

吴江曹孟才，自其父彦良养于姑，姑无子，冒姑之夫为朱氏者，今再世矣。孟才有子曰鉴能，从章缝之士游。章缝之士，咸以为宜复曹氏。而孟才以朱氏无后，疑而未决也。有汝其通者，告之曰："古之人为后于人，别氏于族者有矣，蒙他人之姓者未之有也。传曰：神不歆非类，民不祀非族。子弃其祖而不祀，而身入朱氏之祠，予惧朱氏之先，其将吐之邪。今子不忍朱氏之祀废，盍立其后而奉之乎？"曰："若族尽何？"曰："子求之，求而不得，其亦尽子之心矣。昔者先王之制礼也，去庙为祧，去祧为坛，去坛为墠，去墠为鬼。是则虽以天子之尊，祀其祖考，亦以世次之亲疏而隆杀之，况庶人乎？况异姓乎？且子于朱氏之姑亲，则兄弟之孙而无服，特推原其先人之心，有所不忍故耳。子当先立曹氏之祀，祭自彦良始，以其为别子也。由彦良而上，自有大宗之家主之也。然后别为祀，以祭朱氏，终子之身乃毁焉。则亦可报旧德矣，其孰曰不宜。"孟才拜手曰："唯唯。"遂用之。

邑人史鑑闻之，以为姓氏之乱，其来非一日矣。始于汉，盛于唐，极于五季，有贵为天子，显为王公，亦恬处之不为非，甚至视其亲为途人，无他，昧于利而狃于习，见其小而忘其大耳。世数既远，并子孙亦不知所自出。其流卒至于男女无别，是中国而夷狄矣，是人类而禽兽矣。流弊所及，至人类而禽兽。是则虽被冠裳而居栋宇，恶得以人理待之哉？今而后，知吾孟才可谓知所急者也。不昧于利者也，不狃于习者也，君子以为宜者也。

送李员外诗序

李君贞伯终丧之明年，将造于朝，乡之大夫、士与君交且故者，咸赋诗以赠，总若干篇，谓某宜有序。夫诗者言之述也，言者心之声也。心之感既殊，则言亦随异。然要有至理存焉，譬之八音并奏，清浊高下，长短不齐，而各求其至也。沈君贞吉老而安者也，故其言和而平，缓而不弛。张君靖之仕而归者也，故其言赡而雅，婉而微，思而慕，渊乎泄哉，其有不忘者乎？刘君邦彦亲而昵者也，故其言近而不逼，远而不携。沈君明德、张君廷仪学而未仕者也，故其言郁而不困，直而不肆。张君子静、沈君彦祥，止而隐者也，故其言肃而宽，详而慤，静而习。沈君启南蕴而未施者也，陈君永之施而未济者也，故其言慭而不伤，激而不诡，复而不厌，怨而不形。皇皇焉，恤恤焉，其有忧于斯世者乎，不然何思之远也，若此，微二君，其孰能言之。虽然，此特举吾苏之南而言之耳。若夫李君辙迹既北，则遇之者，感之者，言之者，又将有不同者焉，某不能知之矣。嗟乎，周衰诗亡，后世采诗之官废且久，故其下之风俗美恶，忧乐疾苦，上之人莫得而知焉。今是编之诗，幸因李君得达乎上，将必有愍天命而悲人穷者，闻而念之矣。至若某之鄙陋，直而倨，急而促，迫而不舒，于诸君子无能为役，然犹得以备数者，岂非幸欤！

挽歌序

或曰挽歌何始也？始于田横也。何始于横？横为高帝所征，至尸乡自杀。其从者奉首至汉宫，哀不敢哭，故为歌以寄其情焉。后因广之，为挽歌也。某曰不然，《左传》之载虞殡，《庄子》之言绋讴，是皆在横之前，然则非始于横也明矣。盖古之《送葬》，必有执绋，为人用力不齐，故为歌音以促急之，此挽歌之始也。汉李延年分为二曲，曰《薤露》《蒿里》。《薤露》送王公贵人，《蒿里》送士大夫庶人。下至魏缪熙伯，晋陆士衡、陶渊明竞为挽歌。大概皆哀人命之短促，述死亡之悲苦，叙丧葬之仪情。至若近世以来，递相承袭，或美其节行，或感其交谊。体既不同，辞亦稍异。然其哀伤恻怛之情，则一也。今安晚吴公之卒也，某与之姻，且谊为最厚者，恶能已于亡情哉。因援古之义，用今之辞，作挽歌一章，以授引者，庶泄其哀思焉。若其平生之行，自有表墓道者在，非某之所能言也。

赠吴顺理序

佛者谟无猷病伤于寒，延陵吴顺理为治之，病良已。无猷以予之尝主其庐也，征文以为顺理赠，予未有以复之。无猷请之益勤，终岁八九至，未尝有倦色，出厌言，予甚愧之。既而吾友汝其通、曹颙若又助为之请。

夫顺理以医鸣，其授受之详，方术之工，治疗之效，缙绅先生尽言之矣，是不当再举以渎之。二君之言曰，顺理儒家子也，儒者之为人，必不喜人佞己，而喜人规己。用序予之所惑者以告焉，是或规之之一道也。凡病莫险于伤寒，以其有阴阳虚实之不同，攻补汗下之相反。药饵一投，则死生立决，是可以易言之耶？《内经》曰："喜怒伤气，寒暑伤形。"又曰："天之邪气感则害人五脏，水谷之寒热感则害人六腑，地之湿气感则害人皮肉筋脉。"此皆兼言而并述之。仲景之书，明之之辨，所谓各极其一端，譬之孔子之门，群弟子各因其性之所近，而学焉者也。后世医者，不能合二家之言而通之，以求其当，徒守一偏之说，故攻家以为无不足，补家以为无有余，卒至虚其虚，实其实，而死亡接踵矣。其药不足以愈病，而适足以坏病，其术不足以起死，而适足以速死。夫岂二书之皋哉，良由粗工胶于见闻，昧于通变故耳。就其二者而论之，则近日补家之祸人也为尤甚。盖其言近理，其术易行，信之者众也。又其徒皆高自标榜，诧其术为王道，其药为仁政，视麻黄、甘遂、附子之属，摇手触禁而不敢用。虽外感风寒，亦必曲引旁据，以求合夫内伤之说，率以补中益气为名。其或尼于公议不得已，则阳为表下之说，而阴以补剂主之，意其可以旷日持久，坐收全功而无虞。殊不知粮莠不除则嘉禾不生，小人不去则善治不行，亦已谬矣。甚至倡为南方无伤寒之说。噫！天之六气，人之七情，何地无之？特有甚不甚之异耳。审如其言，则南方不病寒，北方不病暑耶？此最其说之妄诞者，不待攻而自破矣。且明之生于乱世，亲在围城之中，见其人罹战斗、饥饿、劳役之苦，围解而饱食太过，因而生疾，一时之医，误以为有余而攻之，往往多死，故为是说。今乃欲概之承平无事之人，岂理也哉？岂理也哉？以顺理之明慎详悉，宜无斯二者之患，然因予言而加省焉，则庶乎末流之无弊也。

寿吴廷晖序

尝论天下之至乐，以为为人亲者莫大乎得其子之贤，为人子者莫大乎得其亲之寿。然贤则由乎人，而寿则由乎天。其由乎人者，可以勉而能，由乎天者，不可以强而致，故有同之不得者焉。而当其得之，则爵禄不足以喻其荣，珠玉不足以喻其好，刍豢不足以喻其美，狐貉不足以喻其温，土田马乘不足以喻其富，夫然，则适于己、惬于心者，孰有逾于此哉？二者于吾友廷晖吴君见之。君生于富家，而能刮剧豪习，退然自守，惟以诗书六艺教其子。一时之人，方且聚财货、侈舆服以相夸尚，咸目之以为迂，而君弗顾也。日夜教其子益力，其子又皆能喻亲之心，以勤励自勖，学有成矣。曰鋆、曰鏊者，领乡荐，试春官，入太学，后先相望。岁在丁未，鋆擢进士第，以冬官与告归省，而君适满六十。十月三十其初度之辰也，于是鋆率其群弟若妇，称觞戏坊以为亲寿。其族人昆弟、姻戚乡党，与夫友于鋆之兄弟者，咸来寿之。莫不歆君之寿考，而嘉吴氏之多贤也。

酒既行，某起而颂之曰：夫寿，非专在于年齿之高也，所贵乎乡人子弟，像其仪以为表，佩其言以为训，仰其德以为式。《诗》云：乐只君子，德音不已。吾翁有焉。贤非专在于材艺之美也，所贵乎仕者夙兴夜寐，竭智尽忠以事其君，以宜其民。人处者承颜顺志，以养其亲，以和其族，举毋贻其亲忧。《诗》云：无怨无恶，率由群匹。鋆兄弟有焉。若然，则所谓天下之至乐可以长有而不失，而令闻令望愈久愈光。所以寿于己，寿于亲者，相为于无穷矣。孰谓其由乎天者，果不可以致之哉！

十一世孙　开基　校字

卷 六

跋

题陆允晖所藏沈启南诗画

昔王右丞、郑广文,以诗画擅名开元、天宝间。杜拾遗天挺人豪,其自负直欲下视一世,而于二公特咨嗟叹咏,有若不能忘于怀者,岂不以才难而有是乎?其后能画者不一,惟李营邱、董北苑独为首称,后世师之为宗匠。然求之于诗,盖阙如也。将为画所掩,而世失其传欤?或长于彼而短于此欤?又何其未见也。独赵文敏能兼二者而有之,亦与王、郑竞爽千百世之上,君子得不以全才具美与之。今观陆允晖所藏沈石田诗画,各臻其妙,而其萧散自得之趣,宛然游于辋川花竹、雪上鸥波间也。允晖能于二者致力焉,则他日所造未可量也,岂徒藏乎哉!

题司马御史与祝秀才书后

侍御司马公,以敏识达才,临莅学政,南畿千里之间,凡执经以诵,按琴以歌者,皆其弟子也,而独于祝生允明拳拳焉属望之者,夫岂无意乎?此卷前记事,所嘱者四事,次七言绝句五章,又次五言古诗一章,皆公手书也。而尤以收放心、务笃行、道问学为言。盖公之微意,以生资性过人,恐流于言语文字之末,务抑其锐气,而致之中行也。前辈之成就后进,一至于此。传曰:"士伸于知己,而屈于不知己。"若生者,不可谓之不遇知己也,生其感奋树立,以造乎远大,庶几副公之期望者乎?初公驻节郡城,有所征召。虽以某之不肖,亦得从诸儒之后入见。公以为大明之兴百有余年矣,作者辈出,而选类之书仅见于刘氏之《文要》,惜其犹有未备者焉,今欲广而续之,是有望于诸君也。皆辞,不获命而退。故记事,有"文要事大,汲汲为之"之语也。但生也晚,又偏处一隅,苦于不能周知四方之人,备见今昔之制作。而仪部方从事《金史》,一时诸文学又皆东西星散,未能成编。所以仪部跋中,有必至于终负之之言也,读之令人大惭。然公毋责其速成,访求遗文,假岁月终期成公之志也。夫至于《仪礼》一书,某窃有感焉。夫古先圣王之法制,幸存于废坏之余者,独赖此十七篇耳。其间情文,细密周致、委曲详尽,非更数圣人之手不能成书。诚天地之常经,而生民之极则也。自王安石废罢后,世不复讲。考亭朱夫子为《经传通解》,属草未及笔削而卒。临川吴文正公上继朱子之志,嗣为《考注》,又取《小戴记》《大戴记》,

郑氏注所引，定《仪礼》逸经八篇。又谓二戴记本以传经，取其义有相发明者，定为《仪礼传》十篇，各附其后。其言曰：善继者卒其未卒之志，善述者成其未成之事。又曰：造化之运不息，则天之所秩，未必终古而废坏。观其意，非无望于后之人也，不幸又乱于晏璧之手。遂令文正公之精诚奥义，杂于伪妄之中，千古遗恨。今《通解》已刻之建宁书肆矣，《考注》近日江右新有刻本，然亦未能厘正也。公方以礼乐教化为政，凡稽古礼文之事，皆得专行。生宜上告于公，当率励博士诸生，精讨而习之。如某之鄙陋者，亦得与考其名物度数，赞其揖让进退，以相周旋于绵蕞之间，则四方好古博雅之士，将必闻风兴起而来学矣。如此则家传其书，人诵其说，不在乎刻之与否也。方今圣天子嗣统体元之初，将有事乎议礼制度考文，而公与其所长育者，出以应命，损之益之，以正乎郊社宗庙之制，昭穆递迁之礼，烝尝禘祫之仪，朝觐会同之典，饮射燕飨之章，俾千古之废典，灿然复明于圣世，直与三代比隆。若然，则大有补于天之经，地之义，民之行，岂但为二夫子之忠臣而已。韩子有曰："夫不知者非其人之罪也，知而不为者惑也，悦乎故不能即乎新者弱也，知而不以告人者不仁也，告而不以实者不信也。"生其勉之哉。若夫潜虚之抄，琬琰之刻，则有司存，非某之所敢知也。

题《钱塘记》后寄吴原博

山水之乐，此野人之事，非公卿大夫可得而有也。彼公卿大夫，志乎功名，处乎富贵，方汲汲焉日不暇给，乌知其所谓山水之乐也哉。能知而好之者，必不以功名富贵为心也，翰林吴君，其人矣乎。君于未筮仕前，尝与某期为此游而不得，既而魁天下、官翰林，金马玉堂之乐，如在天上。然犹不忘于山水，以诗寄仆，有"当年北郭空期我，此日西湖又付谁"之句，以此知君必不以功名富贵为心也。惟其不以功名富贵为心，则夫纪山水之事，将不厌观而乐道矣。因录一通，以献左右，君其为我笔削焉。

跋米元章书《秦太虚龙井记》石刻后

尹君孟容以米元章所书《秦太虚龙井记》石刻，委余求题于今翰林修撰吴君原博。原博有录太虚题名、东坡跋语之属，且云刻日游杭。盖是时，方与余约在戊戌岁春行也。是岁，杭城西山中忽有虎，白昼食人，人莫敢入。原博复书云，尚欲与吾兄食老米饭数年，未敢以身许此物也。因忆余前七年，尝至杭山中，虎方盛而龙井为甚，中间一至而遽归，不敢久也。由是遂尼此行。所谓按记登览，将为数语以续古人，为君再书之语，皆堕茫茫然矣。俄而杭人诸君立夫至,为余言杭诸山近日绝无虎,采樵者多莫夜行,因以告原博,相与懊恨弥日。思再图一行以实之,故是刻留余家颇久,盖将有待也。既而原博上京师,竟不及往。余乃考求秦、苏二公之记,为补书之。秦记中言:"自普宁至寿圣院,凡经十五寺,皆乘月夜行。"然则立夫之言可益信矣。物理之无定,人事之不齐,有如此者,是皆不可以不书。若夫太虚文、元章书,尹君之能宝爱先泽,自有原博及兵部郎汝君行敏之跋在,余何敢言之。

跋沈启南画赠吴汝器

诗画真世间何物,而人爱之若此者,岂不以其天地至清之气所发而然欤?石田此幅画两尽其妙,诚不多见也。归余后逾年,吴汝器来观,有欲炙之色,因掇以赠。俾于学文之余,歌其词,玩其迹,以求夫理之所存,将使人利欲之心尽忘,是亦为学之一助也。若徒玩之以丧志,岂吾望于汝器者哉?

书赠卜子华词后

自金源氏入中国,有新声乐府,即今所谓北曲也。元人因之,遂大行于世。而唐宋之音,则几乎熄矣。然浙人所歌,犹旧声也。岂当南渡之后,流风遗韵犹有存者乎?今闻子华之歌,纡徐宛转,得古人一唱三叹之势。因戏填一阕遗之,以为后人欲闻前代遗音者,当于是焉求之,固非乐其外者也。览者详之。

书解光奏赵昭仪章后

右此奏,载汉孝成赵皇后传中,顷尝读之,爱其文词古雅,事理明白。凡嬖妃之忍于绝人,昏主之甘自绝,莫不曲尽其情状。其为后世戒者深矣,而或者乃以微词少之,其可乎哉?

考

僧巨然画赵秉文跋考

赵秉文跋云:"此画南麓任君得之宇文虚中。"最后云:"天会五年正月人日,礼部尚书闲闲老朽,赵秉文识。"天会之号,金太宗纪年也。是岁丁未,在宋为钦宗靖康三年,金兵方入汴,虏二帝北去。高宗即位,改元建炎。明年戊申,以宇文虚中为祈请使使金,虚中遂降于金。十有八年,虚中被杀,合剌皇统六年丙寅也。而秉文以乌禄大定二十五年乙巳方登进士第,至吾睹補兴定元年丁丑始拜礼部尚书，兼翰林侍读学士，寻以论罢，事已，复起为礼部尚书。宁甲速嗣立，改翰林学士，至正大九年壬辰卒于汴，年七十四。计其生当在迪古乃之正隆四年己卯，上距丁未凡三十二年，然则秉文尚未生，而虚中亦未至金也。岂南北分裂，国史记注或失其真欤？将当时别有一赵秉文欤？或金之后世，亦有重称天会，如元之有两至元欤？抑考之任南麓名询，正隆二年进士，意在秉文数十年前生，而秉文至于老朽，询固无恙，又何其多寿耶！若夫文辞之鄙，字画之谬，固不在论也。世之作伪者一至于此，然亦幸其浅陋不学，故人得而议之也。使其粗知时世先后，而附会以实之，尚何辩哉，尚何辩哉！余恐后之揽者，或不暇辨其真伪，故详考如右。

议

吴江水利议

吴江之地，土疏水缓，左江右湖，故水之为患也特甚。太湖东南巨浸，即《禹贡》之震泽也。其西北纳荆溪、宣歙、芜湖、宜兴、溧阳、溧水数郡之水，西南合天目、富阳、分水、湖州、杭州诸山诸溪奔注之水，潴聚于湖，汪洋浩瀚，不可涯涘。而松江承其下流（松江，吴江古名也），即《禹贡》所书"三江既入"之一也，逶迤曲折，洄流泆逆，行百余里，始入于海。而吴江据江湖之会，屹然中流，每遇霖雨积旬，潦水涨溢，渺然无际。或风涛大作，吞啮冲激，其害更甚于雨。东风则江水西浸，西风则湖水东泛，俄顷数尺，人力莫施。故濒江之人，谓之贼水者，此也。议者徒欲开一渠，浚一泾，置一闸，以为治之之方，是皆徇一偏之见，而无救患之益也。何则？吴江水多田少，溪渠与江湖相连，水皆周流无不通者，特有大与小，急与缓之异耳。假令南置一闸而北流者自若，东开一渠而西溢者如故，固不当与诸县治法同也。窃以为今日措置之方，其要有四：

一曰筑隄防。吴江之田，皆居江湖之滨，支流旁出，动成荡漾，不可以名计。苟不致力隄防以捍御之，未见其可也。国朝永乐中，治水东南，尚书夏忠靖公创于前，通政使赵居任继于后，无不注意于堤防，皆妙选官属，分任诸县，而二公则周爰相度而考课焉。其法常于春初编集民夫，每圩先筑样墩以为式，高广各若干尺，然后筑堤如之。其取土皆于附近之田，又必督民以杵坚筑，务令牢固。既讫工，令民篅泥填灌取土之田，必使充满。复于堤之内外，增广其基，名为抵水。盖堤既高峻，无基以培之，则岁久必颓矣。

又课民于抵水之上，许其种蓝，而不许种豆。盖种蓝则必增土，久而日高，种豆则土随根去，久而日低矣。此虽为烦碎难行，然亦可使民由之而不知也。厥后二公去任，二三十年间，岂无水患，而不至于大害者，良由堤防犹存之力也。然人亡法废，堤日就倾，水患复作。正统间，尚书周文襄公讲求二公之法，而损益之，由是水患渐平，民安其业。近年以来，法度废弛，上恬下熙，民无所恃。每年府虽下县，县虽下乡，率皆以伪应之。所任粮长、耆老之属，不过头会箕敛，以赂奸吏为虚文，其于堤防略不加省，坏者十之七八，欲求水不为害也，盖亦难矣。且自戊子而至丁卯其间稔者才二，而旱干者一，水溢者七，固由天灾流行，然亦堤防圮坏，水不能御，旱不能蓄，有以致之。自国初以来，水之为害，未有甚于今日者也。今生民之困已极，苟不加意而拯救之，其不转死于沟壑，殆无几矣。为今之计，莫若上按三公已行之成规，严为之制。于来春课民兴作，官属躬亲临视，务臻实效，毋令吏胥得售其奸。则堤防有成，民免其害矣。所可虑者，斯民承积荒之后，多苦无食。当令取勘贫者，验口每日给粮，就准作赈济之数，至秋还官，则民皆乐于趋事，而无所逃避，斯亦讲求荒政之一端也。

二曰审分泄。吴江之地当太湖东南，其在南者，分众流以入湖，吴溇港、直溇港、宋家港、朱家港、蠡思港、黄沙港、韭溪是也。居其东者，引湖水以入江，花泾港、七里港、柳胥港、虹桥、长桥、三江桥、三山桥、定海桥、万顷桥、仙槎桥、甘泉桥、白龙桥是也。又自县治至平望五十里间，亦系湖水分泄之所，今为石塘，虽便往来，前辈尝言其有害水道，故凿窦以通水流。近年倾圮，俗吏鄙夫不知大计，辄堙而筑之。又湖水多浑，易为停积。沿湖之人多种菱芦，岁久成田，咸登粮额，遂致水道日微。又花泾港、长桥正当太湖东流入江要道，至为深阔，而花泾港居民，虑为盗贼所侵，苟利于己，辄夤缘巡捕官为之筑堰。长桥又为豪家湮塞，规为田宅，水遂不通，为患极大。今则入湖者泛滥而南流矣，入江者洄流而西浸矣，日滋月长，其害将更甚于今日。伏惟深为利民至计，不惜小费，不求近效，不惑浮言，一切疏浚，仍为之防，不许踵袭前迹，则水有所归，而无泛滥之患矣。

三曰务车救。夫水之泛滥者，既筑堤以障之矣，水之壅遏者，又疏渠以导之矣。而水之停积者，若不竭力以车戽，则何从而减之乎。然民之贫乏者，或无力而弗供，豪犷者又恃顽而不服，以致互相推委，坐视陆沉。在乎上之人，为之激劝而安集之耳。往年水患初作，上自长贰，下至簿史，无不躬亲督视，奔走道路，未尝宁厥居，故谚有"救水如救火"之喻，此言当急，不当缓也。顽者治之，贫者宽之，由是人知警劝，而法在必行。自近年设立水利官后，蓄泄事宜一切委之。然地既广远，卒未能周，居东则西不知，在南则北罔恤，欲求其无误难矣。夫军国之需在赋税，赋税之供在土田，土田之出在丰稔，岂可忽而不务者乎！伏望著为令典，今后水潦，凡任牧民之责者，悉令分头巡视，督民而力救之，务在水平而后返，不可专委水利一官，以误大计。如此，则水患可御，而民有粒食之惠矣。

四曰专委任。夫事功之成由委任，委任之方贵专一。伏睹永乐年间，凡兴建水利。庶事，皆责成粮长，而官则自为节度之。盖粮长之任，责在农功赋税而已，其用心必专。自迩年以来，添设塘长，又立耆老，复革去塘长，而立图长。又有属官、义官之委，粮长、耆老之总，纷纷多制，一国三公，十羊九牧，民无定志，莫知所从。且属官望浅位卑，民不知畏。义官总粮总耆，又皆贪猾之人，招权纳贿，靡所不为。是皆无益于民，适足为聚敛之端，张其兼并之势。又况保选耆老、图长，皆由粮长，则其人可知矣。倚法为奸，病民尤甚。伏望将所设诸色，尽行革去，专令粮长、圩长管之。粮长管其都，圩长管其圩，县之佐贰咸令分管地方，往来巡视，而正官总其纲，考其殿最。如此则法归于一，而民免侵渔之患矣。

赞

宣宗章皇帝御书赞

日月星辰之昭乎天，水火土石之著乎地，风雨霜露之行乎时，人但见其照临者为光明，动静者为体用，舒惨者为生杀，而其潜行默运，至化神功，有不可得而知也。我宣宗章皇帝之临御天下，盛烈耿光，非臣子所能赞其万一，而减赋一事，允为度越百王者矣。万几之暇，游神词翰，当时辅弼侍从之臣往往得之，故御医臣昌宗亦与赐焉。昌宗初以选授韩王府良医副，既而诏征为御医。陛见之日，奏对称旨，上特赐诗以褒之，识以钦文之玺。时宣德八年十一月初七日也。昌宗之叔子臣安，为使太医院，故宸翰留其家。今昌宗之孙臣震，以属当世嫡，惧无以示其子孙，乃誊录赐诗并所授诰勅，爰作宝翰之堂以庋弄焉，侈上赐也。震之嫡臣罂，以示臣鉴，鉴作而言曰：呜呼！此化工及物之一也。下臣处贱，何足以知之。然或者由是而仰观焉，庶几有以见上之以天地为心，无物不被其泽者矣。敢拜手稽首而赞曰：天心罔间，广大悉备。凡围两间，皆受其赐。恩光下垂，沾者私之。以是窥天，岂曰能之，维昔章帝，配天立极。惠我烝民，民罔知识。薄其税敛，厥食始周叶。民到于今，得宁其居。有臣昌宗，贡自王国。皇锡之诗，宠以御墨。韶護之音，兽舞凤仪。云汉之章，烂然昭回。见者悚观，戴此洪造。岂独尔施，永以为宝。

清平卫经历杨文远赞

其容丰，其气足充也；其言辩，其行克践也。临祸福而利害不挠乎中也，处穷约而忧戚不见乎面也。位不称其德，而士望以之益崇也，用不满其才，而夷险以之不变也。斯正古之所谓"守道而能贫，有耻而能贱"者也。

赞言寿沈启南

长洲沈君启南，丙午之岁，寿六十。冬十有一月下旬之一，其始生之日也。君既赋诗自寿，而一时学士大夫相率为文若诗以寿之。某辱与君友且姻，情分款密，于众莫厚，然身罹于疾，不遑与也。后一载，始克买舟赍酒，造君之庐，而言曰：夫十干十二支，互相推移，至于六十，而甲子周矣。在人为下寿，然以一元之数视之，直二辰耳，就能永之，以跻于上，亦不过倍之而已，然则果何赖而能久哉？凡世之祝其所亲爱而愿其寿者，率多举其长存久固之物以为况，甚至更为世外茫昧神怪变幻之言，使人眩惑莫测。然求其切于身，实于事者盖鲜矣。切于身、实于事者鲜，则其言犹飞鸟遗之音，其不倏然以亡、忽焉以灭者几希，恶在其为寿也。古人有言曰："太上立德，其次立功，其次立言。"然德之与功，苟无言以见之，则后世无闻焉。尧舜之圣，夷齐之贤，亦必待孔子言之而始彰。至于哲人文士，苟非其自言之，与人之言之者为可传，则其修己以及人者，或几乎熄矣。故虽后、牧之为臣，由、光之为隐，后世仅能名其人，而其文物事为之盛，精神心术之微，不少概见，况乎下此者哉？是则能寿人于不死，其言也欤。今君之为言也，本之以仁义，资之以诗书，博之以子史，灏灏噩噩，其书满家，博大演迤，浩乎无涯。发天地之秘，揭日月之明，鼓风雷之变，涵雨露之濡，究造化之妙，穷鬼神之幽，析事物之理，所谓备古人之能事，而纵横驰骋乎其间，不啻与古之立言者并而言之，斯立人共用之而不舍也。以之为寿，不既远且大乎！然此皆君之所固有，而无待于外者。彼岁月之递迁，阴阳之消长，草木禽兽之灵异，恶足为君道哉？昔者吾夫子自卫反鲁，然后纂言以诏后世，盖阅之多而议之定也。君其仰瞻焉，毋诿曰高而难见也。

自　赞

以尔为山泽之儒，则形容匪癯；以尔为干城之夫，则才术又疏。但见烂然射人者其目，胡然垂胸者其须。身不少暂乎车马，口不绝诵乎诗书。噫！岂邯郸排难之流，抑大梁监门之徒也欤！

铭

也可斋铭

众人之居，尚胜无已。君子之斋，适可斯止。朴而不陋，完而不侈。孝恭粗足，子荆苟美。一榻之外，其余几何。十笏之内，其乐孔多。书未充栋，足备校摩。琴不出户，聊以弦歌。寒暑攸宜，燥湿攸避。樽罍具列，膳羞斯庀。明月不期，清风自至。客来许造，动息爰憩。说之无斁，朝斯夕斯。岂无他室，不如此宜。子子孙孙，尚永保之。有如不信，视此铭诗。

扇　铭

人以尔为炎凉，吾以尔为行藏。人以尔为轻捷，吾以尔为便懬。出入怀袖，不骄不矜。弃捐箧笥，靡怨靡憎。故人斯来，酷吏斯去。君子持之，以永终誉。

谷　铭

维天降精地发灵，假尔生德赋尔形。春萌秋成实庚庚，馁克致饱虚可盈。林林之众仰以生，厥功直与元化并。登为粢盛畅洁精，酿为酒醴流冽馨。荐之郊社享神明，来歆来格致瑞祯，雨旸以时水土平。尔勋多有难具评，有图监之爰作铭。

菜　铭

嗟尔菜，山泽臞。芳寂甚，色病如。子宜膏，甲宜疏。淹斯脆，苴斯肤。隽不足，爽有余。俭可常，饱无虞。亲俎豆，远苞苴。见师贽，享帝菹。藜糁比，玉食殊。志士嗜，贵介疏。醉饫后，或见须。岁不熟，馑乃书。意有在，形是图。告观者，毋忽诸。

对

革奸对

或问邵监郡革奸之政于史某曰："版籍至重也。故孔子式之，其为事也，博大以繁，不能以旬月治也。夫博则难周，大则难举，繁则难详，欲尽革其奸，不可也。"某对曰："可革其大者，不革其小者。"曰："何哉？"曰："夫民之生也在食，食之出也在田，田之籍也在册。赋税以之而考，徭役以之而定。一失其平，谲诈缪妄之患生矣。任斯事者亦在得其平而已。事得其平，则奸之去者什七八矣。尚何难周、难举、难详之为患哉。今江南之税与役为天下最，吾苏之税与役又为江南最。诸凡科率、调遣、征发，必视夫田之多寡轻重而第其则焉。以为布在方策，非若他货财可藏掩也。法既以之为准，于是豪猾者益玩法焉，假妇女、老弱之名曰带管，他郡别邑之名曰寄庄，莫不多占良田，徼幸免役。又有妄立名字，以析多为寡，以舍重取轻。举于东则窜于西，召于此则遁于彼。藏伏委曲，莫容致诘。转相效习，奸伪成风。而贼民蠹政之端，由是滋矣。惟是拙而诚者，贫而弱者，终岁服役，迄无宁时。且令式非不禁，民庶非不言，令长非不知也。第偷者不暇问，弱者不敢为，贪且墨者反以为受赇之资，然则政何由而得其平也！惟我监郡公知其然，其始受任也，即下令曰：凡带管户，户田十亩以下者听。逾此数者，悉编入为正额，有不编者罚无赦。凡寄庄户，户籍其田之数于官，官即牒本郡若邑，俾召役者有所征焉，有不籍者罚无赦。令既下，其党患之，乃相率赂权要及辩士，所以游说者百端，公执不听，益徇行郡中，检察不倦。由是奸无所容，得其户之隐者若干，田之诡者又若干，还之有司，咸受令而服役，斯可谓得其平者矣。若夫丁口之盈缩，年岁之增减，书札之差错，其间虽不能无弊，公则以为此乃里书之常态，无大害于政，不深治也。所谓革其大者，不革其小者以此。且公之善政不特此也，郡中有为要官贵人，谋夺一儒者之地以益其墓，深文巧诋，无所不至。儒者不胜其愤，走诉诸有司，有司方谄要官贵人，莫为直。公闻而奋曰：不可当吾任而使有枉者。竟为直之。文法明峻，破其机关，使不得发。要官贵人怨公者刻骨，鼓为谤讪，群党附和，气焰赫然可畏，公不顾也。抑公有三善，革大奸至明也，舍小过至恕也，摧势家至刚也。"问者起，谢曰："微子，鄙人不知其详，今问一得三，请书其对，以告夫当道者。"

相喻

相 喻

古人有言曰："达为良相，不达则为良医。"何也？盖相所以系国之安危，医所以系人之生死，迹虽不同，而理无不同。言者举其所同，不泥其所不同，其亦善于取喻矣。夫相之于国，当其理也，则夙夜在公，业业兢兢，防患于未然，弭乱于未形。夫然，则用力少而功易成。恐佚欲之荡上心，绝之不使启其萌，惧防佞之伤善人，斥之不使立于庭。然后君德圣，庶事明，百姓和而万邦宁矣。值其乱也，则征兵选徒，指授群帅，德刑礼义，为战之器，批亢而捣虚，兼弱而攻昧，或亟战以挫其锋，或坚守以乘其弊。地有所必争，城有所不弃，图万全而不趋小利，变化无穷，纵横自肆，将使勇者不暇战，智者不暇计，信乎不出樽俎而折冲千里之外矣。及其定也，则抚伤残之卒，怀降附之民，牧养休息，复其役而宽其征，毋重困其身。熙熙皞皞，与物皆春，民忘其败而乐其生矣。医之于人也亦然，当其安也，则保其精神，诊其脉色，知微预防，六气七情，举不能为之贼矣。值其病也，则明标本论阴阳，不诡随于病，不迁就于方。在血脉则针石，于腠理则熨汤，益之损之，务得其当，于死之中以求其生，斯可复其故常矣。及其愈也，则调其食息，谨其寒燠，以毋罹于复，复则元气重伤，重伤恐至于不禄矣。由此则相与医，特达与未达之间耳，其同时称之，非过也，非过也。吾苏刘先生德美者，医之良者也。其二子，伯也习为医之业，仲也学为相之道，皆良也。予之室人患痼疾，屈先生治之，自壬辰至甲午三年矣，自郡城抵吾家百里矣，先生不以为远且烦，而视益勤，无倦色，无厌辞，而纳于安焉。呜呼！先生之德厚矣，先生之赐大矣。某谋所以报之，为之燕饮，先生不嗜也；赠之货好，先生弗受也。然则欲致其区区者，将何所施也，作《相喻》。

字词

张鼎字词

吴兴张子静，名其嫡子曰鼎，将以月日加布其首，问字于松陵史某，某字之曰和甫。又从而为之辞曰：在昔先王，鼎为重器，水火既济，用调五味，和而荐之，所以行气，志实言定，令由此出，美哉乎鼎。父以名汝，正月吉日冠阼于祖。尔服咸加礼容有楚。爰昭尔字，敬曰和甫。和之云何，其义孔嘉。举得其度，不愆不颇，如器之和。献之宗庙，祀事攸宜，以无忝尔家，以受遐福。

启

聘陶氏婚启

伏以八州为督，忠勤有类乎孔明，五步成诗，颖敏聿超乎子建。盖晋室之保江在将，而唐人之取士以诗。昔号名宗，今为嘉耦。恭惟令爱采苹南涧，凤依季女之尸，而小孙啖饼东床，甚愧丈人之厚。式符鸣凤，庸展委禽。俪皮莫报于诺金，束帛敢同于将璧。若君子享其仪而略其物，则鄙人成其礼而宜其家。敬以将之，永为好也。仰浔阳之三隐，柴桑固在乎首称，咏韩奕之五章，川泽有惭乎孔乐。敷宣罔既，感荷居多，谨奉启以闻，伏惟尊慈俯赐，鉴念不宣。

汝其通子聘顾宗岳女婚启

言念吴王见惮，有使人不乐之言顾雍事；魏子属厌，发惟食忘忧之叹汝宽事。如此阀阅，宜其室家。恭惟令爱秀擅闺中，亮凤娴于四德；而小儿珍非席上，将试习乎一经。媒妁成言，姻缘获缔。虽同气相求相应，然非币不交不亲。谷旦于差，菲仪是贡。但止束帛俪皮而已，初非百金双璧而然。吾侪小人，正所谓恭敬而无实；彼美君子，固不以嫁娶而论财。感荷居多，敷宣罔既。谨奉启以闻，伏惟专慈俯赐，鉴纳不宣。

传

桂彦良传

桂彦良者，慈溪人也。洪武中以文学为司经正字，事懿文皇太子于东宫，高皇帝甚重之，常呼为"老桂"而不名。贵妃薨，上诏皇太子服齐衰杖期。太子曰："在礼惟士为庶母服缌，大夫以上为庶母则无服。又公子为其母练冠麻衣缥缘，既葬除之，盖诸侯绝期以下无服。诸侯之庶子虽为其母，亦厌于嫡母不得伸其私，故权为此制也。然则诸侯之世子，不为庶母服也，明矣。今陛下贵为天子，臣虽不肖，地居嫡长，幸得备位储副，而为庶母服期，非所以敬宗庙，明正体，重继世也。"上必欲太子服之，太子终不奉诏。上大怒，顾取剑，太子走，上逐之，群臣震詟，皆不知所为。彦良当上前，跪抱上，泣曰："陛下之于太子爱之深，故责之重也。"上为之止。彦良乃追太子，及之，谏曰："贵妃逮事至尊，殿下当缘君父之情为之制服，不可执小礼以亏大孝也。"因持衰衣之。太子不得已，乃服以拜谢。上怒解，掷剑于地曰："老桂，尔今日竟能和朕父子矣。"上尝咏科斗诗曰："池上看科斗，分明古篆文。"诏彦良足成之，彦良顿首曰："只因藏水底，秦火不能焚。"上悦。彦良后选晋王府右傅，致仕，卒。

姚善传

姚善者，巴湖人也。建文初，知苏州府。苏州承元季佟泰之后，豪右田宅舆服多逾检，高皇帝制法整齐之，诛夷狼籍，哗者用是持人短长，巧诈蜂起，号为难治。善明达治体，周知人情，严而不刻，容而不弛，执而不泥，简而不遗，烦而不苛。又数请谒郡中名士钱芹、王宾、韩奕等，访问吏治得失，民生休戚，俗化淳漓，以因革之。由是吏民皆顾尚廉耻，好善趋义，不复为非，小大乐业，化为善俗。郡中大治，号为天下第一。芹初闻善命，谓使者曰："明公郡将也。芹诚以得见为幸，然畏礼而不敢往也。明公苟弘下士之风，请伺月朔诣学宫时，为停须臾，芹将走见也。"使者反命，善许之。至期先一日，芹沐浴更衣，适学宫夕焉，坐以待旦，须善至见之。善尝使吏饷芹禄米，而吏误送俞贞木家。贞木往见善曰："窃闻钱芹绝粮久矣，明公此举当以归之。贞木自揆，不得滥受此赐，敢辞。"善知吏误，遽曰："向诚欲馈钱先生，将因君为介绍，聊以借手耳。君毋庸辞，钱先生别有馈也。"宾家在陋巷，无妻子奴仆，独与母居。善每候见宾，辄舍舆屏徒从，步趋至门，以指叩门者三。宾问曰："何人？"则对曰："姚善。"及宾往报谒，辄于府门外投刺，再拜而退。及善知之，自追延宾，宾辞曰："非公事，宾不敢入也。"奕隐于医，闻善将来见之，乃避于上方山。善追至上方，奕又泛小舟入太湖矣。善叹曰："韩先生所谓名可得而闻，身不可得而见也。"后数因宾往请，乃得见。文皇帝称兵南伐，以诛君侧之恶为名，索太常卿黄子澄等甚急，南朝乃匿子澄于善所。北兵日深，善起兵拒之。诏以善兼督苏州、松江、嘉兴、常州、镇江五郡军马。未及战，为麾下许千户等所缚，并缚子澄献于文皇帝。皆剐之，夷九族。后有沈鲁者，以诗吊之曰："仓卒勤王五郡兵，南风无力北风鸣。清忠自托巴江月，秽史何曾说杲卿。"闻者悲焉。同时有黄观者，池州人也。洪武初，以许观中廷试第一，后改黄观。建文中知安庆府，加侍中。率勤王兵屯江上，文皇渡江，知事已去，乃衣红袍自沉于江，死之。文皇即位，诏族其家，以观妻配象奴。行至大中桥，观妻止桥上，探怀中钞授象奴，绐云："买饼饵饲所抱幼女。"伺象奴去，急抱女溺桥下水中。又有周是修者，泰和人也，为衡府纪善，与纂修，兼翰林。文皇兵入京城，是修入应天府学文庙中，自缢死。

吕震传

吕尚书震，在礼部时，文皇帝数自将兵出北边。吏部蹇尚书义、户部夏尚书原吉，皆切谏上，上不听。一日上问原吉曰："今粮储足给几年？"原吉意上又将出师，因诡对曰："才彀半年耳。"上疑其诞，乃令中官及御史按之，则十年尚有余也。上大怒，以夏原吉等朋党欺妄，居尝忿詈。时兵部方尚书宾提调灵济宫，会有中使至宫赐香，数语宾以上怒故，宾惶惧自缢，死朝房中。有司以闻，上立命到其尸，且械系原吉锦衣卫狱。以震兼领户、兵部事。时变起仓卒，诸大臣相继罪死。上怒不已，中外恟恟，咸不自保。上虑震自危，亲谕之曰："兹事卿本无与，朕坦怀相期，毋得自疑。但当为朕尽忠辅政耳。"又令校尉十人，随震起居以防之。密敕曰："震万一自尽，尔十人者皆代之死。"震乃颇自安。震聪明绝人，每朝奏请，他尚书皆执副本，又与左右侍郎更进迭奏。震既兼三部，奏牍愈多，皆自专请对，侍郎不与也。情状委曲，千绪万端，一览之后，辄背诵如流，未尝有误。又尝扈从上北狩，上驻跸边地，见碑立沙碛中，其文具在，率从臣读之。后一年，上与诸文学语及碑，因诏礼部差官往录之。震奏曰："臣当时亦与读，此今尚记忆，不须遣使也。"遂请笔札，于上前疏之。上不信，密使人至其地，拓其本回校之，无一字脱误。其强记如此。

尹昌隆传

尹昌隆者，江西人也。洪武中，举进士，魁天下，授监察御史。建文初莅政，视朝稍晏。昌隆谏曰："昔太祖高皇帝鸡鸣而起，昧爽而朝，未尝日出而临百官，百官于是乎戒惧，故能庶绩咸熙，天下乂安也。陛下嗣守大业，固宜追绳祖武，兢兢业业，先勤万几，未明求衣，日旰忘食，常如有不及焉。盖天下之大，四海之广，兆民之众，不可不勤以抚之也。今乃即于宴安，日刻甚宴，犹未临朝。群臣宿卫疲于候伺，旷职废业，上下懈弛，万事隳坏。臣恐播之天下，传之四夷，非为社稷之福也。"制以昌隆所言切中朕过，礼部可遍行天下，使朕有过，人得而知之。及太宗文皇帝举兵南向，尹昌隆上疏言："今日事势日去，而北来章奏，有周公辅成王之语。不若罢兵息战，许其入朝。彼既欲伸大义于天下，不应便相违戾。设有蹉跌，便须举位让之，犹不失作藩王也。若沉吟不断，祸至无日，进退失据。虽欲求为丹徒布衣，不可得矣。"不报。文皇帝入南京，命捕齐泰、黄子澄、方孝孺及昌隆等，为奸党同驱出，戮之。昌隆当陛大呼曰："臣当时曾上章劝以位让陛下，奏牍尚在，可覆按也。"上乃命缓昌隆刑，阅其奏，流涕曰："火烧头若蚤从此言，则南北生灵受祸，未至若是之酷，朕亦无此劳苦也。"诏特贷昌隆死。且谕之曰："朕长子在北京，尔往事之。尔能尽诚辅导，朕不忘尔。"昌隆顿首谢。永乐二年，册立皇太子，授昌隆左春坊中允。前后在东宫，随事匡谏，多所补益，太子甚重之。后升礼部主事。尚书吕震方承宠用事，群臣莫与比者，当其独处精思，以手指刮眉尾，则必有密谋深计，官属相戒无敢白事者。而昌隆适有事往白，震怒不应。昌隆未喻移时又白之，震愈怒，拂衣起曰："事当行自行，何问为？"昌隆踧踖而退，谋于所知者。或谓之曰："今既请不得，公旧事东宫皇太子，素知公，何不启取令旨行之？"昌隆从其计，果得令旨依所请。震怒，遂奏昌隆傲慢狠愎，事多专行。臣以职守相临，动为所拒。无属官礼，且身为王官，事无大小，并须上奏。而乃假托宫僚，怙赖恩私，阴欲树结。故不之父而之子，其潜蓄无君之心可以概见矣。又言："昌隆身事庶人，名在党籍，徼幸苟免，见利忘义，其心叵测，其行匪良，不宜任用。"上乃命逮昌隆下狱。寻遇赦复官，丁父忧归。后起复至京，往谒震，震温言接之，入理前奏，诏系昌隆锦衣卫狱，且籍其家。上方巡狩西京，凡下诏狱者率舆载以从，谓之随驾重囚，昌隆与焉。后数年，谷王谋反事发，辞连昌隆，以曾经保奏为长史，乃坐以共谋。诏公卿杂问，昌隆初不服，力辩不已。震折之，昌隆知不可免，乃无言。狱具上，剐死，夷其族。是年，震病面疽，痛不可忍，宛转床褥间，常号呼曰："尹相、尹相。"其妻子问之，云见尹昌隆，守欲杀之，竟死。

平思忠传

平思忠者，吴江人也。少为县吏，役满历京考，选授礼部主客主事。于时明兴四十年矣，兵力强盛，蛮夷向慕。文皇帝方事招怀诸国，朝贡者蹄踵交于道路，乌蛮驿至不能容，劳赠宴犒馆饩无虚日，率主客主之。思忠有精力，勤敏过人，遇事皆应机立办。尚书吕震雅器之，升为郎中。尝以事下狱，适北方入贡，新任主客者区画多不称旨，上怒。震因言思忠等以微累禁系，罪不至去官，且习外国事，乞宥之，以观其后效。旨可，即日赦之复任。初有杨弘者，陕西西安府朝邑县人。为刑科都给事中，敢直言，上特擢为陕西左布政使，吏部以弘陕西人，例不该除。上曰："非尔所知也，后不为例。"弘亦以本贯辞，不许。盖是时有杨太监者数人在陕西，故上以弘往制之也。他日，上谕执政曰："杨弘初去时，颇肯言事，近日又默然矣。可选清强有胆气者一人，往参政以察之。"吏部以思忠应诏，上素识其名，命之往。而思忠有养子曰平安者，私以绫罗度潼关，为抱关者所发，解陕西布政司。思忠时出行部，弘命收而勿籍，候思忠归，私以物还之。思忠感愧不已，竟不敢有言。尝有某府一推官录事至司，思忠知其素贪，乃发怒杖之。后其人解京，因招尝分事内某，赃赂思忠。刑部并逮思忠就质。适有例，凡贪赃官吏，妄诉不已者，笞杀于市。思忠乃诬服，谪戍边。会太监刘马儿奉诏市马西域，以思忠在主客久，多识诸贾，请以自从，诏释其戍，给冠带办事。随马儿西抵吐蕃、乌斯、藏朵、甘陇答等处，赤斤、蒙古、罕东、安定、阿端、曲先、哈密等卫，及火州、亦力把刀、撒马儿罕、哈烈、于阗诸国而还。复免官家居，以渔佃自给。又数十年卒。初苏州府知府况钟，亦以吏员起家，继思忠为主事。及思忠参政，又嗣其郎中。寮案交承，情分甚密。钟来知苏州，思忠往见之，钟迎候甚恭，呼其妻、子出拜，谓曰："此吾旧长官也。"饮思忠酒，时正暑热，命二子扇之，思忠辞。钟曰："吾忝知贵郡，非无仆隶可给使令，但欲使小儿辈，知公为我故人耳。"其敬之如此。然思忠居贫自守，未始以事干钟，人以此多之。初思忠未贵时，知县蒋奎延一相者问休咎，遍观在座者，其言皆不大了了。思忠时给事堂下，相者数目之，奎因呼上使相，相者曰："此人他日当贵至三品，然惜其不终。"奎大笑。相者去，奎谓座客曰："术士之妄如此，一小吏安能顿至三品乎？"后奎坐事自杀，同僚无一显者，思忠竟如其言。

志

龙坟志

成化二十一年冬十有一月望，巡抚都御史广东李公临县，诣学宫，谒先师孔子。礼毕，进诸生问曰："昔大禹治水至震泽，斩黑龙以祭天。本朝永乐间，此土大获龙骨，尔诸生有知之者乎？可详考其事以告。"佥以诿予，予乃为之志，曰：龙坟在今秀水县伏礼乡小律原北，距太湖可六七十里。初由村氓耕田，往往得龙骨，而未识也。永乐间，有一渔者始识之，因潜持出以售于苏州南濠徐氏药肆中，岁以为常。一日，徐问："有龙角否？"其人曰："有。"乃以一棱遗徐。有朱永年过徐肆中，见之惊问："何所得？"曰："适有人来售。"朱问其人去远近。曰："未远。"因急追及之。盖是时有左珰号李黄子者，方受命求采珍异，朱以买办户出入珰所，欲以为奇货也。遂偕其人告于珰，珰檄郡县，调夫船、具畚锸、躬往掘之。初入深，见有状如浮屠氏所谓金刚神者数辈，初尚俨然，及见风，随化尽，惟余骨耳。遂得龙骨、角、齿、牙凡十数舰，献于朝，窃取者不与焉。时方贵龙角带，自非诸王勋戚不能得，一銙直千余金。至是，价为之顿贱。秀水在当时犹为嘉兴，宣德间始分为秀水。今其田可六十亩许，不加粪治而收获倍于他田。岁每大风雨，则拔木发屋，而禾稼反无损，耕者犹时时获龙骨于田中。意当时已尽取，不应有遗，岂其地为龙所窟，而潜蜕其中欤？然台谕有大禹治水至震泽，斩黑龙以祭天之文，不知出于何书，历考《吴越春秋》《吴郡志》《苏州志》，无所经见，不敢强为之说。

运河志上

成化十二年，南京户部王侍郎以漕艘稽程，由运河之不治，令各郡邑考运河原委里数形势，具详以凭，疏请专员巡视修治。邑侯以水利过访，乃撰志三篇以进。

按吴江县运河之源有二，一从杭州、钱塘诸山发源，下流为西湖，东出北关门，又北逾仁和及嘉兴之崇德、桐乡、秀水诸县，至于王江泾，而吴江运河起于此。河之西为石塘，有桥曰闻店桥。内为市，约千有余家，盖秀水、吴江之民杂居焉。桥之下众水奔凑，东入于河。自南徂北十里而至市泾，又八九里而至于合路，折而西流，又一二里而至于黎泾，又四里而至南六里舍。皆有桥，临塘西南，受穆溪之水而入于河。溪之源又出，其东南曰睡龙湾，相传宋高宗南渡时宿此，故名。下有泉腾跃上涌，常混混波面也。河由六里桥而西，约四五里至于百星桥，又西至于下湖桥，折而北流。数百步许为平望镇，居民可三百余家，日集市中。河西有驿，名与镇同。是为南塘之水也。一源于湖州之天目山，分为苕、霅二溪。东北流至湖州复合为一，又东流为荻塘，经乌程，过南浔镇东一里，入吴江县界。水东北流三里，而至于曹村之驷马桥，又五里而至于蠹思桥，又二里而至于杨定桥，皆在河阳土塘上。又三里而至于震泽镇，有巡检司南临之。镇之居民三四百家，虽屋宇连比，皆务于耕织，而不互市。蠡泽之水自河阴来会焉，河之阳有四桥，曰新兴、曰通泰、曰曲桥、曰张湾，以分泄水势。中为大石桥三，皆横跨河上。东曰底定，西曰思范，中曰庆源，水由三桥下东行五里，而至于双杨村，过柳塘之桥。而河阳复有永安、众安、斜路三桥。又十八里而至于梅堰，东吴、西吴二桥在其北，而中济一桥贯其中。又十二里而至于平望镇，诸家、六里、泄水三桥界其侧。自曹村至此五六十里间，凡桥在河阳者，皆南受河水而北流入太湖。而莺脰一湖在其阴，东纳穆溪，西通麻溪，南吞烂溪诸水，潴而为泽，与运河合流。而东有亭临之，名曰望湖。稍东经太通桥，又东逾巡检司道安德桥下，东出市中，与南塘之水会为一焉。

运河志中

二塘之水既合，北流至通安桥。桥甚高大，跨距东西两岸。水从其下过，循石塘北行，经长老桥，又七里而至于洪水桥。本朝尝有备倭船，自太湖而来，道经于此，人因呼为海船阙云。又三里而至于盛墩，有桥在河西曰袅腰。又六里而至于翁泾桥，又四里至于八斥之塘。居民才二三十家，南有桥曰庙泾，北有桥曰太浦。由太浦益北，不及十里为白龙桥，又一里许为澈浦桥，又一里许为龚家桥。自此河折而西北流，又四里即甘泉桥也。下有泉甚深，味甚甘，色湛湛寒碧，唐陆羽尝品为第四，故又呼为第四桥。桥之东有龙神祠，邑中水旱必祷之，国朝登祀典，岁以春秋致祭。又北行为三山、定海、仙槎、万顷四桥，河益折而西。又六里而至于三江桥。《禹贡》所书，三江既入，而《吴越春秋》又云范蠡乘舟出三江之口者，疑即此处也。盖太湖之水东注吴淞而入于海，实由于此。太湖上承宣、歙、常、苏、湖数州之水，汪洋浩瀚，不可涯涘，故昔人有三万六千顷之称。而吴江当其下流，茫然泽国，古无陆路，非舟不通。唐穆宗朝，刺史王仲舒始拥土为塘。宋祥符八年，知县李问修之。治平五年，知县孙觉累石为固。绍定五年，知县李椿添石重修。元天历二年，知州孙伯恭加以巨石。至正九年，知州那海又大修焉，叠石筑土，长二千八十丈，广一丈又四尺，高如广而杀其四尺。又相度水势，凿窦一百三十有六，引水东泄于河。涝则用平上流之势，旱则资以运舟。历岁既久，涛冲水啮，日就倾圮。国朝永乐九年，通政使赵居任治水东南，始奏修之。躬亲督视，灰石增崇，筑垒坚密，视旧有加。后工部侍郎周忱、郡守邢宥虽两修之，不能复如畴昔之固。随葺随坏，窦有倾者，辄随而堙之。加以沿河之人，多种茭草，淤而为田，而水道日微。岁长月增，其害将见甚于今日。在上之人诚能不以近且小者为利，图为久远之计，疏而导之，则匪独吴江一邑蒙其惠矣。

运河志下

河水自三江桥分而为二，一从长桥巡检司关前北流，可一里许入吴淞江。折而西流又二里许，经顾公庙，陈黄门侍郎顾野王祠也。水由祠右西行，至三里桥下。桥为知县韩槃重建，其堍以石犀四镇之。一入南津口西流，其地曰江南。水经醋坊桥、大明桥过。河之南为巡抚书院，河之北为长桥巡检司。又西为太湖庙，中祀太湖之神。又西为松陵驿。又西为儒学，左文庙，右学宫。宋元以来，废建不一。而国朝正统中，侍郎周忱、知府朱胜撤而新之。又西为三高祠，祠临钓雪滩，中祀越上将军范蠡、晋东曹掾张翰、唐右补阙陆龟蒙，有石刻碑记，乃宋参知政事范成大所作也。由雪滩而西，是为长桥，桥旧名利往，东接江南，西踞城东，长一百三十丈，横截江湖。宋庆历八年，知县李问、县尉王庭坚新建。然止用木为之，中作亭名垂虹。元泰定二年，判官张显祖始以石易之。上翼扶栏如其长，下甃水窦六十有四。三年，达鲁花赤完者于两堍镇以四石狮。国朝洪武元年，知州孔克中立吴相国伍员、唐中丞张巡、宋鄂王岳飞像于垂虹亭中，名曰"三忠"。永乐元年，知县蒋奎以砖砌桥面。成化七年，知县王迪重修。河至桥下播而为三，一自垂虹亭前北流入吴淞江，俗呼为站船路。一西流至县城东，循城址北行至三里仓。一由福民桥西流入东门内，过仙里桥，察院临其阳，税课枕其阴。又西经县治前道庶宁桥，益西折而北流，由新桥、仓桥，环济农仓，逾北门仓而出，又折而东流，出永济桥下，经邑厉坛至三里仓前，会城东之水并趋而东。又与关前之水会，道三里桥，北流入运河。土塘在其左。又二里有水自西来，曰深港。又三里而会七里港之水，北流入长州县界中。

十一世孙　积辉　校字

卷 七

记

记临平山一

钱塘山水名天下，四方之人，不远千里，以一游为快。何况吾苏与之名相亚，地相望，徐行四日，疾行三日皆可达。然而足迹未尝一至者，何也？盖无名人胜士可依借以行，故徘徊顾望而不即遂者，将以有待焉耳。前三四年，乡先生刘金宪、友人沈启南与予订为斯游。因窃自贺，以为平生所待而借者兹遂矣。又各以事縻不果行。成化辛卯岁二月，乃始克践之。

先是一月，与沈启南定行日，其仲继南闻之欲同往，予欣然诺之。是月四日，三君子过予家，留信宿而行。逾嘉兴，历石门，始望见有山隐隐出天际，人指云："临平山也。"又行余五十里，乃至山下。时快雪新霁，重岗复岭，积素凝华，上下一色，寒光皓彩，夺人目睛。琼林玉树，布列岩崖上，玲珑玠珠，绝可爱。凡断腭之状，苍翠之色，俱蒙被皎白，敛巧藏奇，一返太朴，如仙姝玉女，不为世俗艳媚态，而淡妆素服，风韵高洁，终异凡人。金宪叹曰："始吾之南也，以斯景为不及见。而今兹遇之，岂天将全吾观乎？虽然仲春之雪非时也，吾何敢游观之乐为哉。宜不忘吾忧，不溺吾乐者。吾其为心，乐至而忧或忘者；吾其为迹，君子之道也。二三子其识之。"作《望临平山记》。

记宝石山二

自临平指西南行，将六十里至杭。山皆在城西，舟不得至其处。命家僮持橐自山后先往。客皆肩舆入市，访刘邦彦，他出不遇，投刺而去。入北关门，至洪福桥，饭诸立夫家。相与舍舆，步出钱塘门，度石函桥。湖水自桥下出，屈曲冲荡有声，倚阑听者久之，遂与持橐者会宝石山下。山之僧傅上人，予乡人也，其住山时予曾送之，有"明年不负登临约，应叩禅扉借竹房"之句。至是闻予实来，候道左迎，谓曰："前言可不食矣。"相与抚掌一笑。遂导客蹑石磴数十级至寺，为房皆负阴向明，重叠在山半。顾见群山自天目来，环湖之西、北、南三面。南止巽为凤凰山，宋故宫在其麓。北止艮即宝石山也，今保俶寺踞其冢，岗岭连属，蜿蜒委蛇，高下欹岑，凡三十里不断，郡城横截其东。西之三门皆俯临湖水，南曰清波，道湖阴者出焉。北曰钱塘，道湖阳者由焉。中曰涌金，复分道于南北湖。幅员可十里许，泓渟渊潴，蓄细泄大，纳污流恶。苏公堤如蛟龙出水，拏云卷雨，横亘湖面。城中官府、居民、军师之署舍，与夫浮屠老子之宫，皆栋宇栉比，榱桷鳞次，气郁郁如雾。东望浙江，如白练曳城下，缭南萦东，连接海气，苍茫无际，不骛远，不穷高，一举目而得其大都焉。傅上人出酒饮客，众乐甚。惟启南时起倚栏槛，语之不应，饮之不举，穆然若忘，凝然若寂，疑其神与造物者往游而不息也。日欲暮，立夫将辞归，客挽留，同宿修师房，灯下相对如梦，不意此身之真在山水间也。

记参寥泉鄂王墓飞来峰三

山寺日高，刘邦彦来访，握手相问劳已，即谋入西山。前时游者，皆朝往夕返。而幽胜处多在深僻，往往迫日暮而莫得竟也。于是置重累于保俶，独从家僮辇食饮舍顿具偕往。余百步有寺，峨然临湖上，云智果也。入门循东庑行，过佛殿稍北，一小亭甚幽闐，中有泉曰参寥。读徐一会碑，云东坡在黄州时，尝梦与参寥子道潜赋诗，觉时记"寒食清明都过了，石泉槐火一时新"两句。后官杭，闻参寥住智果寺，有泉宜茶，寒食日泛湖寻之。忽忆旧梦，因以名泉云云。顷之，从者舁酒至，遂列饮泉上。各赋一诗，觞至，则歌以侑之。饮散登舆，西经葛岭，访贾似道故居，则已鞠为瓦砾场矣。噫，擅威福，穷逸乐，身不欲危，家不欲败，国不欲亡，得乎？又行二三里许，至栖霞岭，过岳鄂王墓下。下舆趋入，金宪拜，众皆拜。呜呼！高宗忍忘其父兄之仇，其忍于杀王也宜矣。然墓上木今犹南向，则王之忠义岂以冤死而有间哉？悲慨者久之。折而南行，度洪春桥。见苍松夹路，大皆连抱，而高或百尺，依依如人立道旁，肩摩武接，或拱或揖。自此至灵隐及三天竺，不间他族，故曰九里松云。上则枝鬣偃盖，下则石砭夷洁，雨不沾衣，泥不涂足。每风自山顶下，则龙凤飞舞，翱翔霄汉，涛鼓籁鸣，淙铮铿訇，响应山谷，如聆广乐于洞庭之野也。少焉，陟芝岭，游普福寺，爱其清雅，欲止宿，而寺僧皆出游未归。乃进次飞来峰，峰在西山中，始由天目山发源东来，至湖止，不可去，其气郁积融结为此峰，故其秀为诸山冠。重岗如城，围合无间。惟东北稍隙，所谓九里松者，路所从入。有桥曰回龙，宋南渡后名也。行又数十步，复有桥曰合涧。峰南北有泉至桥下，同入于湖。两寺夹立峰下而中分之，阳曰灵山，阴曰灵隐。台殿重叠，掩映前后如画。故白乐天有"一山门作两山门"之诗，盖指此也。峰之石无秋毫土壤，皆绀碧腻滑，攒蹙叠皱，剞崒魁礧，俯若颓云，仰若偃盖。岿者兽踞，骞者鸟腾。望其颠，如圭璋呈露，即其址，如琼瑰委积。神设鬼施，千态万状，而莫有同者焉。其上则异木奇卉，不辨其名，穿透崖石，根露蔓延，而肤理光泽，枝叶葳蕤华盛美好，类人力所灌治也。其下则岩洞空豁，容纳光景。东曰龙泓，西曰呼猿，皆曲畅连贯，窈然若穷，忽又明朗，纵横出入，恍不知其端倪。客环行交错，卒与众遇则大呼，笑以为乐。家僮伺主者出，亦窃入，驰逐洞中，互相持惊叫，声如瓮盖中，响久未能出。冷泉涧如一玉带，抱峰背流，至灵隐寺前，有亭翼然临之，名与泉同。涧底皆小石平布，圆洁如凫雁子。泉轧其上，纹如织縠，声如鸣佩，使人目骇耳耸。岸址则兰芷丛生，摇青曳紫，蕊拆苞敷，香气菱莶。凡此皆其略耳，他胜殆不可为状。方举酒欲饮亭上，而灵隐详禅师归自城中，见舆上挟书册，遥呼曰，客非常人也，不问名而就饮焉。众皆引满不辞，颓然就醉。邦彦以事不可留，辞归。予五人者皆露坐寺前石上，融然神释，快然心畅，万虑俱息，直欲身世两忘也。久之，日没林影外，暮色苍然，暝无所见。觉露湿衣上，乃始入详禅师面壁轩中。夜深月上，时时开南牖望之，如见故人，与语而不忍休也。

记韬光庵三天竺寺四

环西湖之山凡三面，西山为最佳。据西山之佳惟四寺，灵隐为最胜。领灵隐之胜有五亭，韬光为最幽。韬光在寺后之北高峰下，其始由西北隅上，山路险峻，曲折蛇行。两旁皆岩崖，陡绝数里，中连属不断。嘉树美竹森其上，菟丝、女萝之属蔓延而罗生。枝荫交加，苍翠蒙密。日光漏木叶下，莹净如琉璃可爱。禽鸟闻人声近，辄飞鸣翔舞若报客状。峰回路转，客或先后行相失。望见树隙中微有人影，往往遥相呼应。遇会心处则倚树而息，借草而坐，悠然遐想者久之。起而行，行而止，徘徊不忍去。道中闻梵音，泠泠如金石出林杪，因徐步听之，久方及门。堂宇因山为高下，明净整洁，一尘不生。周围峰峦环抱，势极奥曲，窈然深秀，乳泉交流，屋上下随处充满，昼夜常如风雨声。老僧八九人皆拥衲跌坐，闭目静观，客至不起。惟融庵主者出，肃客坐小轩中，焚香供茗果甚虔。复引客出屋后，见大竹数万。竹尽，西一小邱，高可数丈，攀援而登其上，望见西湖湛然在城下。南北两山绕湖，如双龙抱一银盘，晃漾不定，使人心目萧爽，神思飘逸，疑乘云御风，浮游于浩气上也。呼！快矣哉。复循旧路下山，而傅上人追客及飞来峰下，同往游三天竺。初慧理法师自西域来，见峰之秀拔、有灵鹫小朵飞来之叹，盖言其形似，而未必有实也。既建灵隐于峰后，次建灵鹫于峰左，又次建灵山于峰前。灵山一名天竺，灵鹫已久废。灵隐地势又穷，惟灵山之右，山益深，地益高，势绵延未已。后人乃于其隙相继建二寺，并灵山为三。三寺并列，同名天竺，而上中下别之。以高下言，先上竺后下竺，以久近言，先下竺后上竺，中竺则介乎其两间。三竺皆临绝涧，限连山，深秘密勿，疑若无路。惟其左有所入处，署曰"佛国山"，张即之书也。长松参天，半路平坦，无上下之险，无陟降之劳，行不甚远，人不甚困，而举尽其游观之美焉。上竺既深邃，在五峰之间，双桂乳窦，白云魂磈，狮子其目也。寺有鸳鸯殿，盖重而合之。中藏沉香大士像，人捐宝玉为供，至建阁贮之，虽多而无绝异者。寺僧瓛秉中名能诗，出稿示客，惟绝句颇佳耳。中竺稍荒废，僧有宝楚瑛者，自言其师吴僧也，故视客为尤亲。延入千岁岩下，登曲水亭。亭有巨石，上凿为蜿蜒形，引水注之。屈折行其间，因呼酒实觞而流焉。至则接取以饮客，甚欢洽。下竺多古迹，葛公井、理公岩、三生石、香桂林、翻经台、跳珠涧、东坡煮茶亭咸具在无恙。方丈负飞来峰，其背不施户牖，恒与峰面。石之秀者与冷泉同。中有王叔明画壁，甚佳。但恨其未毕委去，有沈士偁者补之。

老僧禄万钟，年八十余而好客，觞于小朵轩中，客已先醉不能饮，惟徜徉泉石间。会日暮天黑，祥师又频遣人促回，乃行。歌过合涧桥，月已出东山，挂青松顶矣，遂乘月归。直指堂上，师复出酒饮客，问游事，余曰："三竺，下竺胜。"启南应声曰："四僧，此僧高。"因大笑。饮散，启南秉烛作图，相与赋诗其上，留山中为故事，皆冥搜苦思，务出奇语以相胜。夜将半，犹吟声呜呜然不休。

记风篁岭灵石山烟霞洞五

西山之胜既尽，将理舆南游。傅上人引治装者，先往六通寺候。金宪与客辞飞来峰，出路口，犹时时回顾，至不见乃已。因指而誓曰："自此，当岁一相见也。"遂经集庆寺，过夕佳楼，历梅坡园，皆荒圮草舍，遗迹无几存者。岂宏大侈丽之观，为天道所恶而然耶，抑废兴别有数耶，相与一慨。道中见古墓在山半，立夫指云："此句曲外史张天雨葬其下。"惜榛莽荒秽，不果登。又行数百步，始至风篁岭下。福邸园、龙井寺正据其上。岭甚高大，上下纯嵌空大石，玲珑挺秀，万怪千奇，无以为之状。近年有中贵人将事搜剔，则愈出愈奇，度不可穷乃止。园废久，垣屋卉木已荡然，惟水乐洞在。水自顶溜洞中，泠然有声，如合节奏，俨乎宫商之相宣也。坐洞口听，久不能去。龙井在山顶，洼然石眼也。刻石为龙头吐之，颏下濯濯然，如须鬣动水中。寺僧以泉煮茶饮客，味绝胜他水。自此南行，出荆篠间，上灵石山，磴道危险如登梯，舆人皆喘汗欲仆。客前行者觉有异，则指示大呼笑，后行者亦呼而应之，声振林壑不已。连山绵谷，万石如林，奇怪迭出。大者小者、侧者正者、瘦者壮者、皱者滑者、枯者润者、方者圆者、奋者敛者、青者绀者黝者、起者仆者、蹲踞者、偃蹇者、蜿蜒者、突怒者、透漏者、人立者、羊触者、牛眠者、虎搏者、仰而欹者、俯而屈者、腾而上者、颓而下者，如人之面目皆具，而无一相似。信天设其巧，地发其秀，以表异于兹邦也欤。然岭上无水，虽凿井亦不得，意其下皆空洞穿漏，故不能渟蓄乎？转东行二里许，至一寺，有洞在西北山上，以烟霞名之，寺又以洞名名之。金宪倦步欲不往，众强舆至。洞约高二丈，中窅然深黑，不知所止。溜水下滴石上，岁久成波浪粼然。洞顶及两壁，皆钟乳凝结，青碧黄白相间，其纹如云气，如雨脚，如莲花龙凤，不可胜计，虽甚巧莫能角其技焉。欲一饮，从者咸不在。寺僧慧无自携山蔬新酿来供，而傅上人在六通，迟客久不至，遣治装者赍酒肴随路访之。崎岖历数处，问樵者始追及山下。立夫望见，欢呼曰："酒至矣。"予喜舞。金宪笑曰："是生未醉先狂矣。"乃列饮洞中，令童子歌《竹枝词》以侑觞，客从而和之。悠扬飘摇，如步虚声鸣云霄上也。于是饮酒乐甚，醉后犹连索未已，不复言他往矣。俄有言象头峰，始撤而往观，有鼻蜷然下垂，甚肖似也，抚玩者久之。噫！今世之名有力者，往往逞志于泉石。穷险阻，竭工费，以聚其秀且异者于私苑之中，务在尽取必得而后已，然求如彼自然之奇，曾不能彷佛其万一。今乃知造物者之巧与力，岂区区私智所可拟伦哉。

记石屋虎跑玉岑山六通寺六

游烟霞洞后，客相与并舆语道中，以为斯洞之奇不可复得。舆人有沈安者进曰："石屋洞当不下此，且甚近，盍往游乎？"客闻喜甚。因移舆指之。洞在山麓前，临平地约高三丈许，深如高而阔倍之。爽垲明彻，可容数十人坐洞口。奇石倒悬，危欲下堕。下突起一石向之，连比昵接，俨然若二故人附耳语也。洞底如螺壳新蜕，旋转深入。愈下愈小，窥之甚黑，莫测其浅深。西南有小穴上出，漏光纳明。遥望见青天，如紫云中悬一碧玉盘耳。石壁上有贾似道题名，乃咸淳中往天竺祷雨回经此，后附廖莹中、翁应龙名。盖贾专政时，廖为馆客，翁为堂吏，事一切委之。于此，可见二人则无时不从，他人虽贤者不得预耶。转而上山，有二洞相望，东曰天然，西曰隐身。天然则上平下坦，如怒貌张吻，哆然未收，俯首乃可入。隐身一名蝙蝠，直石罅耳。是日微安，几失之，出坐道旁树下，因共论二洞优劣。予推烟霞，启南推石屋，争辩莫能决。金宪方面山吟哦，初若不闻。乃相与质之，徐曰："烟霞丽，石屋奇，要亦不相上下。"众乃大笑起去。度小石桥，南行田野间，两山谷夹道，连绵起伏，如二阵并进为犄角。天衡地轴，鹤列鱼丽，靡不毕备。而纵横变化，出奇无穷。使人心目荡骇，左顾右盼，得此失彼，直应接不暇也。

又西南行五里许，觉山益奇，路益曲，水泉多交流，乃虎跑寺也。风气藏纳，竹树掩映，窈然而深，郁然而阴。后之行人望前行者，如入绿云中，倏忽不见。如此者又二里余，方至重门。内有方池，水清如镜，俯见天影。石桥跨之，水从门窦中出，轰然雷鸣涧中也。楼殿宏丽，叠处山上下，门庑堂室无不整齐完好，南山中之最清处也。敬祖规上人，导客往观虎跑泉。泉在佛殿西阶，上覆以画亭，护以朱阑，泉流阶除下汨汨然。云性空中法师开山时患无水，将迁他处，忽二虎跑地出泉，师遂止不去。东坡苏学士守杭时，曾于此养疾，所赋诗石刻犹在。延入滴翠轩，壁间有求无已禅师画像。因忆鉴为儿时，闻先君子言虎跑之胜，杭郡诸山无以过之。且甚爱求师之为人，别后不能忘怀，至形于诗词。然以事阻不及再游，俯仰隔世，凄然久之。复游翠涛轩上，轩内外花木，几格种种，皆可爱。有倪云林《树石图》，上书为"德常画题二绝句"，云："春雨春风满眼花，梦中千里客还家。白鸥飞去江波绿，谁采西园谷雨茶。""燕子低飞不动尘，黄莺娇小未胜春。东风绿尽门前草，细雨寒烟愁煞人。"诗佳而画非真迹，其戴文进摹欤，亦乱真矣，此盖启南所云。出门见夕阳在山，山色尽紫。松枝上有鸟如山雀，毛羽苍绿，见客不惊，意甚闲雅。顷之，经南高峰至玉岑山下，游慧因寺。寺又名高丽，像塑绘画皆神采生动，故宋时名手也。遂往六通寺与傅上人会，寺僧慧天泽亦予之乡人，设酒乐客，客困，不甚饮，夜就宿焉。

记南屏山玉泉寺紫云洞七

客游虎跑时，立夫即欲别去，众不许，乃偕至六通寺。先时连榻同寝，是夕忽他宿，晨起不见径归。众怪之，予曰："饫于饮食者，固异夫饥渴之人也。山水日接乎其目，非若吾徒来游之，为乐方未餍也。其去也固宜。"遂往法相、法因两寺，皆少憩。自此以东，至南屏山，游净慈寺。寺甚大，佛殿、罗汉堂尤宏敞。新整五百应真像，皆面相向、背相负，环坐无端，游者多周行其间。寺门外有池，前有雷峰塔，类炎上凿此以厌之。樟树四株，大各数围，高七八丈，拳曲拥肿，与他生者不类。湖山胜概楼、藕花庄皆近湖上。楼以供监司、郡守宴游，庄则有僧居之，但名佳耳。僧言："故老云杭之诸寺，灵隐秀气，虎跑清气，净慈市气。"信然。遂道六桥往湖北归。湖光山色，映带左右，而六桥横界乎其中。客连舆循行，若驾飚车，驱羽轮，凌弱水，而遨游乎蓬瀛、方丈间也，亦乐矣哉。道中见流水下石子，多金色可爱，人云金沙滩也。俄入北山后，访玉泉寺。地势益进益下。泉在西北，有二池作石梁限之。大者可一亩，小者亦数十步。水莹彻明，净如汞沙，土尽碧色。日映风动，光景荡漾，疑露珠走大荷盘上也。人抚掌则泉脉涌发，勃勃作汤沸状。巨鱼可百余头，类若游行镜中，鳞鬣可数，见客怡然不惊，若与之相忘，客亦坐是不去。时主僧仁上人出游吴兴，其守舍者以客之乐乎此也，为汛扫池西小阁。客呼酒坐饮其上，戏以饼饵投之，皆噞喁就食，或趋而夺之。其已得者则悠然远逝，若畏避状。因忽自悟，人之怀利自私者，其亦何以异于是乎，为之一笑。客饮酒不已，皆至醉。俄而僧归，共举酒劝之，亦醉。遂由山背南上，舍舆步往紫云洞。初入低甚，转西稍宽，已而忽高旷。洞顶斜卓，石色纯紫，类画家所谓斧劈皴者。益上，有穴西出，临大野，见落日在其下。乃自山前下去，由栖霞岭西出路口，归保俶寺中。

记西湖八

钱塘为东南佳丽，而西湖为之最。重山环之，名藩枕之。凡峰峦之连络，城郭之逶迤，台殿亭榭之参错，举凌虚乘空以临其上，天光水色颠倒上下。烟云起灭，其状万殊。而酒棹游舰往来，交互歌吹之声相闻，自春而夏，夏而秋，秋而冬，无日而息也。其盛矣哉！客来钱塘时，侨寓宝石山上，湖之胜，尽在几席下，然犹以未即其中为恨，故连为三游焉。虽所遇之景不同，而所得之乐无不同也。二月望日，其始游也。主则邦彦，客则金宪、启南、继南、立夫、沈明德，暨予凡七人。时春日妍丽，湖水明净，万象在下，柳色微绿，梅花犹繁盛，点缀远近，篙师刺船纡回宛转，傍湖徐行。而卖花献技之人，皆乘小红船凫飞水上，迎前尾后，由东之南，由南之西，之北复之东而休焉。遇胜而登，适兴而返。感今悼昔，形诸诗歌，有倡斯和，虽寄兴不同，然皆汎然成音，可讽咏也。凡所履历并记之。孤山在湖北，去岸犹二里许，无所连系。林和靖墓在其上，后人建祠，肖白香山、苏东坡并和靖，曰三贤堂。庆乐园在湖南，今废，惟太湖石在耳。园昔为韩侂胄山庄，初名胜景，即赵师䥯于此效鸡鸣犬吠者。后侂胄诛，庄入官，更今名云。后五日，其再游也，主则杭人归生，客则惟邦彦、明德不至，余咸在，凡六人。是日风雨交作，船不得出外湖，惟在断桥内迤逦行耳。顾望四山，云雾蒙翳，霢霂淋漓，俨如水墨画中。继南笑指曰："天殆欲别出一奇乎，然对此无言，恐山灵亦将笑人矣。"因共联一律。又后二日，其终游也，合始游、再游之。主与客凡八人，妓则碧玉箫、翡翠屏二人。时宿雨新止，天宇朗然，日光漏云影中，乍明乍灭，群山净洗，绝无尘土气，空翠如滴，众壑奔流，水色弥漫，湖若加广，草木亦津津然有喜色焉。遥望云气出山腹，如白浪在大海中，汹涌不定。方欲赋一诗纪之，而佥宪赴臬司招，不终饮而去。邦彦、立夫又间与二妓为谐谑，竟不及成章而散。噫！客志此久矣，私心以一至为足，而今乃三焉。天又随所至，辄改张其观以示，若使尽识之。况主客多能言，清而不固，丽而不侈，乐而不流，其可谓无负赏酬者矣，因次第书之。

记银瓶祠紫阳庵三茅观九

客恒往来湖山间，而城中之游则未也。始游西湖之明日，乃相与诣之。由钱塘门入，至立夫家竹下少憩。共往游银瓶圣女祠，祠故岳鄂王所居也。王遭诬时，家属俱徙岭南，惟女抱银瓶坠井死。杭人义而祀之，迄今香火犹盛，岂其贞烈之性，死而犹灵欤。徘徊顾叹，共举酒酹之。由祠东转南，入一尼院，观所藏伯颜画像，魁然伟丈夫也。遂循街南行数里，过朝天门，复西上吴山之鳌峰，乃紫阳庵也。前后左右皆大石，怪怪奇奇。如蛟龙、如虎豹、如麒麟、如凤凰、如狮子、如罗汉、如寿星、如莲花、如芝草、如乡云、如蜂房、如燕巢、如车盖、如马鞍、如浮屠、如虾蟇，又如牛、如鹿、如钟、如磬、如鼓、如鼎彝、如笔架、如屏风者甚众。客循行其间，常若上坠旁仆，战惧失色，毛发森竖。道士顾本清出陪客，谈故事，云昔徐洞阳梦紫阳张平叔授丹诀，故以名庵。复导客往登丁仙亭，有遗蜕一躯，云丁野鹤也。予应曰："神仙家以为得道可不死，野鹤其已得者欤，将未得者欤？"道士与客皆大笑，因取酒饮亭上。索纸笔共联一诗，佥宪倡之，启南继之，予与继南又继之。诗成酒尽，遂由庵后竹林中出，往三茅观。观虽大，然不逮庵之胜多矣。乃不顾而去。

记凤凰山胜果寺浙江潮十

杭人每春游盛时，尝苦多雨，为之废者什六七。今年雨独少，客来游时，鲜或值之。邦彦诗有"南游半月无风雨"之句，盖纪实也。游城中后之三日，天宇忽黤然，云气自山谷中出，上接太空，顷刻弥布，欲雨不雨。客顾笑曰："天殆将促吾游乎？"乃始整顿为游事，然以邦彦、明德咸在远，猝未能致。惟立夫居稍近，因绐之来。相与循城下南行，历钱塘、涌金、清波三门，凡数里，乃折而西行，登万松岭、凤凰山之左翼也。可二三里许至绝顶，见怪石数十株，奇秀挺拔无与比，屹立相向，中止通一人行。路尽有草屋一间，僧一人居之。而岩下有石凭可坐，然皆类人凿而成者。僧言，旧有罗汉居此，不烟火食，惟茹黄精耳。客相视窃笑，以为其言近于妄。遂循磴南下转西，有坊曰万松，宋故宫也。然陵谷变迁，城邑改移，非复往时气象矣。前有冈岭、白塔在其上。昔元君令番僧杨琏真伽发宋之诸陵，盗珣瑶，焚尸取骨葬此，建塔镇之。复因故宫为报国寺，盖以厌胜云。自是益西，行松径中，盘旋曲折将数十转，至胜果寺，凤凰山之右翼也。寺创始于唐，至宋规为苑，今复之。背山临江，风景殊绝。主僧茂古林，迎客松树下，欢然如旧相识。因导客登寺后之高阁遥望，见江波浩渺，东连大海，与天为际。而会稽佳山水，层见叠出，萦带如画。客安得与浮邱、广成辈，乘鸾鹤往游乎？壁间有僧处默诗云："路自中峰上，盘回出薜萝。到江吴地尽，隔岸越山多。古木丛青霭，遥天浸白波。下方城郭近，钟磬杂笙歌。"是诗尽之矣。后虽有赋者，未见其能逾此也。复下观洗马池、看月岩，宋之遗迹可见者仅此耳。西南一岭甚平坦，云女教场也。嗟乎！高宗有臣如岳飞者而杀之，乃欲教女子以兵，用图恢复，难矣哉。方列席欲饮，继南走报曰："邦彦至矣。"盖过立夫家，闻客为此游。遂南度慈云岭，追至天龙寺不见，复东逾岭陇，始及寺中也。客欢甚，竞举酒劝之。饮散，将西游天龙。邦彦不欲往，乃至江上，观钱武肃王所筑捍海堰。厥功甚伟，而杭人今犹追思之，盖以此也。适潮自海门上，初如牵一线白，久之有声轰然，万人鼓也。俄见潮头如雪山移来，震荡天地，喷薄日月，可骇可喜，江中之船，欲西往者，反东向迎之。潮与船相搏，向天欲立者数四，若与之角力斗技。须臾潮过，乃旋舻随之，其往如箭，转眼已不见矣。是日，竟不雨，明日乃雨。客曰："天之成全吾者至矣，可不知止乎。"因共谋为归计。佥宪命鉴记之。噫！钱塘山水，古今之名士游览探索，尽发其胜者多矣。以鉴不才，乃欲抗颜而厕名耶。然其足之所及，目之所见，心之所感，不容以不书，姑记之。佥宪名珏，字廷美，以乡荐为秋官，属金山西宪事，五十即致政。启南名周、继南名召，长洲人。邦彦名英，立夫名中，明德名宣，皆钱塘人。鑑字明古，吴江人，史氏。

菊花记

余友汝其通，尝言其邻顾氏艺菊之盛，约余往观焉，然各縻所役，屡订而屡废也。成化丁未岁十月乙亥，始克往践之。顾氏喜客至，以酒觞客。俄而，其通厨馔继至，相与对花乐饮而酬之以诗。主人曰："今兹多雨且风大，为花病。竢花无恙时，君能再观而记之否乎？"余曰："诺。"后阅月，以卷轴至。弘治元年九月，余家毁于火，不及往，且并其卷亡去。顾氏不以为憾，又从而继之。明年己酉秋，其通举于乡，将与计偕粤。十月戊子，余从宾客之后往与之别。而顾氏之花方盛开,因得以饫观而遍识焉。有花大瓣密而色黄者,深曰赤金盘,浅曰佛面金;有花小瓣密而色黄者,深曰黄木香球,浅曰白木香球,此花同而色有浅深之异,其名有不同焉。有色如荔枝而花敷者曰荔枝红,花卷者曰荔枝球,此色同而花异,其名不同焉。有花瓣如爪甲而微黄色者曰黄金瓣,莹白者曰白玉盘。有花圆瓣密而深黄色者曰金球,莹白者曰玉球。有心红而花黄者曰黄鹤顶,白者曰白鹤顶。有花大瓣鬓而黄色者曰黄鹤翎,正白者曰白鹤翎。有阔瓣线纹而深黄色者曰金芙蓉,白者曰玉芙蓉。有花瓣修索而深黄色者曰金绞丝,正白色者曰银绞丝。有花大无心而黄色披拂者曰金络索,白色者曰银络索。有花大心抽如台而白色者曰白牡丹,紫色者曰紫牡丹。此花同而色异,其名之又不同焉。有花大无心而色黄鋆者曰御袍黄,有花小而色深黄者曰黄罗繖,有花小瓣密而色微黄者曰西番莲,有花大而色娇黄者曰莺羽黄,有花小而色鋆黄者曰内家金,有花大而色浑红黄者曰黄玉莲,有花大而无心色正白者曰清心莲,有花小而色初红后白者曰玉绣球,有花小而色皎白者曰赛月明,有花瓣密而色鲜红者曰状元红,有花弹而色微红者曰金莲宝相,有花瓣密而深红者曰大红球,有花瓣密而色匀红白者曰粉香球,有花红而心黄者曰锦香球,有花红而纯以金线心黄而标以红台者曰金带围,有花小而淡红者曰玛瑙围,有花甚大而色红嫩者曰佛座莲,有花小而色红晕者曰醉杨妃,有花小瓣密而娇红者曰胜绯桃,有瓣少而色紫心黄者曰紫袍金带,有花大而色浅紫者曰紫宝相,有花与色皆如瑞香者曰瑞香球,有花大而色兼红紫者曰水恋红,有花深紫而纯者曰鸡冠紫,有花红紫而间者曰紫霞觞,有花小而色浑红白者曰檀香球。此花之与色俱异,而其名益不同焉。然其间有以形言,有以蕊言,有以香言,有以色言,有以风神言,有以韵度言,有以标格言,或兼之以述其全,或离之以举其盛,其亦善于取譬也。夫最黄之色十有八,白之色十有一,红之色十有二,紫之色七,亦可谓多且佳矣。顾氏乃犹以为未足,父子恒皇皇焉,以求而不得为恨,其用志不亦专乎?且求观之宾,日盈其门而不厌。有章缝之士,辄畚花赠之无吝色。其取之以货者,拒而不受,率以为常则。其为人又岂特艺夫菊也哉?昔人推洛阳牡丹、广陵芍药甲于天下,咸以为由土之宜。今二郡之花无几存者,而菊则随人致力,不择地而盛。然则在人而不在土,亦明矣。因记其所寓目者如右,且为更定其名之不雅驯者。竢其后有得,当续为之记。余又闻吏于蜀之威州者言,尝以事至松潘,松潘之地甚寒,盛夏雨雪,诸花皆迟,惟菊先花于内地者十日,于是益信其傲风霜、秀摇落、耐荒寒,有非百卉之所能几也,因并记之。

同里社学记

吴江之东有市曰同里，旧设征商之署。邑大夫金侯请诸朝罢之，因其址以建社学。弘治八年春，命里人顾宽董其役。越三月，学成。壬子，侯率博士、诸生与大夫士之仕而归、造而进者，释奠于先圣先师，礼也。事竣，大合乐以落成之。邑人史某请纪其事，俾来者知作之所始。其辞曰："惟兹同里，距江带湖，聚落廛居，实盛于厥初。商货骈集，肆为贾区，开局置吏，以笼商税，匪曰利之。抑末攸宜，盛衰靡常。嗟日就于凉，昔焉货藏，今焉牧场，昔焉贸舍，今焉草野。凡厥吏胥，求济其税，率群行匄取，日罔于利，抉剔划刮，利尽商敝，川舟断行，市肆昼闭，公私交病，罔有攸济。惟金令君，聿有隐忧。谓此不去，民病曷瘳。告于御史，御史韪之。以闻于天子，天子曰，都惟尔言是俞。乃省吏函章，还之于京。以其废址，俾作学宫。缭以周垣，奠以讲堂，门庑斋舍，靡不中程。爰聘儒先，以养蒙士。俎豆于是，诗书于是。诵声洋洋，礼容跄跄。侯来视学，远近咸作，观者从之，填郭溢郭。谓昔之地，惟利是计，钩锱较铢，如火之方炽。惟吾令君是艾，于今兹邦，向义之方，诵诗读书，如水之成章。惟吾令君是营，吴江洋洋，此特一方，专而不均，民能无望？我告言者，侯将遍举。举必有初，继之以序，伐石镌辞，其仿于兹，以毋忘缉熙。"侯名洪，字惟深，世家于鄞，赐同进士出身。

荣寿堂记

国家之制，凡吏于朝者率三载，推封其父母如其子之衔与阶。而在外者，则必历九载始得。盖所以尚功德、念劳勋，别远近也，仕者由是多重内轻外。夫岂故为是之殊哉，良以常人之情，近辇毂则戒而自修，其放荡不羁者多在远也。则夫人子之欲荣显其亲者，非痛自绳约不可也。然人之寿夭不齐，命下之日，或存或否。而其子往往有拜恩而呼，捧制而泣者矣。当其得全于所遇，则举天下之愿欲皆无与为比。士之为亲而仕者，至此亦乐矣哉！此吾监察御史朱君荣寿之堂所由作也。君泸人，以博学能文章取进士，为天子耳目之臣。以年以劳，聿有封赐，而其父母皆高年令德，享兹备福。君告省来归，幸亲之寿，乐己之荣，而侈上之赐也。乃相，乃筑，乃斫，乃陶，爰作斯堂，高明靖深，华采坚密，爰宁其亲。以馔鼎俎，以陈馈食。钟磬既和，笙瑟间作。工人升歌，君率其妇与子奉觞上寿，遍举旅酬，慈该孝备，烝为太和，容容与与，其乐无涯也。于是州之黄耇与其壮且少者，闻而往观焉。曰："吾州之宫室相比也，求之堂上之亲，堂下之子，莫荣寿若也。是不可以不书。"使来请记，予以为君方出自南台，监宪西江，大振风纪。在令式又当得封，将见入佐圣天子，立功立事，文宣武襄，功在社稷，鼎彝铭焉，史策书焉，并亲之荣，名流千万世，岂止寿一时、荣一乡而已哉？兹特纪其所闻者，以如泸人之志。

墓表

故永宁县主簿诸君墓表

江西吉安府永宁县主簿诸胜受檄治一府九县盗，以景泰四年巡抚江西都察院右佥都御史韩雍上疏曰："臣闻去奸以制，任人以才，古之善教也。江西十有三府，地大而多险，人众而杂居。地大则襟带江湖，包络山泽，奸宄易于亡匿。人众则善恶混淆，无赖之徒萌蘖其间，盗贼斯出矣。今法禁彰明，比岁丰给，犹窃发若此。倘不幸有水旱之灾，物力匮竭，则强者奋臂而倡呼，弱者闻风而响应。恐饶、信以西，安、袁以东未有宁居也。于时始警而谋之，其可及乎？臣深为此惧。故府委一官，专令逐捕盗贼，以防其微，以杜其渐。然人之贤否不齐，才力亦异，故有出此入彼，不能穷其巢穴也。惟吉安府永宁县主簿臣胜，受任以来，夙夜在公，至不顾省其家，劳心尽力，不避艰险。故能时月之间，擒戮渠魁，徒党解散，民安常业。而又精爽详审，人不能欺。既无滥及，亦无幸免，人称为平。盖其才略信有大过人者。臣愚以为，宜令专督属府之盗。然职分素卑，人不凛畏。谨按江西布政司故有捕盗经历，间者缺于选补。今臣胜屡著劳效，第以诎在下寮，上无由知。臣请授胜兹职，俾之巡徼管内，不惟少旌其勤，使人知劝，而盗贼亦可以渐而戢矣。臣雍昧死以闻。"制下吏部，吏部以胜资浅，寝不行。明年始有文绮之赐，用前奏也。当是时，吉安人多当道，文渊阁则陈循、萧镃大学士，吏部则王直尚书，都察院则萧维祯、罗通左右都御史，余以侍从、卿丞、给事布列清要者，不可胜计。其子弟亲属僮奴，率怙权使气，恣横部中，辄橐盗以居利，守令莫敢谁何。君独持法直行，无所假借。推情立义，寻绎钩探，穷竟根柢。众以是大怨君，乃共为蜚语，诬之于巡按御史项聪。聪时与韩巡抚以乡曲更相责望，不相能，欲去君以快忿念无以为之罪，乃掎摭修学时减克谷价，坐之，夺其职。当逮谳京师。君声冤事下都察院，维祯入私言，望君不与辩。君遂持维祯阴事，维祯恐，使所亲橐白金赂君，蕲解，君弗许。

上书告其居丧时，受郡县货财，具有左验。维祯大惧，尽用其赀求救于中贵人兴安。兴安教其上章自愬，从中下其事锦衣卫，捕君系诏狱，与刑部、大理寺杂治之。诸大臣咸诟君，莫肯白其枉者，惟镇抚门达于众中责数君曰："此岂尔求直时耶，故事，当参请置对，今是何等时也。"卒成案，傅以诬诋大臣。上请报可，戍铁岭，时七年三月二十八日也。明年改元天顺，其年三月二十六日，君卒于戍所，年六十二。家人负其遗骸归，其子中即葬于钱塘东山衕。后二十年，君配冯氏卒。中以成化十四年九月二十四日，自东山衕启葬君于太慈乡资崇坞丁家岭之西，冯从葬焉。

君字廷义，其先祥符人。宋南渡居仁和，祖嘉徙盐官，父敬复居仁和。君有吏才，负直尚气，常慷慨思树功业。吏杭州，从事工部尚书李友直采官材四川。典史铅山，父丧去官，卒丧，改桃源。考满，迁主簿永宁。所至皆能兴利除害，恭勤不懈，爱民如子。桃源当南北要冲，民疲于挽送，死伤满道。君身任之，煦呕噢咻，民忘其死。其在永宁，尤刚肠嫉恶，故不容于权臣，竟以戍死。悲夫！中以改葬之墓未有刻，语其友史某曰："子虽不与吾父接，然详吾父事业者莫如子。子又辱与中游，墓上之石，将子是托焉。"某辞不获，乃为之书曰："呜呼！人能自视重，则外物轻。当五六公柄用时，嘘枯吹生，倾动海内，自藩宪以下，莫不曲意事之，以规进取。君宁不知？能少诎其志，以比阿之，则高官要职可坐致也。而守正不挠，至罹毒螫卒之。劇其牙而膏其吻，身死名僇，为流俗笑者，由其自视重也。呜呼！贤哉！"属者有巡抚使臣，奏江西盗倚大臣家为捍蔽。时李孜省之党方盛，讳恶其言，立贬斥居外。则其奸王法、乱吏治、贼民生者，有不待君一人之言而具也。传有之："深山大泽，实生龙蛇。"又曰："触犯人主，罪或见原，抵牾势臣，死在不救。"信然。是用表之于墓，览者将哀君之不幸，且为世道慨焉。呜呼！蹈此辙者，微独西江哉！

墓碣

桐村茧室盖石文

先生讳字、父母、妻、年寿、葬地已见记中，兹不书者，惧再告也。惟郡邑姓氏、父祖讳、外祖姓讳则详书之，以补记之未备云。

维成化二十有二年，疑舫先生周氏，自记其桐村茧室之成，盖绝笔也。以十一月二十一日卒，哀子有序卜先远日，得明年九月二十四日葬焉。则是记也，当为坎中之藏。及门之士，咸以为先生藻行焯华，声实流著，光远有耀者，自谦而不言，不可以不载也，谓某宜论次其后。某人微而言浅，续之则似伉，铭之若以尊自居，皆不可也。用敢取柳宗元之说，假托之盖石而书焉。

先生敏睿夙成，生五六年，客有举其名戏曰："周铸九鼎。"则应声曰："舜弹五弦。"识者固知其不凡矣。稍长，学《春秋》于乡贡进士蔡应祥，不数月悉通其义例。然厌科举之习，益务博极群经，氾及史子，搜狄刬剔，以涵以揉，储为己有。山峙海含，发为文章，汪洋恣肆，遒厉峭绝，蛞屈盘纡，如山泽气升，蒸而为云，霍忽腾沓，弥布六合，雷轰电掣，万怪呈露。须臾廓然消散，天宇朗豁，泯无一迹焉。读者初莫知其端倪，徐而察之，其有不合乎法度者盖鲜矣。学者连州跨邑，交走道中，先生随其材之高下，诱掖摩厉，率多有成。正统六年，浙江柯察使屈先生为子弟师，乃置先生名承差籍中以避嫌，先生固辞，竟不许。满三年，上吏部，时沭阳荣襄伯金濂方尚书刑部，初设奏议科，辟先生从事其中，且使二子师之。凡政之未允，狱之有疑，常与密议焉。例止得驿丞，先生固不乐，乃谢病归。十三年，闽寇邓茂七作乱，攻围延平。时金都御史张楷、参厉刘一陈三都督军以讨之，栝贼叶宗留咋诸途，陈都督败死。请济师，制诏宁阳侯陈懋，拜征夷将军，帅保定伯梁瑶、平江伯陈豫、都督同知范雄、都督佥事董兴、左右副参四将军，刑部尚书金濂参赞军务，大发兵往讨之。金尚书乃聘先生置幕下，凡筹防号令、调度赏罚文檄悉以委之。先生殚竭心膂，弥缝匡赞，知无不言。十四年春，师次建宁，而邓茂七先为延平官军所杀，余党推其兄邓伯孙为主，幕府议进取，诸将言人人殊。先生曰："闽地林丛深阻，山石硗确，曾不得方丈之平以托足。其势不可成列以趋，接轸以驱也。而贼窜伏草莽，伺间窃发。官军单行星散，首尾悬绝，卒然遇之，将坐致溃败矣。宜军便地为营，遣人四出招降。降者复纵令相招，明立赏格，能擒杀其党与斩敌同。其有负固不服者，然后进军剿之，诛其首恶，舍其胁从，其众可不攻自破矣。"幕府如先生策，多所擒斩，降者相继。衣冠之族污蔑于贼者，先生为之湔洗，全活甚众。有老人言，贼在尤溪山中欲降，宜遣人往，可抚而有也。众疑惮之，莫敢往，惟先生与千户龚遂奇毅然请往，率数骑入深山中，可五六十里。至老人家，或言老人亦贼也。遂奇恐，欲起去，先生不为动，徐呼老人谕以祸福，老人阖家叩头谢无有，且设草具。先生饮食，意气扬扬如平时，食竟，徐起，就马抵巢穴，尽降其众而还。是日，遂奇食几不能，正七箸道谢曰："某生长行伍，身经战者亡虑十数，常自谓天下健儿，今日乃为儒者服矣。"盖初发难时，凡不从贼者皆死。老人先从作贼，贼屡败，乃请降耳。又贼将张留孙，勇而健斗，自茂七起事常在行间，伯孙尤倚仗之。先生乃寓书留孙，告之逆顺，许其自新。使谍佯若误者，传致之伯孙，伯孙果疑留孙，杀之。由是贼将人人自疑，弃伯孙来降，伯孙竟败走被执，贼众遂散，闽地悉平。师还，幕府上功兵部。时新被兵难，用事者方大保护京师之功，格其赏，勿行。久之，始授沭阳典史。初，佥都御史王竑董漕事，而巡盐两淮监察御史陈纲，与竑不相下。扬州知府邱陵素为竑所厚，纲每以吏事责陵，辄举先生以为况。陵以愬于竑，竑衔之未发也。景泰四年，先生以漕行道中，竑令人录先生行橐，得白金三数钱，文致为民财。先生度不可与辩，引垢诬服，家人讼诸朝，事下法司谳。天顺元年更化，先生事白复官，因致仕归。先生年益高、德益邵、文益奇。四方求文者，日集其门，崖镌野刻，照映山泽。部使者、藩布、参宪、使副，时具书币，走吏卒候起居。先生往谢，则处以宾位，送迎必及门，儒者荣之。先生孝友诚恳，事亲色养备至。亲卒，身亲负土为坟，畚锸不去手，乡人义而助之。逾年坟高数尺，广千数百步，树皆成林。用古人族葬之法，令兄弟子孙，叙昭穆以葬，不限居之同异。曰："吾寡宗族，吾亲所生惟吾兄弟二人，吾何爱数尺之地，而令远吾亲乎？"苹川先庐火，迁居大桐村，先庙而后寝。尝疑朱子家礼四龛以西为上之说，循习唐制，非古礼也，乃为三龛，中祀所继之宗，而祖祢以昭穆处左右。门人问，先生曰："此固朱子意也。"其祭用古今礼。

先生天分绝人，书一过目则背诵如流，终身不忘。为文章未尝检书，一字不误。竟死聪明不变，灯下能蝇头细书。诗文数千篇，皆手自选录。其立意造语，往往出人所不到。学之者弊精苦思，终莫能近之。呜呼！天之降材也，得其全者寡。惟先生之修于身，行于时，传于后者，不专乎一，本末咸具，可谓茂德懿材矣。然以前跋后疐，与时相龃龉，竟弗克大究厥施，惜哉！将葬，有庠前数日死，哀孙赐既以是日葬先生及费孺人，且奉其父柩祔之。先生之祖农圃先生讳德行，其府君号耕凿讳复，观稼征士姓凌氏讳孟复，乃其外祖也。苹川里大桐村桐岗阡旧属嘉兴，今分为嘉善。疑舫亭寓居在邑中，好事者构屋名"借舫亭"，候其至迎居之。桐村牧者，盖仿太史公牛马走之说云。

龚遂奇，好学，善属文，居贫授徒自给。征闽回，口不言功，默默守故职，贫益甚。时睿皇帝北狩归，景帝尊为太上皇，居南宫。一时用事诸大臣，方倡与子之说。遂奇独草疏，请还政睿帝。未上而语泄，景帝大怒，下遂奇狱，将杀之。会赦，犹杖之几死，挛不能行者数年。睿帝复辟，始授指挥佥事云。

墓版文

亡姑张烈妇墓版文

烈妇讳慕贞，姓史氏，我祖考溪隐府君之长女也。溪隐讳晟，娶黄氏。烈妇长嫁里中张俊，俊之父誉，誉父孝安，皆有名乡曲。誉为府从事，终考京师。当得官，以不乐仕进，丁忧归。服阕，不肯起。为人所讼，时法禁甚重，誉乃逃奔京师，郡县械俊兄弟往代誉。会赦得释，俊归，死邳州道中，从者火其尸，负函骨归。烈妇号恸，气欲绝者，一昼夜始苏，即恶衣丑形，以死自誓。于时年始二十六也。其二子，长曰安，六岁，次曰宁，才三周，皆抚教之以成。安改名埙，宁改名篪，为娶而生子矣。篪寻瘵，埙溺水，相继死。又为教其孤孙男女凡六人，悉婚嫁之。孤苦劳瘁，自少至老，未尝少宁。家空业殚，所居不蔽风雨，而坚确之志，洁白之操，始终不渝。岁大饥，某尝欲迎养。烈妇曰："我张氏老妇也，分死于是，他非所知也。"卒不许，君子以为知礼。成化二十年丁未，以疾卒，年七十五。其孙麟卜以十二月壬午葬大陈原张氏墓中，从俊之兆。呜呼！某少失母，族亲无怜者，惟烈妇哀之，恩勤鬻闵，有同其子。而顽鄙无状，见弃于人，力不能致吾姑之节，以白于世，痛其有穷耶！遂濡血以书其酷，不能为之辞。

诔

渊孝先生诔

维年月日，东原先生杜氏，卒于吴郡之乐圃里第，旋殡于如意堂之西阶。明年夏四月乙酉，将葬于横山，礼也。缙绅大夫与夫及门之士，佥以为贤者死有易名，今先生学问精深，至行纯备，有合谥典，私谥曰"渊孝先生"。后学史某为作诔，曰：

唐尧禅舜，受命于天叶。惟彼胤子，遂为虞宾。世有明德，启其后人。
流衍日滋，族姓振振。笃生刘累，天畀多知。学于豢龙，能求欲嗜。
乘龙在夏，资之饮食。夏后嘉之，御龙赐氏。以更豕韦，传国历世。
自商徂周，又更为唐。成王灭之，邦族散亡。迁封于杜，绝而复昌。
赫赫杜伯，岿然允臧。保姓受氏，以守宗祊。世不绝祀，于后益光。

光之伊何，代有明哲。汉晋扬声，唐宋滋烈。立宣定策，平吴杖节。
少陵诗史，睢阳相业叶。族大以繁，枝分派别。君之高祖，自蜀来吴。
安其土俗，登此版图。曰曾曰祖，爰处爰居。谨厚自修，保族宜家。
伊君显考，洵美且都。才与德称，名与行符。省弟南都，奄忽告殂。
君生甫月，其泣呱呱。母氏圣善，守节字孤。猗欤夫子，年弱体孱。
譬彼泉水，原出于山。越涧度壑，冲濑激湍。小受大归，始克成川。
颖悟之名，著自髫龀。如珠在渊，如玉在韫。明润内含，光耀外隐。
稚不好弄，乃克务敏。务敏维何，笃于求师。处端始造，孟功继之。
晚从嗣初，究厥指归。抉隐探赜，钩深摘微。其进不已，其得不訾。
融会贯通，萃而为资。发为文章，浩浩穰穰。大包邱壑，细析毫芒。
声诗可咏，金石琅琅。不务绮丽，乃在和平叶。博综材艺，谙悉旧章。
画宗气韵，书究偏旁。孝友之性，本乎天赋。痛父早亡，终天永慕。
慨想容仪，宛然如睹。念母劬劳，孝养备具。家虽屡空，羞无不饫。
和气婉容，依依若孺。德尊行隆，蔚为儒宗。讲授于乡，以开群蒙。
从者日多，来自远方叶。屦满户外，席交室中。礼容秩秩，德音渢渢。
太守下车，求贤是崇。闻君才名，谓世无双。将献天子，以登以庸。
君拜稽首，告于太守。守实过听，我躬何有。无实而尸，惧悉我后。
守诚爱德，小人有母。保孤嗣宗，为德孔厚。守能白之，死且不朽。
守曰为政，风教是图叶。矧兹节义，为训实多。有子如此，何可灭磨。
拜疏上陈，帝命乃嘉叶。肇锡嘉名，用表厥家叶。龙光有赫，川泽增华叶。
性乐山水，甚于渴饥。鹿冠猤猤，野服是宜。跻险造幽，乐以忘疲。
葺宇竹间，命名延绿。朝晖成阴，夕霏满目。于焉逍遥，以写心曲。
甲午之岁，君年及耆。仲子请举，隽于有司。谒省告归，将与计偕叶。
君胡遘疾，运极在兹。山颓木坏，吉往会来叶。呜呼哀哉。邦无老成，
后生失援。吊者塞途，挥泪如霰。大夫视敛，操文致奠。好德考终，
于何闻见。谥以实称，传无虚撰。呜呼哀哉。吾与夫子，人品固殊。
辱视忘年，不尊自居。屈已下交，屡枉吾庐。周旋恳款，奖誉吹嘘。
畴昔有言，吾衰子少。人寿几何，莫忘久要。士感知己，此恩未报。
如何啸歌，竟成悲嘂。呜呼哀哉。横山之麓，筮人告从叶，日吉辰良，
丧柩启行叶。悲风凄急，飞鸟翩翾。送者雨泣，白骥哀鸣叶。嗟嗟夫子，
永安斯藏。视不见形，呼不闻声叶。人孰无死，身名永丧。嗟嗟夫子，
其有不亡。呜呼哀哉。

十一世孙　积厚　校字

卷八

墓志铭

张子静墓志铭

成化二十二年十一月十日，吴兴张先生卒，年五十八。明年正月二十日葬为字原。其尝所往来松陵史某为志与铭，门人史铎买石而刻之。

志曰：先生姓张氏，名渊，字子静，归安人也。曾祖明二，祖秀一，父恭二，世力耕稼。恭二娶沈氏，生先生。自幼喜读书，年十四五即抗颜为里中童子师，里中童子皆畏敬之如严师。久之，有浮屠氏请先生教其徒郡中。时邱大祐、唐惟勤方倡为诗，先生时质所业，劲果踔绝，往往出流辈上。大祐亟称于人曰："张渊之进日以加，吾未见其止也。"惟勤亦曰："子静之才，如骤骥绝尘，奋迅腾跃，殆不可控御。"先生益自刻励，探隐摘微，抉嵬拾琐居蓄委积，无所不有。然后引而伸之，大放于辞，云蒸川涌，翕张敛散，激射旋转，殊形异态，层见叠出，观者心颤目慑，不能言其状。先生之于诗，可谓进乎技矣。郡中有富人，以财自雄，慕先生名，觊一至门为荣，数遣客钩致，先生谢不往。富人乃取便过先生家，先生又不往。最后梁参议以阁复诗集为名，强先生往取之，而先生不得已，始为一往，然非其志也。先生长髯秀目，仪貌朴野，吴吴作湖语，见者未之奇。及其微酣发兴，以手拄颊睁，目直视，且思且草，俄盈十数纸，人始叹服。其见人文章，议论有概于心者，则感激流涕，或至抗声恸哭，世以比之唐衢云。

初娶朱氏，生子曰鼎。再娶徐氏，生子曰彝、曰卣。初，先生尝梦东坡，性又嗜坡诗，故号梦鹤。杜用嘉更为梦坡，从用嘉言。晚年挈幼稚徙乌程水北，又号水北村农。呜呼！先生奋自农晦，家无一札，卒能崛起，成一家之言，名盖郡邑，蔚为儒宗，岂非所谓豪杰士欤？铭曰：河之兮活活，土之封兮闭闭兮。其上暴然其下阙，嗟哉张君閟斯穴，更千万年亡尔拨。

沈希明墓志铭

沈先生，吴人也。性嗜学，于书无所不读，尤长于《易》及老、庄、周列御寇之言，纵横钩贯，泛滥浸渍，大得也。其性静，其志专，其行洁。性静，故居四通五达之逵，望其门悄然，履其庭寂然，上其堂阒如在山泽也。志专，故自壮至老守道弥笃，不惑志于富贵，不改节于贫贱，不吝情于去就。其介然之分，确乎不移也。行洁，故一介之利不以取诸人，一力之役不以烦诸人。人请教子弟则往，世道之升降，物理之变迁，人事之得失，若决江疏河而注之海，滔滔汩汩，莫有终极也。中岁常用荐者言，起试礼部，一不利即归，杜门不复肯出，市人罕识之。惟乡先生少詹事刘文恭、太仆少卿李贞伯、南安守汝行敏、陈留令王抑夫、布衣杜用嘉、贺美之时与交往。初，先生遇秦僧慈济，授禄命及飞白术，秘其书不肯示人。间与一二知者衍其说，自以为天下之人莫能逾。其禄命曰：格局格之数三百有六十，局之数万有一千五百二十。格有相同，局人人异。且世运无穷，造化迭变，前乎甲子之一周，后乎甲子之一周，其间干支虽同，寿夭、富贵、贫贱不同也。而今之术者，以一定之说概之，宜其不验矣。余之所谓八字者，元会运世年月日时也，非世人所谓八字也。曰五星自唐一行创为十三家之言，其应各有。时在唐为历象，在五代为辘轳，在宋为殿驾，南渡为乔奥，在为邪律，在国朝为空实，往者如彼，来者可知也。其飞白曰定位，曰飞流，曰直殿，曰交会，得此失彼，未为全利也。若吉凶参焉，则以其要者为用，舍世之所行，惟绍兴数即定位耳，其三者无闻焉，此其大较也。其它因事征验，触类引喻，更千数百条，辞多不能尽纪。弘治六年，先生年七十七，正旦忽谓妻子曰："吾将死矣。"问其故，不答。至三月，尽焚所秘书，囊其灰，投横泽水中。五月病作，预克死日，曰："我必以乙卯日寅时死。"既而果然。

先生讳希明，父讳彦中，母某氏。初娶周氏，生子一曰孟，母子皆前死。再娶邱氏，生二子曰雍、曰泰。以某年月日葬先生于太平乡梅家湾先茔。其门人都穆哀师之道不行，恐死遂泯灭无闻，买石请铭于史某。某最为知先生，且数接其言论者也。

铭曰：衡门卑栖，其蓄不訾。从者如云，虚往实归。先生已矣，人将谁谘？太虚冥冥，不死者神。招之或来，莫闻其言。我铭无愧，以告后人。

李梦阳墓志铭

李之姓有二，一出唐虞理官皋陶后，为理氏。至商，有名微者，改理为李。一出周柱下史老聃，生李下，因氏之，皆其始也。三代以下，氏族之法废，二氏漫不可别。历秦汉、三国、晋、南北朝至隋，代有显官令人要尽其后也。唐有天下，李氏为最盛。然降将叛臣，往往赐姓以怀柔之。由是李姓遂大乱，君之始，莫详其所自出。元时，有秉彝者，为国子学录，居松陵澄源乡。子孙至今居之，此君之先也。曾祖九成，祖仲圭，咸隐于农。无广厦以居，无高赀以雄于人，然邑中推为衣冠故家。大姓富人其赀出李氏上远甚，至论列家世，则第其下莫敢望。君讳熊吉，端重静默，诚敬孝友称其家。不幸以成化十年九月丙辰,年三十九卒。九族之亲,与夫友而姻者来吊,哭皆失声。识不识,有语及君者,皆为流涕。呜呼!君可谓善人矣。天乎何不稍与之寿,而使其至此极也。为之父者,老而不逮养,为之子者,幼而不得教,穷天下之悲,而莫与为伍也。且世俗之说,以为寿夭、富贵、贫贱,皆善恶所致。嗟夫!君岂有不善哉。又自其先世以来,率修身谨行,非有势位气力可以驱迫人,而君卒止此,非命也。夫昔刘虞恭己爱民,卒为公孙瓒所败,缚日中曰:"天苟雨,吾不杀尔。"天竟不为雨。姚苌以臣叛君,苻坚亲往攻之,绝其汲道,而天雨营中。由此观之,谓天道有耶无耶?此皆理之不可晓者。或者又以坚杀苌兄,苌复其仇,故天佑之。然则虞何为不道,瓒复何仇耶?此又理之不可晓者。至若耳目所闻见,有蹈道依仁,与物无竞而罹横夭,或穷困至死不振者,比比皆是。其或奸回诈险、嗜利无厌、流毒殃民者,反贵寿富盛,其故何哉?然君子期于尽其在我,终不以此易彼也。

君父廷芳,母计氏,配钱氏。子二,曰来复,七岁;曰来宾,才四周。以明年二月甲申,葬天字原仲圭君兆右。君初字伯阳,尝以为雷于柱下史,将改而卒。其妹婿史某追成君志,请易之为梦阳,又买石而纳诸墓。铭曰:为恶而寿,谓天匪明。为善而夭,于君何伤。我铭不私,尚永无亡。

亡妻李孺人墓志铭

亡妻姓李氏讳桂清,吴江人也。五世祖秉彝,仕元国子学录。曾大父九成,大父仲圭,父廷芳,母计氏。李故邑中名族,吾妻生又与某同岁。我显考桂轩府君,显妣凌孺人,为某聘之。既纳币而孺人殁,两家持成约不变。某免丧,受醮于庙,往迎诸李氏以归。端静柔懿,谦约畏谨,罔有过失。居先君丧,义不顾私。讫三载,始归宁父母,尝以不逮养先姑为恨,故礼姑之家特加厚焉,凡岁时问遗,俾李氏悉后之,不得与为比。某所交多当世知名士,每相过从,笑语穷日夜不止,供给不问有无,吾妻尝极力营办,僮仆颇厌苦之,辄戒曰:"凡人鲜不有所好,第主君能好此,视他好不既多乎?"家小大事,必以咨某,未尝自决。一钱尺帛,不妄有所与所亲。或讥病之,谢曰:"专擅非妇人事也。"成化十二年二月十日,暴得疾,不能言,惟引首触子妇身。是日某偶他出归,张目注视,泪涔涔弗收。群医袖手莫能疗。又三日瞑,年仅四十三。某哭之恸。初吾妻弗娠,先君为嗣续忧,命某卜妾,得萧氏。吾妻能惠无妒心,生二男一女,男曰永锡、永龄,女归吴銮。呜呼!吾妻与某同忧患服劳苦者二十有七年,今衣食粗给,男婚女嫁,亦抱孙矣,而竟以夭死,可痛也!夫天未悔祸,我继祖母苏孺人又卒。衔哀茹毒,杖而将事。故吾妻之葬也缓。明年九月二十日，始克葬于小旬原，虚其左以俟祔。铭曰：坤道顺，妇道从。使有闻，家乃凶。繄尔德，靖且恭。在中馈，维女红。胡夭札，寿止斯。子失母，夫失妻。坎以藏，掩纂梩。尚永世，无害菑叶。

亡妾叔萧氏墓志铭

某之亡妾叔萧氏，名兰徽，同邑黎川人。父曰宗，母陆氏，初，某妻伯李氏无子，某以先君之命，内叔萧焉。生子二，永锡、永龄；女子一，嫁吴銮。伯李卒，摄内事者十有八年。弘治六年八月乙亥日，病以死，年六十三。明年十二月壬申，葬翳字圩之原。叔萧性柔婉，精女红，事舅姑及女君无违礼，舅姑亲之如嫡焉，女君亲之如娣焉，爱敬交尽，讫无间言。女君卒后，其礼女君之党逾已亲，丧焉哭之，婚焉相之，乏焉赒之。虽政自某出，然由其先意而启，临事而赞，不靳费，不后时。某获免忘故妻之诮，叔萧之助也。故卒之日，女君之党哭之如已亲。而其子复悲思嫡母之亡虐，识者有以知二妇矣，其他可推也。其待二子若子之妻子，礼秩如一，爱憎无偏，宗姻每举以为况。前数年，予家毁于火，亡片瓦尺椽之庇。叔萧相予，弘济于艰难拮据，卒瘏，未尝自宁。今幸窭就绪，而死不克享。悲夫！自始死至于葬，使其子主之，礼也。不讣于友，非伉俪也，不反哭于祖，弗与祭也。不祔于祖姑，祀别室也。子之丧十五月而禫，既禫而除，屈于尊也，犹持心丧，伸其私也。铭曰：女妇之德，无闻斯贤。矧为人妾，处之犹艰。宠则为孽，疏则致愬。若叔萧者，卑以下人，慈以畜已。得夫以为家，有子以为侣。斯焉永藏，其尚何僾。

石桥居士史君墓志铭

史氏之孤端将以弘治三年十二月庚申，合葬其显祖考石桥居士、显祖妣伯嬴孺人于大洛原。某书石以志之，辞曰：居士讳昂字公望，吴江范隅乡石桥里人。父曰廷用，由学宫弟子员贡礼部，入太学，历事秋官，选知桂阳县。县故多豪，有朱楚达者，其魁也，群党更数十家羽翼之，奸禁乱法，倔强深山中，吏莫敢闯其门，县务废不治。前长吏往往坐罪去，而豪益骄扬自如。桂阳君廉知楚达当过近郊，伏吏卒拥之至。楚达犹抗倨庭中，桂阳君手捽之，踣，鞭扑乱下，并擒其助乱者五六人，悉死于杖下。由是桂阳始可理。然其党怀怒伺间，竟缚桂阳君至京师。时方厉缚官之禁，群凶十余人，悉论戍辽左，犹免桂阳君为庶人。桂阳君生七子，居士其仲也。当家破产析之后，躬节俭，务耕织，兼废举家用，再起为上，农时斥羡余葺垣屋，具器用，有衣冠家故习，人谓桂阳君为有子。成化十八年三月癸巳，寿八十四而卒。伯嬴氏，黎川里人。秦弘毅之女，弘毅秦王府审理正，弘昭旧同桂阳君游学，故伯嬴归史氏，甚宜其家，先一年卒，寿七十八。生四男一女，男曰俊、杰、英、雄，女有归，皆前死，惟一庶女在。孙男女十三人。端，俊子也。某与居士同姓而异出，桂阳君之姑，嫁黄氏、生子中，某之显祖妣中女也。故先君子舅，居士而端视余以兄。铭其可辞耶？系曰：丰不终，斯渥凶。节有卒，乃贞吉。微兮妙兮，贤者效兮，不肖者诮兮。

二殇孙墓志铭

二殇皆予孙也，仲曰曾大，叔曰曾立。成化十八年冬，皆病疹以死。于时大生六年矣，立后其生一年而先病，十九日死。予哭之伤心。大为人顾首秀目，惟沉静寡言笑，未死前六月，忽自诣乡先生学，授之书与字，皆能记。立则广额大口丰下，爽朗解人意。尝抱置膝上教以诗，辄随口成诵。意其长，皆可教之以成，今不幸尽夭。可惜也已！可惜也已！初，六安卫经历顾永芳善相人，漵浦军士胡日章妙禄命术，余以二孙叩之，顾曰："大也夭，立也寿。立也顶骨有异，必然亢而宗。"胡之言则反是。呜呼？今已矣。岂祸福无定，言祥者不雠，言不祥竟雠耶？抑余之不淑，致夭及兹耶？抑史氏之不振，天故弱其后耶？是皆不可知也。是年十一月廿六日，予帅其父曰永锡者，葬于小旬原祖墓北三步之外，东上南首。刻砖而铭，铭曰：岁丁酉，大实苗。维戊戌，立乃达。壬寅冬，胡尽夺。孟月廿，弟先折。仲月十，兄复灭。小旬原，葬并穴。

处士朱君墓志铭

君讳忠，字思诚，姓朱氏。其先吴江同里人也。大父福，洪武中徙居嘉兴思贤乡。宣德五年，割思贤乡等数乡为秀水，今为秀水人。父达，务本业致富，长其乡税。娶翁氏，生二子，君其长也。甫弱冠，见其父以税殿被笞，即流涕走县官，白以身代。民闻咸奋曰："不可累吾孝子。"襁属以输不绝，税入更居最。初，浙右多豪猾，尚兼并，苟利人田宅子女，则百计图之，必得乃已，至有杀人者。郡县多为所饵，阳黜而阴纵之，民死醢舌，莫敢吐一语。根盘蔓缭，牢不可解。君独以非义不为，其侪辈皆笑之。俄有闻于上。上怒，诏遣大理卿熊公偕中使来按民。前被虐取者，多自枝以讼，熊公悉草薙而株送之，重者戮死收其帑，轻者犹谪戍边。君管内以君故，讫无一人讼者，独得免于祸。家人辈窃相谓曰："微乃公，吾属尽坐死矣。"君平生事父母孝，能不违其志，虽白首犹嬉嬉如孺子。父母卒，号哭不舍昼夜，闻者莫不洒泣。妻殁后十年，方继，士论尤多之。成化辛卯十二月二日以疾卒，春秋八十。初娶同邑张完女，前君四十六年死。生一子，廷瓛；女二，长归先君为继室，次赘张堃。再娶吴江孟盛女，后君二年殁。君天性整洁，终日衣冠而坐。如见宾客，汛扫室内外，一尘不生。朋游饮宴，岁时问遗，宁厚无薄，未尝计家有无，其视财利漠如也，或推与人不惜，家用是颇落。有张某者，贷人百金，蕲得君一言成要约。后其人负约不偿，君代之偿。昆弟或相怨尤，君笑曰："是诚在我也。"遇之如初。廷瓛卜以卒后五年丙申二月十日葬君于中李原张孺人墓中，而祔孟孺人于左，命其子源来请某铭。某义居君外孙，分卑而无文辞，不敢铭。继母曰："礼虽不为吾党服，然详我父行业者汝也，汝其毋庸辞！"乃不果辞。既为之志，又曰："人竞取以为多，君独少也。彼凶于其家居何切，尔宗克保也。世无渊明徒居何切往行莫能道也。"

鸿村居士张氏墓志铭

张氏之孤曰渊，将葬其父，泣告于尝所往来史某曰："呜呼！先君不逮养而卒也。不肖孤渊，不敢称述先德。惟是窀穸之事，宜有刻。敢以累吾子。"又泣曰："昔吾祖困于役，庾死狱中，家破，先君无一椽之居，一金之产，伥伥皇皇，拮据勤勋，积四十余年，乃克所以盖覆。其子若孙者，无所不尽其心。今则已矣。吾子名能文辞，且辱与渊友，其赐之铭，是先君得不朽之托，亦少逭孤渊不孝于万一也。"某以为近世吴兴诗人，惟渊最晚出。君子以其言雅驯，一时作者莫能及，是居士为有子矣。斯可铭，遂叙而铭之。叙曰：居士讳恭二，归安县泰原乡后巷里人。晚家鸿村，人称为鸿村居士。讳明二者其祖，讳秀一者其父，姓朱氏者其母。成化十二年十二月十八日卒，年八十一。妻沈氏，先二十有七年卒。居士不再娶，故其子无继母。子男一，即请铭者，女一，孙男三。葬为字原，用明年十一月十六日。铭曰：呜呼！居士其生也难，其成也难。有子有年，铭以永传。

何以高墓志铭

成化十有一年岁乙未冬十二月戊戌，金村岳家山之原。后阅月，友人松陵史某始闻君之讣，既为位哭，亟使人以币走吊。何氏且寓书，告于府军卫千户姚世昌曰："以高吾子之友也，今不幸死。其子幼，未能乞铭，敢以累吾子。"又曰："凡今之得铭于墓者，率多有势力之家，其贫而与无后者，盖也。夫以高之贤而不获铭，使天下后世无知以高者，吾党之责也。吾子苟出而图诸是，不惟以高之为，亦以为吾党说也。"越十年，某克走金陵，访而问焉。见其二子，曰瑭与琳者。瑭之言曰："吾父死时，瑭生九年矣。尚能记其执瑭手泣曰：为吾谢史君，不可复见也矣。"问其居曰："贫不能存，已售诸人矣。"问其墓曰："邱木为族人所斩矣，墓田为他人所夺矣。"呜呼！生不能周其困，丧不能致其哀，殁不能恤其孤，吾负吾友矣。夫乃从瑭录其族世名字，买石而志其墓。辞曰：何氏之先江都人，有讳海者，以间右卫南京，寻调北京。而其子讳清者，实从焉。今有为府军卫指挥，其孙也。清之弟讳信者，留家南京，是生君。君讳昂，以高其字也。性聪敏，好读书。初事举子业，寻弃去。学为诗，造语清丽。嗜酒，善音，酒酣，悲歌慷慨，旁若无人。家素多财，尝懋迁江湖间。所至与其贤豪相征逐，啸咏穷日夜不厌。父卒，君不能自出，畀所亲往贾，而共其利。信而不疑，不与较盈缩，故所资日损。晚年度不自振，益肆意纵敖酒馆间以取适，遂成疾以死，寿五十二。配石氏，无子，先君卒。而妾产子男，即瑭、琳。女长嫁冯玉，留守后卫千户，次尚幼。姚世昌讳福，一字天锡，于时号能古文，与以高交最厚，以高死后亦死，故不克铭。今年乙巳，实二十有一年云。系曰：学不求仕，资以为诗，贾不竞余，乃丧其持。得则为誉，失则取讥。嗟哉何君，竟藏于斯。

吴廷贵妻董氏墓志铭

董氏其先吴兴人，世传其家有十丈梅，当宋高宗居德寿宫，日，尝候其华，辄驾幸视之，故号曰梅林董云。国朝永乐间，梅林之后，有字廷章者，赘吴江钱氏为之婿，遂为吴江人，硕人考妣也。硕人讳如玉，嫁为同邑吴廷贵妻，性慈孝贞静，事舅姑无违礼。婢使小有过差，未尝笞之。其声气笑言，不闻屏帏。吴氏方聚居，群从兄弟十数人，一时娣姒多出诸大家，咸以侈丽相尚，钱与董又富倾邑中，而硕人泊然无好。其被于首、服于身者，皆嫁时所具，不少益也。廷贵性喜客，馈赠饮燕，务过于厚。家或不足，至贷给之。其季中书舍人朝用，久宦不归。诸女之既嫁者，凡岁时问遗暨吉凶庆吊，廷贵率顾恤之如己女，硕人相之无难色。朝用丧其妻，京师书来，欲廷贵往商家事。廷贵为之往，以疾卒。硕人惟恸哭，而己无怨言。婚嫁诸子女，以家有无，大小适称，无私厚。成化二十三年九月二十四日以疾卒，年五十五。生四男、四女，男曰铭、曰钊、曰铖、曰鉄。女长三人，皆有归，其幼未嫁而殇。孙男四人，孙女七人。将葬，铭来请铭。予惟世之女归专恣者，往往逞其才辨，蕲自表见。虽其夫与子共存，皆莫能制之。故有接宾客、纵燕游、洎僮仆以为能，殊不自知其非。使闻硕人之风，宜若少愧矣。然有见而不悛者，独何人哉？则硕人之贤，其可不铭之以警若所为者，是为铭。铭曰：维成化二十三年，其岁丁未，其月癸丑，其日壬申。哀子铭奉其母董氏之柩，祔于父吴廷贵之墓，乡曰范隅，川曰韭溪，原曰亢字。既宁且利，以永昌于世世。

殇孙曾懋铭

维史之先太史后，命氏以官去上久。其迁吴江自仁叟，禾水之阴世相保。有永龄兮沈为妇，子生命名曰曾懋叶上声。弘治八年岁在卯，生始四周疹斯咎，六月癸亥尔其夭。小旬之原祖墓道，殡于归安墓之右。明年三月日丁卯，葬从先人厥南首。生不寿兮死速朽，铭以藏之庶知有。

行状

曾祖考清远府君行状

府君姓史氏，讳仲彬，字文质，清远其号也。远祖崇，以功封溧阳侯，遂家溧阳。传世二十有一，而清河令讳惟肖，徙终南。又七传，而翰林集贤院学士讳怀则，始迁吴中，为嘉兴县思贤乡人。族贵而蕃，里中数十百家不间他姓，人谓之史家村。

元季有黄翁者，居吴江范隅乡穆溪里。史与黄虽异府县，然其居皆在两境上，往来甚密。黄无子，止一女，故南斋府君以仲子婿焉，实东轩府君也。入国朝，占籍吴江，遂为吴江人。而嘉兴今亦分为秀水矣。东轩生清远府君。

府君幼佚宕不羁，任侠行权，喜趋人之急。洪武中，法制未定，贪纵者多剠民以自润，民怨苦之。府君因民之欲，与诸少年缚其魁献阙下，敷奏详敏，天子嘉之，为戮其罪人。特赐食与钞，给驿舟传归于家。远近称快，而豪猾始敛手，不敢为非矣。东轩公忧之，曰："我家世醇厚，汝所为若是，非史氏之福也。"府君谢曰："儿幼尚气耳，长当悛也。"亡几，忽谢遣故所与游者，改行自励，务为恭谨。每出入遇人，无贵贱必先下之。以俭自持，常时一钱尺帛不妄用。至所当为，虽甚费不靳也。用能以力田起家，甲其乡，推择为税长。

时连岁水旱，加以军兴，调发剧甚，民敝，或逃去。田多污莱，税不入，往往累及长。府君曰："田不辟而望税之人，得乎？"故所设施，一以农事为本。又以为农出于人力，务爱养之，使其不挠，庶得尽力焉。乃约束管内自己以下，不得取民毫毛利。民多感悦，转相告语，流亡复归。当春，则令田甲检视耕垦，五日一具报。躬自考课，有未辟者，则召其人诘责之。若缺农器及人力种子，则赒助之。更谕亲戚假贷之，计亩至秋责偿。或惰慢不肃，则杖而徇于众。由是人相劝戒，垦田大增。府君又劳来不倦，为相视原隰所宜，指授种树之法，粪治之方，敛获之节，秋果倍收。民皆有余，税入居最。县官誉之荐之，为下其法诸乡。终洪武之世，治水诸使行县，则推使居前应对。遇有干生民利病，必反覆申论之，不以威惕而止。

洪熙初，诏天下户绝而田芜者除其额，许民自垦又薄税之。然法令重，失实者，官与长连坐死，胥吏辈舞文，要求百端，诈者又持短长，以快其私。他人摇手触禁不敢报，府君独慨然曰："此天子德意也，可惧祸以殃民乎？"遂条上，奏可，得减税若干，府君家无私焉，老幼泣谢，曰："微公，吾属不沾上赐矣。"有黠民当运粮，负其才力，百计求赂，冀一脱。府君执不许，其人愤且耻，乃诬府君不法事。台下御史治，会御史当代任，逮府君下狱，不即治，府君竟死。后御史至，辩所告事无纤毫实，即坐告者以死，府君冤始白。府君沉厚寡言，人不见其喜愠时。临事不计利害，惟义之趋。居家孝友，待人不欺，人亦乐为之输诚。重然诺，自结发至老死未尝食言。

春秋六十有七，卒之日，宣德二年三月十日也。配孺人沈氏，讳淑宁，澄源乡上沈村沈德载女，少府君一岁生。择对不嫁，年二十始嫁。相府君大其家，后三载卒，合葬于小旬原。子五人，晟、旻、昊、昌、昂。孙十有一人。先君珩居长嫡，府君尝曰："在礼，嫡庶异礼秩，吾当推行之一家。"故析产，俾诸子不得与长子齿。且曰："后世子孙守此家法，毋废也。"

呜呼！府君之所以劬宗睦后，保我子孙于长久。而墓上之石，未有刻辞，盖将有待也。今诸祖、诸父妲谢略尽，鑑属当府君小宗之继，而不肖无似，不能以致显扬，使有闻于时。追维先德之在人，犹耿耿未泯。虽不逮事以考德论业，然内侍家庭，外询故老，亦略备矣。用敢状其万一，托立言君子以图其不朽焉。

成化十五年三月，曾孙男鑑谨状。

先考友桂府君行状

先考讳珩，字廷贵，姓史氏，号友桂，人或称桂轩。居吴郡松陵邑范隅乡穆溪里。濒溪多黄姓，故又为黄溪里。其先世居浙之嘉兴，自东轩府君馆甥于黄，遂为黄溪人。至清远府君力田起家为税长，义不倍取，治税如治家，事名籍甚。生五子，溪隐府君冢嫡也。性至孝，不渝先志，家事又甚理。先君幼端重，静默不事事，咸目以不慧。清远独奇爱之，尝抱置膝上，夸谓客曰："他日佳器也，第吾不及见耳。"濒终析产，诸子命不得与长子齿，意欲以次传及之，且曰："后世守此法毋变也。"

十岁，母黄氏殁，祖母躬抚之。稍长，崭然露头角，出语惊人。甫冠，即代父在官。时郡县多逋负，朝廷遣使督之，员众，馆传不能容，散处祠寺中，悉满，供廪日靡不赀。邑又当要冲，道过者无宁日，求索不问有无，咸取办于长，长复箕敛民以应，不宁厥居，往往遁去，税入愈不充。督者继至，吏卒手文檄，日叫嚣道路间，逮捕盈狱，凡为长，多家破。先君善应之，无滞事，亦无病民，家得免于毁。邑长贰曰："彬有孙矣。"推继为长，不贷豪猾，苟犯约，必痛治绳削乃已。至细贫，则时有纵舍，未始肯猎民毫毛利。民故畏其严，怀其恕，而服其廉，争如期集税，为一邑最。居久之，竟谢免。强起之，讫不肯就。尚书比部谢郎中巡抚东南，尝召问利病。先君条对甚悉。因访以学，以不学辞。曰："汝富家子年少，今不学何待？"先君闻语，痛自励，日取诸书课读，虽甚冗不废。从明师相质问，凡有关伦理，则默识，思践行之，饰章绘句之习，一不加之意也。又善记，《资治通鉴》论上下数千年间治乱贤不肖，如指诸掌。

初溪隐尝作祠堂，甫成而卒。先君考礼作祭器，务合乎古不详备不止。将有事得日，则宿其族人昆弟。临事，爨濯必亲视，鼎器必亲馔，羹胾菹醢必亲荐，恝而信，如见其所祭者。卒事，会馂献酬毕，各就位，爵行无算，尽欢乃罢。或一事不尽，则不怿累日。择铨字围常稔田八十余亩，以供祀事。既征文示子孙，又定约若干条并刻石祠下。大抵以严嫡庶，尽诚敬，务丰洁为教。尤恳恳于怠忘之戒，辟家塾，延周伯器、夏原善主之，命鉴从之游。里中来学者不计也。二女兄蚤寡，家业复凋谢，姻亲无一闯其门。先君抚成诸甥，于凌氏甥尤加意焉，为之冠、为之娶、为之田、为之室庐，盖张氏甥稍自树也。重然诺，苟一语出口，虽百费不为惜。或讥笑之，曰："财可得，信不可失也。"尝与人期，将行，适贵客至，行则傲客，弗行则失期。曰："吾岂可负成约乎！"讫谢客以行。尚气敢言，遇可言处，虽王公大人不为屈。人有过，面数之，至颈赤毛竖不少怨，然不评以私，故人亦不甚怨。闾里间交恶者，咸来诣先君。先君出片言决之即定。其用心平持论公，好恶无所偏，一以义为准，不期服人而人自服之。故不为义者每相谓曰："史桂轩得毋知之乎，知之将不直我乎。"士有挟一艺者造门，识不识皆宾礼，使人人得尽其情。其学行名海内者，尤慕之如饥渴，随所至折节下之，不敢以年望故骄士。士以此益亲附之，故先君名得士。酷不信佛老巫觋斥绝之，使裹足不入门。尤嫉堪舆家言，以为兴废、贵贱夭寿，天也，岂术所能移。初，祔葬母于姑侧，及葬溪隐将迁柩合葬，议者谓不利后人，譬止之。先君一不听，曰："吾得朝合葬父母，即夕死无憾矣！利不利勿论也。"尝作亭道旁，买田具浆茗饮道喝者，为棺椁以葬贫者。不喜饮，而喜宾客至，客至，无不留。或三日客不至，则怅然如有所失。有吴某者，尝坐事亡，抵先君，众为之惧。先君曰："其兄吾友也，苟事觉，吾当连坐。"卒脱之于死，竟不一诣谢。众为怒，先君曰："吾岂责报哉。"遇之如初。邻郡无赖者数辈，日凌轹吾土，辄飞文以诬，得贿则已，与较，则连结奸吏为夤缘，多不得直。遂大为奸利，奴视吾人，指取所欲，得如己有。先君屡使人谕之，自若也，度不惩艾不已，遂白诸官，咸伏法。父老泣谢曰："微君，吾属尽矣。"邑大夫闻先君名，屡招赴乡饮。辞曰："齿与德俱未，奚可哉？"卒不赴。邑大夫屡虚其席。岁大祲，出粟七千石以实边及赈饥。天子嘉之，赐之命服，仍诏有司旌其门曰"尚义"。先君拜命退避，若不敢当。一日，忽为书召尝所往来者与饮，告以付家事于鑑。鑑泣涕辞，不许。众为鑑固辞。先君曰："当容我以娱老，遂不敢辞。"自是日婆娑于宜晚楼中，不复问人间事，琴诗自娱。甫一年，忽得疾，疾三日，家人祷，不使知。先君微闻，曰："我未死，汝曹遂欲坏家法耶！死生命也，鬼神何心哉？"又六日瞑，成化丁亥六月七日，上距其生之年永乐甲午四月十日，寿五十四。先是，与数客避暑瞻绿亭，各赋诗刻竹上。客有张子静者，末二句云："白发侵侵人易老，南风亭馆几回来。"先君叹赏，以为有理。讽咏至再三，客去，疾作，竟不复一登，不虞其为谶也。未五十时，已预治后事，棺椁、衣衾之属无不具。至是盛暑中，得以敛吊者，皆叹其识之过人。

　　先君修髯长身，风度凝远，每出入道路，咸指目之，其胸次豁如也。内外一致，不谄笑，不作媚人语，不匿情饰貌待人。不欺人，亦不能欺，不干人以私，人亦不可干以私也。家众数千指，一以至公驭之，赏当其功，罚当其过，信任当其才。无甚爱，亦无甚憎者，垣屋什器不苟作，作必工致朴古。下至草木几格、食饮器，亦斩斩中绳墨。虽有疾，衣冠见人，坐立整如也。初娶张氏，即先妣，同邑烂溪里人，本凌姓，今太常卿信从姊也。因大父霄婿张氏，父昱冒焉。永乐甲午十一月十日生，生十七年，归先君，归如其生之年。以正统丙寅十一月二十九日卒。继娶朱氏，嘉兴人。遗孤二，长即不肖鑑，娶麻溪李氏。次曰铎，妾张氏出也，未娶。孙三人，男曰永锡、永龄。女曰素润。卜以明年九月四日葬所居南小旬围之原，祖茔西二十武，迁祔先妣。呜呼！我先君志希乎古人，行出乎今人，泽及乎后人，而不获膺大任、享荣名、跻上寿。天乎天乎！而有是耶！而有是耶！孤不肖不敢即死，泣血以状其万一，哀不能文，质不敢诬，惟立言君子，矜而赐之铭，庶几永传不朽。呜呼哀哉！呜呼痛哉！谨状。成化三年七月晦日。

继母朱孺人行状

继母姓朱氏，讳淑清，嘉兴秀水县思贤乡人也。大父达，父忠，母张氏。正统十二年，继母年三十二矣，归先君为继室。先君家故营蚕事，然不能岁尽善，间一二岁辄有败者。继母业善蚕，其初收也，以衣衾覆之，昼夜程其寒暖之节，不使有过，过则伤，是为护种。其初生也，则以桃叶火炙之，散其上候其蠕蠕而动，濈濈而食，然后以鹅羽拂之，是为摊乌。其既食也，乃炽炭于筐之下，并其四周剉桑叶如缕者而谨食之。又上下抽番，昼夜巡视，火不可烈，叶不可缺，火烈而叶缺，则蚕饥而伤火，致病之源也。然又不可太缓，缓则有漫潓不齐之病矣。《编经》曰，蚕荐用以围火，恐其气之散也。束秸曰叶墩，用以承刀，恶其声之著也，是为看火。食三四日而眠，眠则摘，眠一二日而起，起则馁，是为初眠。自初而之二，自二而之三，其法尽同。而用力益劳，为务益广，是为出火。盖自此蚕离于火，而叶不资于刀矣。又四五日为大起，大起则薙，薙则分箔，薙早则足伤而丝不光莹，薙迟则气蒸而蚕多湿疾。又六七日，为熟巧，为登簇巧，以叶盖曰贴巧，验其犹食者也。簇以藁覆曰冒山，济其不及者也。风雨而寒则贮火其下曰炙山，晴暖则否。三日而辟户曰亮山，五日而去藉曰除托，七日而采茧为落山矣。凡蚕之性，喜温和而恶寒热，太寒则闷，而加火太热，则疏而受风。蚕房宜卑，卑则温，蚕簇宜高，高则爽。又其收种时，须在清明后谷雨前，大起须在立夏前，过此不宜也。至于蚕叶，尤宜干而忌湿，少则布挹之，多则箔晞之。凡此成法，而继母独得其妙，他人效者莫能及。又能节其寒暖，时其饥饱，调其气息，常使先不逾时、后不失期，而举得其宜。一时任事诸女仆，又相兴起率励，咸精其能，故所收率倍常。传者始而惊，中而疑，终而信也。其后益加讲求，为法愈密，所产益良。前后几二十年，岁无败者。时咸谓吾家有养蚕术焉。岁时得以充赋税，供衣服，佐婚嫁者盖不少也。而禄命家之言，又以先君始生之日为癸丑，岁在午，月建巳。巳午火为癸之财。蚕命属午，死于巳。继母年月日皆为丙申，其干与纳音尽属火，故宜蚕云。然徒委诸命，不资人功，非所以为训也。初，继母无子，爱某如己出。后侧室生子，曰铎，均其爱于铎，又聘其妹之女张氏为铎妇。先君卒，铎幼。继母所以为铎虑者，无所不至也。成化十九年三月二十八日卒，寿六十八，卜以是年十二月二十五日，奉柩葬于小旬原，从先君兆。先君姓史氏，讳某，字廷贵，号桂轩。世家苏州吴江县范隅乡穆溪里，先十有六年卒。子男二，不肖鑑、铎，孙男二，永锡、永龄，孙女三，曾孙男二，曾同、曾大。呜呼！我继母之殁，不肖孤某，不敢称述先德，惟是墓中之石宜有刻也，谨掇其大者著于状。

故中宪大夫江西南安府知府汝君行状

君讳讷，字行敏，苏州吴江黎里人也。姓汝氏，肇自商之汝鸠、汝方，赐姓受氏。其后晋大夫叔齐，以知礼，宽以善谏，见于《春秋》。鲁相郁，以德化人，著名后汉。降及魏晋南北朝，由隋历唐，至于五代，下逮宋元，未闻有显者。

国朝汝氏，居吴江者最多，惟黎里为然。十室其五，他处所无也。君之先故巨室，以赀长乡税。至玑丁岁荒，民穷负税不能输，乃毁家以纾责，底于贫乏。思远自幼能树立，与其弟旻同心戮力，经营外内弘济艰难，家用再起，于前有加。君生未龀，思远卒，祖母吕硕人念其子之不克享也，与旻抚教君兄弟尤笃。稍长，补学宫弟子员，景泰四年，领应天府乡荐，四试礼部皆不中。然其间卒业胄监，入礼部书奏牍，历满将选矣，会选书英宗睿皇帝实录，君试在优等。成化三年实录成，进御授中书舍人。初考满，锡之勅命，阶征仕郎，又赠君父思远如君官阶，君嫡母黄氏为孺人，封君少母许氏为太孺人，妻陆氏为孺人。舍人之职，以书诰敕为政绩，寮案轮次当直，蔑有多寡。于是朝之公卿大夫士重君书迹，多蕲君书以为荣。故其书倍于他人者十数，然能不辞劳，不伐善，且却其润笔不受，时人莫不多之。十四年，升南京兵部武选员外郎。十八年诰进君，阶奉直大夫。加赠思远为员外郎，黄氏为宜人，加封许氏为太宜人，陆氏为宜人。寻迁郎中，铨叙公平，甄别精审，人无言。尚书三原王公标望绝人，凡所与夺，人以为衮钺，独器许君。每退，公则召君从容雅论，无所不至。君亦感其知遇，报之以不欺。二十三年，升汀州府，便道归省。丁少母忧，解任持服，服除赴铨。弘治三年，改知南安府。南安居岭徼下，郡小土瘠。而广货所由，细民仰荷负为食。大姓则居积致货不赀，且多与要官贵人交利，出入郡县为声势。君斥去，以绝有犯，顾法何如耳，迄无所下上。至于细贫，尤加意拊会，爱之如子。欲置鞭挞于无用，必不得已而后施之。厉而不苛，容而不弛，君子以为得体。六年朝京师时，以外官年满六十罢，君即日引归。未几得疾患，腰痛不能起。面赤唇燥，咸疑有内疡。而医者执为痰火，以补剂主之，完聚滋毒，竟以死，七月七日也。年六十有一。

君襟度夷旷，行履完洁，好贤乐善，凡知名之士无不与之交，惟于贵势若将浼之者，避之如不及。平易坦率，表里一致。善谑以和，略无贵宦习气。尤好成就后进，有顾景祥者，贫而好学，夜或不能具灯烛，则露诵星月下为常。质鲁且钝，教者多谢遣。君独怜之，馆于家，躬亲指授，久而不倦。景祥感奋成业，卒登进士第。由是学者日至，称为周庵先生。君生长富贵诸凡美丽，皆其所固，而天性节俭，服御饮食，取给而已，其于财利，漠如也。居官处家，未尝枉己干人，苟一介之取。有鬻田，既受值，临当过册，辄背约，人为之不平，劝君讼。君曰："与小人较，自失多矣。"卒让与之。故仕宦三十年，田园第舍无所增益。卒之日，家无遗财。君为文最长于诗，格韵清和，兴趣悠远，论者许为合作。有《学鸣集》《北游稿》千余篇藏于家。陆宜人，先君十年卒，葬于某原。至是，君之子以明年某月某日，奉君柩合窆焉。三丈夫子，曰舟、曰砺，皆业进士，曰霖，尚幼。五女子，长嫁工部主事吴鋆，次嫁金泽余，在室。孙男一人。某与君世通家，少君一岁，交于君者四十有三年，始以友而终以姻，巨细隐见无不悉也。故状君行之实者，托立言君子，用图其不朽焉。

故奉训大夫工部营缮清吏司员外郎吴君行状

苏州府吴江县范隅乡韭溪里吴君璠，字朝用。五世祖某，读书能文。时邑人张渊以文辞字画为元赵文敏公所知许，某与之交莫逆，故其子肃婿于渊，君之高祖也。曾祖衡、祖为，皆隐德弗耀。至君之世父敏，始大其家，为税长。而君之父以季弟为之服劳应役，勤干过人，尤善于应对。长吏悦之，事多得请。生三子，君其最少也。甫九岁，即补邑庠弟子员，以勤自课，诵习不怠，考辄列前茅。景泰七年，以《书》《经》领应天乡荐，天顺元年试礼部，中乙榜，辞，卒业太学。八年，选书英宗睿皇帝实录。成化三年《实录》成，进御，诏赐宴礼部，授中书舍人。而君之父母咸得食其禄，同官以为荣。六年初，考满吏部，以最闻。皇帝敕曰："国家命令，所以播告四方，训饬有位，布德惠而行信义者也。而中书舍人实掌之，职亲地密，不轻畀人尔。中书舍人吴璠发身科目，擢任今官，历年既深，益勤不懈。宜锡恩宠，以旌其劳。兹特晋尔阶征仕郎，锡之敕命，以为尔荣。夫居近侍典文翰，士之位乎，此者可谓荣矣。然朝廷悬爵禄以待士，盖进进未已。尔尚专心致志，以成其名，式副训词，毋隳后效。钦哉。"又封君父政为中书舍人，封君母杨氏为孺人。封妻范氏为孺人。

十三年，君历任三考矣。待选吏部，久未得调。例予告归，而先后丁外内艰，十九年服阕，起复之京。明年，拜工部营缮司员外郎，董理神木六厂。神木厂掌大营造，有宦者主之，诸工匠咸属焉。役大人众，老奸巨蠹，多窟其中，皆根柢盘结，枝轮纠缭，不可动。部官往莅者，先以利啖之，则牵掣操纵，任其所为，往往钳口噤声，莫敢谁何。否则使其徒蒗染文致，宦者又从中构之，辄罪败。由是相率为容默诡随，不可否事。君独能先机迎候，探隐钩深，破其关纽，奸党计穷气沮，讫不得施。而陈少监者，知稍自戢，凡所隐占，还之于官矣。

二十一年，陕西大饥，人相食。廷议以太仓之积，足支几数年。而河南偃师县东，所谓孙家湾者，即隋唐之洛口仓也，故窖犹在，宜减漕米之未过淮者八十万斛，令参将都胜往输之，移秦陇之民就食于彼。而漕舟从淮入汴，从汴入河，东南舟人不习河事，先往者多遭覆溺。宜选清强廷臣，先往相视水道疏浅浚淤，及调习沿河水手，分布漕舟，使避河险。于是工部尚书刘昭奏君名迹中选。君受诏，即日上道，驰至河南，往来相度，靡有宁居。而河水苦浅，漕舟阻阁，处处停留，迁延数月犹未能达。秦民又不时至，君乃询访父老，佥云："大河之水，其生有时。正月曰信水，三月曰桃花水，四月曰菜花水，五月曰麦黄水，六月曰礬山水，七月曰瓜蒂水，八月曰荻苗水，九月曰登高水，十月曰复漕水，十一十二月曰蹙凌水。"君建议以为瓜蒂水生犹胶浅若此，常年荻苗水微，所仰者登高一水耳。水若不时，秋高气寒，风水皆逆，舟益濡滞。延及严冬，益不可行，此一病也。秦人壮者已散之四方矣，弱者饥困成疾，又顾恋老幼，多不肯来。假令能来，关隘连属，路非坦平，登顿颠踣，多致殒毙，此二病也。米停在舟，久不输泻动移，气序烝热，隐盗耗失必多，此三病也。夫救荒之会，利在急速，今天时地利，咸有所阻，当为权宜以济之。近来米商多从河南贩往陕西，故河南米益翔贵，贫者苦之。今宜减价粜米，易银赍往陕西，令彼自籴，免其往复之劳。为利之一。贩者贱籴贵粜，坐获厚利。其来必多，不烦劝督。载挽至彼，不得不粜，则陕西米价，亦渐就平。为利之二。此既减价粜米，河南贫民亦濡其赐。为利之三。漕舟既泻，运卒获归。为利之四。若坚守前策，不知变通，恐泽不施，公私俱困，进退失据矣。群官多是之，即署奏如君议。诏曰："可远近称便。"

先是户部侍郎李衍以提督陕西粮储，奏以汉唐建都关中，自河入渭，并通舟楫，漕运转输，以给京师，遗迹俱在。但三门集津河水湍急，漕舟苦之。请差官相度疏凿，以通转运。天子并以命璠，璠乃躬自按行，浮汴入河，历渑池，履峡石，抵陕州，循砥柱，观三门，考隋唐转运遗迹，尽得其说。上疏曰："臣愚不佞，承乏任使。周爰汴洛，已历十旬，茫无寸效，日夜忧惶，方将归罪司寇。而诏命叠至，令臣相度河渭，将通漕舟。闻命惊悸，不知所为。但陛下愍念秦民，轸其饥饿，若切于躬。而臣过为退托，非劾忠尽力之义也。敢不奔问官守，罄竭狂愚。臣自汴至河，自河至洛，自洛至陕。中间登涉水陆，相视山川，稽诸故实，参以民俗。乃知三门集津之险，天造地设，有非人事所能尽也。肇自神禹，始凿龙门，河流东注，悬水如障，流沫成雨，砥柱横截中流，冲波蹙涛，震荡天地。南曰鬼门，中曰神门，北曰人门，鬼门、神门，尤为险恶。自古及今，未有行者。惟人门稍通木筏，乘流直下，人伏筏上，与涡俱入，与波偕出，一遇硙石，立为齑粉矣。故隋唐以来，皆不能通，但于水次置仓，转相灌注而已。至唐裴耀卿创始于前，刘晏讲行于后，为法转密，人习河险。乃于河阴置河阴仓，三门东置集津仓，西置盐仓、陕州太原仓。使江船不入汴，汴船不入河，河船不入渭。江船之运输扬州，汴船之运输河阴，河船之运输渭口，渭船之运入太仓。又于三门两仓之间，凿山刊道，凡十八里。河船既输于东仓，而陆运转输于西仓，以避三门之水险。复以舟漕西至太原仓。渭船始从受之也。耀卿三岁漕米七百万，石晏岁漕米百十万石，无升斗溺者。然水陆之值，增以函脚、营窖之名，亦糜耗不赀矣。故当时有'斗钱运斗米'之说，岂故为是劳费哉，良以天险不可以人力胜也。其间非无一二欲通三门者，有烧石沃醯，凿山通道，弃石入河，水益湍怒，有舟经砥柱，覆者几半。河中有山，号曰米堆。舟入三门，百日始上，执标指挥，名曰门匠，谚云古无门匠墓，谓皆溺死也。夫隋唐之君皆都长安，务广储蓄以备水旱，当时物力丰羡，才智之臣后先柄用，莫不规为久远之计，讲求区画，经数十年而卒不能通。今乃欲一旦创行古人之所不能及者，其亦难矣。又况漕废已久，河不行舟，岸崩木㐮，所在断绝，山石锐利，芒如剑锋，若欲通漕，并须修治，为费甚巨，不可以日月计也。今关陕之民死亡略尽，萧条千里，鬼哭兽游，寂无烟火。河南之民，亦困于供馈，疮痍未瘳，就加保育，犹惧不支，乃复驱其伤残，使赴劳役，此何异于迫而投诸水火也。伏望明诏诸司，以大饥之后，当务安养，毋兴徭役，以重其困。则关洛之民生，其死而肉其骨也。若以为关中要地，屯戍相望，当广储以足其食，但择才智之臣而任之，使得推行耀卿、晏法，自足集事，何必劳人益费，以求不可必得之效乎！"疏上，诏从其请。初河南之民闻兴此役，皆恐惧愁叹。及令下，莫不大悦。

明年，工部奏以君与监察御史，监抽芜湖竹木。二十三年，代还京师，以邸舍未定，寓崇文门外，暴卒。时四月十七日也。君素强无疾，是日朝退，赴友人饮。座客以年推君处首席，君饮酒为笑，乐甚欢。莫归而寝，不见其有异也。夜漏未上，欻然而起，仆于地，则已不能言。而子金在太学，郝孺人亟令人走报，城门下钥不得入而还，气已绝矣。哀哉！君为人严毅，居官有干局，家事甚治井井然，声嗟气叹，僮仆畏之，有甚于鞭挞者。然知人善任，人亦为之尽力。在中书时，尝颁慈懿皇太后遗诏至山东，山东连率方伯宪使，皆厚君以货，君却不受。寻副驸马都尉周景往平凉，册加彰化王为韩王。王享于承运殿，嘉其无违礼，有使乎之褒，君又能力辞其赠贿，人以此多之。范孺人，君之元配也。同邑人，卒先于君十年。父大中早卒，母凌氏以节自守，诏旌其门。节妇父显，工部主事，弟信，太常少卿，于孺人为大父舅也。继室郝氏，东安人。子男四人，出范氏者，曰金、曰銮，俱太学，曰镇、曰某，郝所生也。女五人，皆有归。金以弘治元年月日，葬君于里之亢字原。君之赴芜湖也，道归吴江，某从问陕洛事甚详。今又得君之遗事于其家，请书其大者为状，以授君之友为志其墓。谨状。

祭文

祭董仲舒文

呜呼！天之将丧斯文也，秦灭之。天之未丧斯文也，汉复之。然学者殊途不合不公，世主时臣随见迎合，相如以词赋幸，方朔以诙谐进。惟夫子之所为，在天人之三会。论治人则本于明道，语修己则原于正心，德刑取喻乎阴阳，风俗推原于教化，尊仁贵义，黜利贱功，使得谟谋廊庙，则汉业庶几乎三代，岂止杂霸而已哉。守正不阿，权臣忌嫉，将置死地，连相外藩，卒使骄王。革心动，遵礼法，此又人之所难能也。故尝论之，王霸之不分，由夫子之言不用也，礼乐之不兴，由夫子之道不行也。鑑去圣逾远，欲学无师，千载一时，道出祠下，徘徊庙陛，慨然兴悲，行旅悠悠，仪物弗备，敢以诚荐，神其享之。

祭武功伯徐公文

维成化九年岁次癸巳冬十一月戊子朔，越二十九日丙辰，诸生长洲沈周、松陵史鑑，谨以柔毛刚鬣之奠，敢昭祭于故武功伯天全先生徐公之灵曰：呜呼！丙子、丁丑之际，天理亦几乎熄矣。惟公不顾杀身灭族之祸起而救之，然后君臣父子兄弟之伦一反乎正。此盖天生我公，以相皇明无疆之祚也。功高受谤，远窜南服，乃天下之不幸，岂独公之不幸也哉！窃尝论之，自有生民以来，拨乱反正之功，惟唐之狄梁与公而已。然狄保其身，公罹其祸，此特出于身存身亡之异耳，非智有浅深，功有大小也。使狄在当时，与五王俱存，其能免于三思之杀否耶？悠悠之谈，论人已然之迹，以为监国病笃，不日当薨，神器自有攸属，何必公之生事邀功哉！群议附和，如出一口。呜呼！为此说者，其亦不仁甚矣。夫大宝不可以久虚，奸雄之人常利国家有衅，当此之时，历月不朝，中外危疑，咸惧生变。万一有乱臣贼子窥伺其间，则生民之祸未有涯也。故公独决大策，翊戴先帝，宗社危而复安，彝伦斁而复正，四海乱而复治，三光晦而复明，此所谓万世之功也。而谈者反有以病之，其亦不仁甚矣。且唐之武氏，年已八十，旦暮入地，中宗已正位东宫，民无异望彼，易之、昌宗辈直狐鼠耳，非有绝伦之才、过人之力也。张、崔之流胡不待其自毙而奉之，顾乃旦夕聚谋，称兵宫禁，汲汲以迎复为事哉？盖其所虑，实有与公一辙者。唐之诸臣既不见非于后世，则公岂宜得罪于天朝哉？今天不佑善，竟夺公寿，某等荷公之知，痛公之殁，用敢论公之大节，侑此一觞，灵其鉴之。尚飨！

祭梁都事文

维年月日，吴江史某，谨以清酌庶羞之奠，敬祭于承事郎大宁都指挥使司经历司都事梁公之灵曰：呜呼！天顺之初，我公来丞。某从诸生旅见于庭，独伟视余，俾进而询，其接以礼，其与以诚。公之为政，既平且直。吏无叫嚣，民无惊惕。事令惟敬而不苟从，待簿惟容而不阿同。十载于兹，克满厥秩，无怨在民。去如至日，民相上请，蕲公令兹，例不见许。佐戎京畿，南北悠邈，我民其思。曾未几何，柩忽来斯，迟公莫睹，叩公莫知，死生遐隔，德音永违，受恩罔报。孰知我悲，聊陈薄祭，哭之以辞。呜呼哀哉！尚飨！

祭白茅塘文

东南之水，吴淞既塞，溢为交流，由塘入江，以注于海，久而上流壅滞，水波微弱，潮泥淤积而不通，水乃不流，农人告病。使者躬奉天子明命，尔疏尔决，神其相之，俾无灾害，早既厥事。尚享。

祭家庙文

某嗣先业二十八年，而不肖荒嬉，无所增益，为祖宗羞。今倦于勤，将以明日癸巳传家政于嫡子永锡、介子永龄，出居浜东新居。不敢不告。谨告。

祭外舅南庄李公文

维年月日，女婿京兆史某，谨以柔毛刚鬣之奠，敢昭告于外舅南庄李公之灵曰：呜呼！外舅乡之善人，朴而不雕，质而少文。孝友力行，声誉日闻。嗟我先君，夙昔相与。气分投合，好以缟纻。媒氏成言，妻我爱女。公女柔懿，家室甚宜。事亲奉祭，相助靡遗。婴疾累年，蕃华不滋。彼苍罔恤，夭阏奄兹。嗟嗟我公，秉此高谊。不以女亡，遂相捐弃。抚我有加，爱我无替。戊戌之夏，某游郡西。留连山泽，经旬忘归。而公遘疾，病甚不医。濒死犹呼，欲与我辞。匍匐奔还，已殡西阶。抗声恸哭，悔恨曷追。门衰祚薄，满目孤嫠。死如有知，公宁不悲。天字之原，以为公藏。卜于庙门，日吉辰良。敛弗及与，葬焉相襄。钻石陈辞，以发幽光。一觞永诀，雨泪其滂。庶几有神，来格来尝。哀哉！尚飨！

祭外姑计孺人文

呜呼！念昔委禽，获娶爱女。遂由瓜葛，托以肺腑。岁时问遗，屡厪行人。不较往复，以废懿亲。贤女不育，加惠妾媵。笃生子女，寿我宗胤。冠笄婚嫁，烦于外家。稠叠焜燿，其礼有加。某之不天，夺其内助。虽所爱亡，眷念如故。嗟嗟孺人，逢此百罹。丧其家督，三女夭摧。以勖嫡妇，淑慎其仪。以教孤孙，夙夜其规。丙午之冬，遘疾莫救。原始要终，仅得中寿。寒暑变易，奄逾岁年。夫君旧藏，曰天字原。启殡往祔，异穴同瘗。有无靡齐，礼不克备。挽者丧歌，声哀雨泪。非其子孙，则在亲懿。当枢叙哀，陈此薄祭。魂兮有知，降此啐哜。呜呼哀哉！尚飨！

祭唐医官文

维年月日，故人松陵史某，谨以清酌庶羞之奠，致祭于亡友半隐先生唐君之灵曰：呜呼！成化之元，余来茗溪。将延名士，为弟子师。与君相见，意气一时。握手倾倒，俊如故知。某得子静，君实尸之。自尔以来，情好遂笃。我诗君和，君书我复。我愿为云，与龙相逐。道里阻修，人事反覆。历年虽多，曾不再觏。引领西望，搅我心曲。庚子之冬，子静有丧。匍匐往送，乃与君逢叶。大惬所望，其喜欲狂。秉烛夜话，同一慨慷。数其暌年，十又六更叶。人寿几何，而此参商。来日苦短，去日苦长。及时行乐，此言不忘。君颜益少，君发未苍。仁者多寿，其算莫量。为别未几，讣至云亡。夭回寿跻，天理茫茫。嗟嗟夫子，名满浙右。风流文采，后进领袖。天与之才，而不与寿。乃令我辈，犹言犹走。畴昔有盟，当游苕中。终奉诲言，以开我蒙。孰知此来，乃遭愍凶。只见子柩，不见子容。抗声恸哭，涕泪无从。薄奠在前，君其鉴衷。尚飨！

祭陈味芝先生文

呜呼！人莫不有死，奚夫子之殁而独悲。当雅道之陵迟，胡哲人之竟萎。峻洁无亏之行，既不可复见矣，中和不偏之气，又安得而承之？后生小子，于何而取法，微辞奥义，无从而质疑。往古来今之学，已废而不讲，穷精探索之论，其存盖无几。惟洞庭之山，东西而并峙，太湖之水，日夜而交驰，彷佛乎浩然之气旁礴而郁积，沛然之辞浩瀚而淋漓。此后死者，不能不抗声而恸哭，涕泗而交颐。某等少侍夫子，故非等夷，辱忘其年，比于旧知。睹光仪者有时，饫道义者无涯。莫不亢然乎其中，畅然乎其支。然夫子之病，既不及执烛以照易，而夫子之殁，又不克持绋以奉轜。惟寓哀于一奠，魂庶几乎歆斯。尚飨！

祭张氏姑文

嗟嗟我姑，逢此百罹。生而失恃，嫁而蚤嫠。保孤嗣宗，全节靡亏。天道无知，夭其两儿。不绝如线，曰维孙枝。教养婚嫁，颠沛流离。维昔显妣，来归我氏。与姑分合，有类同气。解衣相披，彻食交馈。天胡降虐，母也遘厉。姑来视之，频复无替。忧心忉忉，伤悲出涕。临终之诀，托以茕孤。执手相命，就瞑犹呼。姑奉初言，信而弗渝。劬劳顾复，口瘏手据。彼谮人者，肆以巧诬。东西责言，实以某故叶。嗟嗟我姑，天命不祐。居贫最久，遭凶孔疚。不肖如某，愚而在幼。乏不能周，危不能救。受恩实深，怀之罔报叶。此心莫遂，讼言谁告叶。嗟嗟我姑，年命永终。大陈之原，惟夫子宫。辄云其良，卜云其从。高上坎中，异穴同封。奠以致哀，号天致恸叶。其泣有尽，而情无穷。尚飨！

祭张子静文

呜呼！我生尚少，获诵君诗。厥后数年，始与君知。维弟若子，礼君为师。君不我鄙，惠然肯来。曾未几时，先人即世。相之泣之，繄君是恃。论撰先德，以倡其类。美无不传，誉无不试。南入于杭，征为声诗。川浮陆走，雨沐风掀。邱园在望，君爱告归。厚德未报，中心怀之。尔后廿年，不忘旧好。

吉凶贺吊，往来于道。君诗我和，我疑君考。高情雅韵，病药垢澡。山巅水涯，月夕花朝。呼酒啸歌，于以逍遥。醉后狂吟，夸奇竞高。寠难往复，其声啁啁。丙午之春，君主于弟。我孙从君，庶几谋始。哗民恶君，诬之塞水。主者罔察，置君于理。群公交言，犹以罪归。含垢引瑕，弗辩于辞。君既受侮，归而遘疾。犹来余家，力正师席。医药罔功，乃废朝夕。舁归待尽，怡然易箦。书来告诀，托我以铭。畴昔有言，敢渝此盟。目眚祸余，几于冥行。敛不及与，棺不及凭。日月不居，往葬于墓。镌石埋辞，以永君誉。君誉孔多，铭不尽言。记其大者，以告后贤。君如有知，鉴此微意。沥觞叙哀，莫掩余涕。尚飨！

祭疑舫周夫子文

维年月日，门人史某，谨以特羊斗酒之奠，敢昭祭于疑舫先生周夫子之灵曰：呜呼！富贵一时，文章百世。猗欤夫子，独得其最。浙河东西，墓碣祠碑。具出公手，神设鬼施。商尊浑然，周彝文备。不利于殓，乃宜于祭。强记不忘，白首犹然。回文倒诵，屈其少年。王师征闽，往与厥选。公在行间，左筹右略。功成受赏，仅幕沭阳。不卑其官，视民如伤。当路信会，置公司寇。公辞上陈，有诏谳候。赦恩汪濊，其冤亦伸。复官不居，情在骏奔。优游桑梓，其文愈昌。请者日来，陆走川航。监司郡守，待若宾友。字难义疑，资以论剖。公年既高，公德益茂。经营茧室，在袗之时。爰俟考终，亦葬其耦。文成绝笔，公忽告殂。有同自祭，无异挽歌。昔我先君，薄游燕市。爱好人伦，谒公旅邸。归命小子，尔其识之。平生见士，未获逾斯。逮公南归，始获委贽。公曰异哉，此子之至。凡今之人，率放于利。子独不然，有立其志。褒凡奖庸，谓为有知。绪言奥论，动为我师。仰其盛大，探其精微。叩随响应，虚往实归。公卒之日，某目废视。病不致问，敛不及楗。负公厚德，惭愧天地。公柩在殡，公子又亡。藐然孤孙，举此三丧。及门之士，向哭交伤。谓天不仁，作善降殃。公墓未铭，公文未刻。撰集校行，后死之责。公所著者，名世弗疑。空青丹砂，人不用遗。是区区者，曷用淆之。捧觞永诀，哭余之私。尚飨！

祭业师菊轩夏夫子文

呜呼，夫子德巨量宏，涵容无际。来斯受之，教无不类。虽某之愚，辱收早岁。晨光夕膏，课督靡替。曰尔为学，当体诸身。匪在多闻，以窃此名。爱物仁民，本之亲亲。其本或蹶，其末莫振。初闻是言，信而未笃。追乎成童，始知佩服。自是以来，恒以自勖。孰非此言，为之长育。庚午之春，某实新婚。出公入私，服徭应门。譬彼禾苗，怠而弗耘。荒秽芜塞，虽存莫伸。夫子忧之，赐诗讽谕。千里之行，止于中路。废其前功，其追若御。温习旧闻，庶几无斁。闻命感发，乃知其非。日居月储，有能不堕。修辞居业，与人偕驰。使非善诱，终愚不移。嗟嗟夫子，仅跻中寿。咸望期颐，有疑斯叩。天不憗遗，一病莫救。蠢尔后生，孰与成就。嗟嗟夫子，今也则亡。闻者恸哭，岂惟吾徒。教诏靡闻，魂魄先殂。嗟嗟夫子，往葬于野。匍匐送之，涕泗如雨。筑室独居，斯义莫举。负恩弗报，虽痛何补。嗟嗟夫子，人孰不亡。身死名灭，不啻朝霜。瓢溪之水，其流汤汤。千载尚名，曰公之乡。不亡者存，繄维耿光。写哀荐陈，神其飨尝。尚飨！

祭李梦阳文

呜呼！君之明懿，赋畀自天。絮外若愚，在中实渊。通不为流，止不为遭。宗族称孝，乡党推贤。具兹众美，而不永年。鹏集座隅，鹤下堂前。大梦不醒，长逝弗还。哭者裂肠，吊者摩肩。回贤而促，跖盗而延。天道茫茫，何致使然。呜呼哀哉！嗟余内人，实君伯姊。君不鄙余，视犹兄弟。我往君迎，君来我竢。握手嬉游，联床卧起。我愚无能，遇事多否。男婚女嫁，惟君为理。相通有无，何分彼此。君德多有，不胜其纪。望开我蒙，以保余齿。胡为厌世，弃我先死。呜呼哀哉！日月不居，自秋徂春。将即幽宅，以从先人。柳车既驾，明器前陈。悲风撼树，落日生阴。送子于还，兴我酸辛。路隔幽冥，欲见无因。昔与人群，今与鬼邻。抚棺恸哭，子宁不闻。铭子之德，碣于墓门。奉觞永诀，哀不能文。呜呼哀哉！尚飨！

吴江县三里仓上梁文

伏以城江阳而置县，爰自昔人；屋水次以为仓，始于今日。事体关一方之兴建，规模肇百世之权舆。眷此吴江，允称壮县。赋税为甸圻之冠，转漕供军国之需。川浮以输，既曰贮储之有所，露积而受，恒忧燥湿之非时。况廪庾之费，岁取平民，而典守非人，例居乎货。前政谅流于姑息，后贤盍费夫经营。天假其时，人宣厥效。负阴向阳而定位，地形正据江湖之交。审曲面势以成图，匠氏聿勤斧锯之事。约之阁阁而千仓斯立，筑之登登，而百堵皆兴。如翚斯飞，其绳则直。中涵巨沼，将虞水火盗贼之灾；周浚长濠，用限内启外窥之患。斯盖胸中具全室，故能格外成大功。爰相东隅，乃规中奥。如归亭复古之废，将以宴宾，偕乐堂志民之从，聊为退食。是盖有资于望察，固非专事乎游观。财皆斥经费之余，于民无取，力不夺农功之棘，信役以时。惟令君非百里之才，故寒士得万间之庇。太平气象，鼎盛春秋。如坻如京，自此无烦有高廪，多黍多稌，从今更为赋丰年。咨尔鄁人，听余巴唱。

梁之东，百里舟航一水通，升斗也知皆贡赋，愿天不起石尤风。梁之西，王山石湖高又低，山下湖边人早起，粮船将发候鸡啼。梁之南，江湖交汇水如蓝，灌注围田丰稼穑，高低齐说亩收三。梁之北，舸舰迷津漕上国，由来沧海转云帆，河道无虞今帝力。梁之上，举头红日葵心向，淞江西畔太湖东，夏屋渠渠新气象。梁之下，波光照见鳞鳞瓦，大田多稼乐丰年，伐鼓逢逢人作社。

伏愿上梁之后，朝清道泰，政举人和。四郊绝壁垒之虞，万室被弦歌之化。江山自今古，在官咏清晖能娱人之章，风雨无震凌，藏粟免红腐不可食之叹。自今以往，永久如斯。

十一世孙　积勋　校字

跋

先征君西村公诗文集八卷，明嘉靖间公长孙少参南湖公锓板行世，兵燹后板尽散失。从叔祖梅岩公有藏稿二十余册，假归录呈当湖陆陆堂先生较阅，为节去酬应诸作，厘为八卷，视藏稿减三之一旧刻增三之二。乾隆丙寅冬开雕，讫工于丁卯夏五，只叙其始末于后。至先公学问经济具见于书，且前人论之已详，非小子所能缕述也。

十一世孙　开基再拜谨识

附：《四库全书·西村集》内容提要

臣等谨案《西村集》八卷，明史鑑撰。案宪宗、孝宗时有两史鑑，其一长洲人，弘治己未进士（见太学题名碑）。其一吴江人，字明古，号西村，隐居不仕，即撰此集者也。

鑑留心经世之务，三原王恕巡抚江南时，闻其名延见之，访以时政。鑑指陈利病，恕深服其才，以为可以当一面。所著诗四卷，文四卷。嘉靖间，其孙周衺而刊之。以墓表及诸人哀挽之诗附于后。周用、卢襄各为之序。其文究悉物情，练达时势，多关于国计民生，而于吴中水利言之尤详。第五卷皆明初诸人列传，叙次简明，疑其欲为野史而未就也。其诗亦落落无俗韵，惟古诗不知古音，所注叶韵多谬误。文中祭徐有贞文，及文后跋一篇，以私恩之故，为力辩夺门一事，未免曲笔耳。案王士禛《香祖笔记》曰：吴江门人徐翰林电发寄《西村集》二十八卷，其乡前辈史鑑明古著也。集中有曾祖文质府君行状，只言洪武中防贪吏诣阙事，无一语及靖难，集是陈继儒仲醇选云云。是鑑集本二十八，卷尚非完帙。然今未见继儒所选本，故仍以此本著录，而附载其卷帙之异同，备考证焉。

乾隆四十一年十一月　恭校上
总纂官［臣］纪　昀　［臣］陆锡熊　［臣］孙士毅
总校官［臣］陆费墀

图书在版编目（CIP）数据

西村集 /（明）史鑑著；《西村集》古籍整理委员会整理 . —上海：上海社会科学院出版社，2021
ISBN 978-7-5520-3438-7

Ⅰ.①西… Ⅱ.①史…②西… Ⅲ.①中国文学—古典文学—作品综合集—明代 Ⅳ.① I214.82

中国版本图书馆 CIP 数据核字（2021）第 060287 号

西村集

[明] 史 鑑 著
《西村集》古籍整理委员会 整理

责任编辑 蓝 天
美术编辑 姚 毅

出版发行	上海社会科学院出版社
	上海顺昌路 622 号 电话 021-53063735 邮编 200025
	http://www.sassp.cn E-mail:sassp@sassp.cn
经 销	新华书店
印 刷	上海展强印刷有限公司
开 本	889 毫米 ×1194 毫米 1/16
印 张	15.5
字 数	220 千字
版 次	2021 年 4 月第 1 版
	2021 年 4 月第 1 次印刷

ISBN 978-7-5520-3438-7/I·425　　定价　128.00 元

版权所有　侵权必究
如发生印装质量问题，读者可向印刷厂调换